BRÛLÉE

LA MAISON DE LA NUIT

Livre 1. *Marquée*

Livre 2. *Trahie*

Livre 3. *Choisie*

Livre 4. *Rebelle*

Livre 5. *Traquée*

Livre 6. *Tentée*

Livre 7. *Brûlée*

Livre 8. *Libérée*

Livre 9. *Destinée*

Livre 10. *Cachée*

Livre 11. *Révélée*

Livre 12. *Sauvée*

BRÛLÉE

LA MAISON DE LA NUIT   LIVRE 7

P. C. CAST ET **KRISTIN CAST**

Traduit de l'américain par Julie Lopez

POCKET JEUNESSE
PKJ·

Directeur de collection :
Xavier d'ALMEIDA

Titre original :
A House of Night Novel 7
Publié pour la première fois en 2009
par St. Martin's Press LLC, New York.

Loi n° 49956 du 16 juillet 1949 sur les publications
destinées à la jeunesse : novembre 2015.

© 2009 by P. C. Cast and Kristin Cast. All rights reserved.
© 2012 éditions Pocket Jeunesse, département d'Univers Poche
pour la traduction française.
© 2015 éditions Pocket Jeunesse, département d'Univers Poche
pour la présente édition.

ISBN : 978-2-266-25573-8

P.C. : Ce tome est pour toi, *mon* gardien. Je t'aime. Kristin (Elle parle de toi, « Shawnus ».)

CHAPITRE UN

Kalona

Kalona leva les mains. Il n'y avait aucune hésitation, aucun doute dans son esprit : il ne permettrait à personne de se mettre en travers de son chemin. Or cet humain s'interposait entre lui et l'objet de son désir. Il ne tenait pas particulièrement à le tuer ; c'était une simple nécessité. Il ne ressentait ni remords ni regrets. Au cours des siècles qui s'étaient écoulés depuis sa chute il n'avait éprouvé que très peu de choses. Alors, avec indifférence, l'immortel ailé tordit le cou au garçon et mit fin à sa vie.

— Non !

L'angoisse contenue dans ce mot lui glaça le cœur. Il relâcha le corps et se retourna. Zoey courait vers lui. Dans son regard, il lut du désespoir et de la haine. Il tenta de formuler les mots qui lui feraient comprendre – qui lui permettraient de pardonner. Mais rien de ce qu'il pourrait dire ne changerait ce qu'elle avait vu, et il n'avait pas le temps de tenter l'impossible.

Zoey lança sur lui tout le pouvoir de l'esprit, l'un des éléments qu'elle maîtrisait ; il heurta l'immortel avec une force incroyable. Pourtant l'esprit était l'essence de

Kalona – son cœur ; c'est lui qui l'avait soutenu pendant des siècles, c'est avec lui qu'il avait toujours été le plus à l'aise. Il lui donnait sa puissance. Or l'attaque de Zoey le projeta en l'air avec une telle force qu'il passa par-dessus l'immense mur de pierre qui séparait l'île des vampires du golfe de Venise.

L'eau glacée l'engloutit. Pendant un moment, la douleur fut si intense qu'il ne lutta pas. Peut-être valait-il mieux que ce terrible combat pour la vie se termine… Peut-être, une fois de plus, fallait-il qu'il se laisse vaincre par elle. Soudain, il sentit l'âme de Zoey se briser et, tout comme sa chute l'avait fait passer d'une dimension à l'autre, l'esprit de Zoey quitta ce monde.

Cette prise de conscience lui fit terriblement mal.

Pas Zoey ! Il n'avait jamais voulu lui faire cela ! Malgré les manipulations de Neferet, la Tsi Sgili, il avait décidé qu'il utiliserait ses vastes pouvoirs d'immortel pour la protéger, car elle était la personne la plus proche de Nyx dans ce royaume – et c'était l'unique royaume qu'il lui restait.

Luttant pour se ressaisir, il arracha son corps massif des vagues et comprit la vérité : à cause de lui, l'âme de Zoey était partie, ce qui signifiait qu'elle allait mourir. Reprenant son souffle, il poussa un cri de désespoir déchirant.

Avait-il cru ne plus avoir de sentiments depuis sa chute ? Il s'était trompé. Des émotions l'assaillaient, alors qu'il s'envolait à grand-peine au-dessus de l'eau. Il plissa les yeux pour apercevoir les lumières de la Terre, de l'autre côté du lagon. Il ne l'atteindrait jamais ! Il devait retourner au palais : il n'avait pas le choix. S'imposant un dernier effort, il battit des ailes dans l'air glacé, réussit à passer par-dessus le mur, et s'écrasa sur le sol.

Il ne savait pas combien de temps il était resté prostré ainsi dans l'obscurité, alors que des sensations violentes le submergeaient. Au fond de lui, il savait ce qu'il lui était arrivé : il était à nouveau tombé, sauf que, cette fois, sa chute n'était pas physique, mais spirituelle – même s'il ne parvenait pas non plus à contrôler son corps.

Il sentit sa présence avant qu'elle ne parle.

— Tu as permis à Stark d'assister au meurtre du garçon ! dit-elle d'une voix glaciale.

L'image était floue ; Kalona n'apercevait que le bout de ses talons aiguilles.

— C'était un accident, murmura-t-il d'une voix rauque. Zoey n'aurait pas dû être là.

— Des accidents sont inacceptables. Cela dit, je me fiche bien qu'elle ait été là. En réalité, je suis plutôt satisfaite de ce qui s'est passé.

— Tu sais que son âme s'est brisée ? demanda-t-il, détestant la faiblesse de sa voix et l'étrange inertie de son corps presque autant qu'il détestait l'effet que la beauté glacée de Neferet exerçait sur lui.

— Tous les vampires sur l'île le savent ! Comme on pouvait s'y attendre, son esprit n'a pas été très discret quand il est parti... Ont-ils également senti le coup qu'elle t'a porté avant de partir ?

L'air pensif, elle tapotait son menton d'un ongle long et pointu. Kalona demeura silencieux, s'efforçant de se reprendre. Mais la Terre sur laquelle était étendu son corps était trop réelle, et il n'avait pas la force de s'élever et de nourrir son âme des maigres vestiges de l'au-delà qui flottaient autour de lui.

— Non, je ne pense pas qu'ils l'aient senti, continua Neferet. Aucun d'eux n'est connecté à l'Obscurité, à toi, comme je le suis. N'est-ce pas, mon amour ?

— Notre lien est unique, parvint-il à articuler.

— En effet..., fit-elle, perdue dans ses pensées.

Soudain, elle écarquilla les yeux.

— Je me suis longtemps demandé comment A-ya avait pu te blesser, toi, un immortel aussi puissant, et comment ces ridicules sorcières cherokees avaient réussi à t'emprisonner sous terre. Et voilà que la petite Zoey vient de me donner la réponse que tu m'avais cachée avec tant de soin ! Ton corps ne peut être blessé que par l'intermédiaire de ton esprit. N'est-ce pas fascinant ?

— Je vais guérir, déclara-t-il. Ramène-moi à Capri. Conduis-moi sur le toit du château, aussi près que possible du ciel, et je recouvrerai mes forces.

— Non, j'ai d'autres projets pour toi, mon amour.

Neferet tendit les bras au-dessus de lui. Tout en parlant, elle remuait ses longs doigts, formant des dessins élaborés, telle une araignée tissant sa toile.

— Je ne permettrai pas que Zoey interfère de nouveau dans nos projets.

— Une âme brisée est une condamnation à mort. Zoey n'est plus une menace pour nous, affirma Kalona sans quitter Neferet des yeux.

Elle attira à elle un pan d'obscurité collante qu'il ne connaissait que trop bien. Il avait passé une partie de sa vie à lutter contre elle avant d'étreindre sa puissance froide. Elle palpitait de façon familière, comme impatiente sous les doigts de Neferet. « Ce n'est pas normal qu'elle puisse commander à l'Obscurité aussi facilement ! » Cette pensée traversa l'esprit las de l'immortel tel l'écho du glas. « Une grande prêtresse ne devrait pas avoir autant de pouvoir. »

Seulement Neferet n'était plus une simple prêtresse depuis quelque temps déjà... Elle n'avait aucune difficulté à contrôler les forces du mal qu'elle avait appelées.

« Elle devient immortelle », se rendit-il compte, et la peur se mêla au regret, au désespoir et à la colère qui bouillonnaient dans le combattant déchu de la déesse.

— Oui, certains pourraient croire qu'il s'agit d'une condamnation à mort, dit Neferet avec calme tout en tirant des volutes noires à elle. Mais Zoey a la fâcheuse habitude de survivre. Cette fois, je veux qu'elle meure pour de bon !

— L'âme de Zoey, elle, a l'habitude de se réincarner, objecta Kalona, essayant de la déconcentrer.

— Alors, je la détruirai encore et encore ! répliqua-t-elle avec colère.

— Neferet, dit-il, essayant de la faire flancher en l'appelant par son prénom, comprends-tu vraiment ce que tu essaies de déclencher ?

Le regard de la prêtresse croisa le sien et, pour la première fois, Kalona vit la tache écarlate qui se cachait au fond de ses yeux.

— Bien sûr ! Ce que des êtres inférieurs appellent le mal.

— Je ne suis pas un être inférieur, et moi aussi, je l'ai appelé le mal.

— Ah, pas pendant plusieurs siècles, ricana-t-elle. Mais ces derniers temps, tu vis dans l'ombre de ton passé plutôt que de profiter du pouvoir ténébreux du présent. Et je sais à qui en revient la faute.

Au prix d'un effort énorme, Kalona s'assit.

— Non ! fit Neferet. Je ne veux pas que tu bouges.

Elle claqua des doigts : aussitôt un fil d'Obscurité s'enroula autour du cou de Kalona, se resserra et le plaqua au sol.

— Que veux-tu de moi ?

— Que tu suives l'esprit de Zoey dans l'au-delà et que tu t'assures qu'aucun de ses amis ne trouve un moyen de la convaincre de rejoindre son corps.

Une onde de choc traversa l'immortel.

— Nyx m'a banni de l'au-delà ! Je ne peux pas suivre Zoey.

— Oh, mais tu te trompes, mon amour. Tu prends toujours tout au pied de la lettre. Nyx t'a chassé, tu es tombé, et tu crois ne pas pouvoir y retourner. C'est ce que tu as cru pendant des siècles. En réalité, seul ton corps magnifique a été banni. Nyx a-t-elle parlé de ton âme ?

— Elle n'en a pas eu besoin. Si une âme est séparée de son corps pendant trop longtemps, le corps meurt.

— Sauf le tien, qui peut vivre séparé indéfiniment de son âme.

Kalona essaya de ne pas montrer la terreur que lui inspiraient ces mots.

— S'il est vrai que je ne peux pas mourir, cela ne veut pas dire que je ne subirai pas de dommages si mon esprit quitte mon corps.

« Je pourrais vieillir... devenir fou... devenir l'enveloppe de moi-même », songea-t-il.

Neferet haussa les épaules.

— Dans ce cas, il faudra que tu accomplisses ta tâche rapidement, pour pouvoir retrouver ton corps au plus vite, avant qu'il ne soit irrémédiablement abîmé, dit-elle en lui faisant un sourire charmeur. Je n'aimerais pas qu'il t'arrive malheur, mon amour.

— Neferet, ne fais pas ça. Tu mets en œuvre quelque chose dont tu devras affronter les conséquences.

— Ne me menace pas ! Je t'ai libéré de ton emprisonnement. Je t'ai aimé. Et ensuite, je t'ai vu flatter cette adolescente maniérée. Je veux qu'elle sorte de ma vie ! Les conséquences ? Je les accueille à bras ouverts ! Je ne suis pas la grande prêtresse faible et inefficace d'une déesse. Tu comprends ? Si tu n'avais pas été aussi distrait par cette gamine, je n'aurais pas besoin de te le faire remarquer. Je suis une immortelle, comme toi, Kalona ! Nous sommes parfaitement assortis. Toi aussi, tu le pensais, et tu le penseras de nouveau quand Zoey Redbird ne sera plus.

Kalona la dévisageait sans un mot. Il comprenait qu'elle était complètement folle, et se demandait pourquoi sa folie amplifiait encore son pouvoir et sa beauté.

— Alors, voilà ce que j'ai décidé de faire, poursuivit Neferet. Je vais garder ton corps immortel, si sexy, en sécurité sous terre, pendant que ton âme voyagera dans l'au-delà et fera en sorte que Zoey ne revienne jamais.

— Nyx ne le permettra pas ! s'écria-t-il.

— Nyx autorise toujours le libre arbitre. En tant qu'ancienne prêtresse, je sais, sans l'ombre d'un doute, qu'elle ne s'opposera pas à ce que ton esprit se rende dans l'au-delà. N'oublie pas, mon amour, qu'en détruisant Zoey tu détruiras le dernier obstacle à notre règne commun. Toi et moi détiendrons un pouvoir dépassant l'imagination dans ce monde de merveilles modernes. Penses-y : nous subjuguerons les humains et rétablirons la domination des vampires, avec toute la beauté, la passion et la puissance infinie que cela implique. La Terre nous appartiendra. Nous redonnerons vie à notre passé glorieux !

Elle jouait sur le point faible de Kalona. Il se maudit en silence de lui avoir révélé ses désirs secrets. Comme il lui avait fait confiance, Neferet savait que, puisqu'il n'était pas Érebus, il ne régnerait jamais auprès de Nyx dans l'au-delà, et qu'il voulait recréer sur Terre ce qu'il avait perdu.

— Il suffit de réfléchir, reprit-elle, pour comprendre qu'il est logique que tu suives Zoey, et que tu coupes le lien entre son âme et son corps. Cela ne fera que servir tes plus profonds désirs.

Neferet s'exprimait avec nonchalance, comme s'ils parlaient du tissu qu'elle allait choisir pour une nouvelle robe.

— Et comment retrouverai-je l'âme de Zoey ? dit Kalona en essayant de parler sur le même ton. L'au-delà est un royaume très vaste ; seuls les dieux et les déesses peuvent l'explorer.

Le beau visage cruel de Neferet se tendit.

— Ne fais pas semblant de ne pas être lié à son âme !

Elle inspira profondément et continua d'une voix plus posée.

— Je ne doute pas que tu sauras retrouver Zoey, mon amour. Quel est ton choix, Kalona ? Régner sur Terre à mes côtés, ou rester l'esclave du passé ?

— Je choisis de régner, répondit-il sans hésitation.

À peine eut-il prononcé ces mots que les yeux de Neferet se transformèrent : le vert céda la place à l'écarlate. Elle le fixa de leur faisceau rougeoyant, hypnotique.

— Alors, écoute-moi, Kalona, combattant déchu de Nyx ! Je jure de protéger ton corps. Lorsque Zoey Redbird, grande prêtresse novice de Nyx, ne sera plus, je promets que je te libérerai de ces entraves noires et que j'autoriserai le retour de ton esprit. Ensuite, je t'emmènerai sur le toit de notre château à Capri, et le ciel t'insufflera force et vie ; alors, tu dirigeras ce royaume, et tu seras mon consort, mon double, mon Érebus.

Elle passa un de ses ongles pointus sur sa paume droite, mettant la main en coupe pour que le sang ne coule pas.

— Par le sang, je réclame ce pouvoir ; par le sang, je fais ce serment.

L'Obscurité qui l'entourait remua et descendit dans sa main en se tortillant et absorba son contenu. Kalona sentait son attrait : elle parlait à son âme en des murmures charmeurs et puissants.

— *Oui !*

Ce grognement s'arracha à sa gorge alors qu'il se rendait à l'Obscurité avide. Neferet continua d'une voix magnifiée, gonflée de puissance.

— C'est ton propre choix que j'ai scellé par le sang avec l'Obscurité. Mais si tu échouais et le rompais…

— Je n'échouerai pas.

Le sourire de Neferet était d'une beauté surnaturelle ; le sang bouillonnait dans ses yeux.

— Si toi, Kalona, combattant déchu de Nyx, brises ce serment et romps ton engagement à détruire Zoey Redbird, grande prêtresse novice de Nyx, je garderai le contrôle de ton esprit jusqu'à la fin des temps.

— Si j'échoue, tu auras le contrôle de mon esprit, fit Kalona.

La réponse lui était venue spontanément, provoquée par l'Obscurité séduisante qu'il avait préférée pendant des siècles à la Lumière.

— Je le jure.

Encore une fois, Neferet se coupa la paume, y dessinant un X ensanglanté. L'odeur de cuivre flotta jusqu'aux narines de Kalona comme de la fumée s'échappant d'un feu.

— Qu'il en soit ainsi !

Le visage de Neferet se tordit de douleur pendant que l'Obscurité buvait de nouveau son sang ; mais elle ne flancha pas, ne bougea pas jusqu'à ce que l'air autour d'elle se mette à palpiter, gorgé de son sang et de son serment.

Alors seulement elle baissa la main. Sa langue jaillit de sa bouche et lécha la ligne écarlate, stoppant l'hémorragie. Puis elle s'avança vers l'immortel, se baissa et posa doucement les mains de chaque côté de son visage, comme il l'avait fait avec le garçon avant de lui asséner le coup fatal. Il sentait l'Obscurité battre en elle et autour d'elle, tel un taureau furieux attendant impatiemment l'ordre de sa maîtresse.

Ses lèvres rouges de sang s'arrêtèrent à quelques millimètres des siennes.

— Par le pouvoir qui court dans mes veines, et par la force des vies que j'ai prises, je vous ordonne, délicieux fils d'Obscurité, de sortir l'âme immortelle de ce corps et de l'envoyer dans l'au-delà. Pars et obéis à mes ordres, et je jure que je te sacrifierai la vie d'un innocent que tu n'auras pu souiller. Ainsi soit-il !

Neferet inspira à fond, et Kalona vit les fils noirs se glisser entre ses lèvres charnues. Elle inhala l'Obscurité jusqu'à en être remplie, puis elle couvrit sa bouche de la sienne et, dans un baiser au goût de sang, souffla le mal en lui avec une force telle qu'elle arracha de son corps son âme déjà blessée. Son âme qui hurlait, à l'agonie, alors que Kalona s'élevait dans le royaume dont sa déesse l'avait banni, laissant son corps sans vie, enchaîné, relié au mal par un serment, à la merci de Neferet.

CHAPITRE DEUX

Rephaïm

Le martèlement de tambour, incessant, lancinant, évoquait le battement de cœur d'un immortel. Il résonnait dans l'âme de Rephaïm au rythme de son pouls. Alors, les mots anciens prirent forme, s'enroulèrent autour de son corps et, sans qu'il se réveille, son pouls s'harmonisa avec cette mélodie sans âge. Dans son rêve, les voix de femmes chantaient :

L'Ancien endormi, attendant son réveil
Lorsque la Terre versera son sang sacré
Alors, il sera temps ; la reine Tsi Sgili y veille
Il quittera le lit qui le tient prisonnier

La chanson était séduisante et, tel un labyrinthe, formait des cercles continus.

Par la main des morts il sera libéré
Beauté terrible, vision monstrueuse
À nouveau ils seront dominés
Les femmes s'agenouilleront devant sa puissance ténébreuse

Le murmure de la musique exerçait son attrait. Une promesse. Une bénédiction. Une malédiction. Le souvenir de ce qu'elle annonçait agitait le corps endormi de Rephaïm. Il eut un soubresaut et, comme un enfant abandonné, souffla :

— Père ?

La mélodie s'acheva sur une rime que Rephaïm avait mémorisée plusieurs siècles auparavant.

*La chanson de Kalona au cœur va droit
Car nous tuons de sang-froid.*

— ... nous tuons de sang-froid.

Même endormi, Rephaïm répondit à ces mots. Le rythme de son cœur s'accéléra, ses poings se serrèrent, son corps se tendit. Alors, le tambour se tut, et les voix douces des femmes furent remplacées par une autre, basse et familière.

— *Traître... Lâche... Infidèle... Menteur !*

Cette litanie de colère envahit le rêve de Rephaïm et le réveilla brusquement.

— Père !

Le Corbeau Moqueur se redressa, repoussant les vieux journaux et les morceaux de carton dont il s'était servi pour se faire un nid.

— Père, tu es là ?

Un mouvement attira son attention, et il se pencha en avant, remuant son aile brisée alors qu'il scrutait l'obscurité depuis son placard en cèdre.

— Père ?

Il savait au fond de lui que Kalona n'était pas là, avant même d'apercevoir la silhouette d'une enfant.

— *Qui es-tu ?*

Rephaïm foudroya la petite fille du regard.

— Va-t'en, apparition !

Au lieu de s'évanouir, l'enfant plissa les yeux pour mieux l'étudier, visiblement intriguée.

— *Tu n'es pas un oiseau, et pourtant tu as des ailes. Tu n'es pas un garçon, et pourtant tu as des bras et des jambes. Et tes yeux ressemblent à ceux d'un garçon aussi, sauf qu'ils sont rouges. Alors, qui es-tu ?*

Rephaïm ressentit une bouffée de colère. D'un mouvement qui provoqua une douleur cuisante dans tout son corps, il bondit du placard et – prédateur dangereux, sur la défensive – atterrit à quelques centimètres seulement du fantôme.

— Je suis un cauchemar venu à la vie, esprit ! Va-t'en et laisse-moi en paix, ou tu verras qu'il y a bien pire que la mort.

La petite fille avait reculé d'un pas ; son épaule effleurait désormais le rebord de la fenêtre. Elle posa sur lui un regard curieux et intelligent.

— *Tu as appelé ton père dans ton sommeil. Je t'ai entendu. On ne me la fait pas, à moi ! Je suis maligne, et j'ai bonne mémoire. Et puis, tu ne me fais pas peur, parce que tu es seul et blessé.*

Avec humeur, elle croisa les bras sur sa maigre poitrine, rejeta ses longs cheveux blonds en arrière et disparut, laissant Rephaïm ainsi qu'elle l'avait décrit, seul et blessé.

Il desserra les poings ; son cœur ralentit. Il retourna en boitant dans son nid de fortune et appuya la tête contre la cloison du placard.

— Pathétique ! murmura-t-il. Le fils favori d'un immortel réduit à se cacher dans des détritus et à parler au fantôme d'une enfant humaine.

Il tenta en vain de rire. L'écho de la musique de son rêve, de son passé, était encore trop fort. Tout comme l'autre voix – celle qui, il l'aurait juré, appartenait à son père.

Il ne pouvait rester assis là. Ignorant la douleur dans son bras et dans son aile, il se leva. Il détestait la faiblesse qui avait envahi son corps. Combien de temps avait-il passé, blessé, épuisé par le trajet depuis la gare, blotti dans ce placard ? Il ne s'en souvenait pas. Un jour s'était-il écoulé ? Deux ?

Où était-elle ? Elle avait dit qu'elle viendrait le voir le soir. Or, il faisait nuit, et elle n'était pas là.

Avec un grognement de dégoût envers lui-même, il quitta sa cachette et se dirigea vers la porte qui donnait sur le balcon.

Il regarda le parc désert du musée. La pluie givrante qui était tombée sur la ville pendant des jours s'était arrêtée. Les branches des arbres qui entouraient la colline sur laquelle s'élevaient le Gilcrease Museum et le manoir abandonné ployaient sous le poids de la glace. Doté d'une bonne vision de nuit, Rephaïm ne détectait pourtant aucun mouvement. Les maisons bâties dans la zone séparant le musée du centre de Tulsa étaient aussi sombres que lors de son trajet. Seules de petites lumières vacillantes ponctuaient le paysage ; rien à voir avec l'éclairage abondant auquel Rephaïm se serait attendu dans une ville moderne.

Cependant, il n'y avait pas là de mystère. Les lignes électriques s'étaient brisées, tout comme les branches chargées de glace. C'était une bonne chose pour lui. Malgré les déchets éparpillés sur le bitume, la plupart des routes étaient praticables. Si le système d'éclairage de la ville n'avait pas cédé, les humains auraient envahi ces lieux, et la vie aurait repris son cours.

— Les coupures d'électricité gardent les humains à distance, marmonna-t-il. Mais qu'est-ce qui la retient, elle ?

Il ouvrit la porte branlante avec un sentiment de frustration et leva les yeux vers le ciel pour calmer ses nerfs. L'air était frais, humide. Au-dessus du gazon flottait une nappe de brouillard, comme si la Terre essayait de se dissimuler à son regard.

Il inspira profondément, inhalant les odeurs de la nuit. Le firmament lui paraissait inhabituellement brillant sans doute à cause des ténèbres qui régnaient sur Terre. Les étoiles lui faisaient signe, le caressaient comme la mère qu'il n'avait jamais connue.

Il étendit son aile indemne. L'autre tressaillit, et il recracha l'air nocturne dans un gémissement de douleur.

Brisée !

— Non. Ce n'est pas une certitude, dit-il à voix haute.

Il secoua la tête, tentant de chasser la faiblesse qui lui donnait une impression croissante de vulnérabilité.

— Concentre-toi ! Il est temps de retrouver Père.

Il ne se sentait toujours pas bien, mais son esprit était clair : il devrait être capable de déceler une trace de Kalona. Quelle que soit la distance qui les séparait, ils étaient liés par le sang et par l'esprit, et surtout par le don d'immortalité que Rephaïm avait reçu à sa naissance.

Il regardait le ciel, pensant aux courants d'air par lesquels il aimait tant se laisser porter. Il prit une autre grande inspiration, leva son bras indemne et tendit la main, comme s'il voulait atteindre les vestiges de la magie de l'au-delà qui y traînaient.

— Apportez-moi quelque chose de lui ! supplia-t-il.

L'espace d'un instant, il crut percevoir une infime réponse, loin, très loin à l'est. Puis il n'éprouva que de la fatigue.

— Pourquoi ne puis-je pas te sentir, Père ?

Frustré et épuisé, il laissa retomber sa main.

L'épuisement...

— Au nom de l'immortel !

Il venait de comprendre ce qui avait avalé sa force, le laissant dans cet état pitoyable, ce qui l'empêchait de trouver le chemin emprunté par son père.

— C'est elle qui a fait ça, lâcha-t-il d'une voix dure, les yeux écarlates.

Oui, il avait été très gravement blessé ; néanmoins, en tant que fils d'immortel, il aurait déjà dû voir son corps se rétablir peu à peu. Il avait beaucoup dormi depuis que le combattant lui avait tiré dessus ; son esprit s'était éclairci. Pourquoi le sommeil ne l'avait-il pas régénéré ? Même si, comme il le craignait, son aile était définitivement abîmée, il aurait dû aller réellement mieux et récupérer ses pouvoirs.

Oui, mais la Rouge avait bu son sang ; elle avait imprimé avec lui ! Elle avait perturbé l'équilibre de sa puissance immortelle.

La colère se mêla à sa frustration : elle s'était servie de lui, avant de l'abandonner !

« Comme Père. »

— Non ! se corrigea-t-il aussitôt.

Son père avait été chassé par la grande prêtresse novice. Il reviendrait quand il en serait capable, et Rephaïm serait de nouveau à ses côtés. La Rouge, elle, l'avait utilisé, puis rejeté.

Pourquoi cette seule pensée lui causait-elle une telle souffrance ? Ignorant ce sentiment, il interrogea le ciel familier. Il n'avait pas voulu cette Empreinte. Il n'avait sauvé la Rouge que parce qu'il lui devait la vie, et qu'il savait trop bien que l'un des vrais dangers de ce monde, et du suivant, était le poids d'une dette non payée.

Elle l'avait sauvé. Elle l'avait soigné, caché, puis relâché ; mais sur le toit de la gare il avait remboursé sa dette en l'aidant à échapper à une mort certaine. Il ne lui devait donc plus rien. Il était le fils d'un immortel, pas un misérable humain ! Il ne doutait pas d'être en mesure de briser cette Empreinte, conséquence ridicule de sa survie. Il se servirait de ce qu'il lui restait d'énergie pour s'en débarrasser, et ensuite il commencerait enfin à guérir.

Il inspira de nouveau. Sans se préoccuper de la faiblesse de son corps, il se concentra sur la force de sa volonté.

— J'appelle le pouvoir de l'esprit des anciens immortels, qui me revient de droit par la naissance, et lui demande de briser...

Une vague de désespoir s'abattit sur lui, et il trébucha contre la balustrade. La tristesse irradiait dans son corps avec une puissance telle qu'il tomba à genoux. Il resta ainsi, haletant, sous le choc.

« Qu'est-ce qui m'arrive ? »

Ensuite, une peur étrange le saisit, et il comprit.

« Ce ne sont pas mes émotions, se dit-il, essayant de se reprendre. Ce sont celles de Lucie ! »

Le désespoir suivit la peur. Luttant contre ces assauts continus, il se leva, et se concentra pour atteindre la réserve de pouvoir à laquelle n'avait pas accès la majeure partie de l'humanité, et dont son sang possédait la clé.

Il recommença l'invocation, cette fois, avec une intention différente.

Plus tard, il se dirait que sa réaction avait été instinctive, qu'il avait simplement agi sous l'influence de leur Empreinte, plus puissante qu'il ne l'avait cru. C'était cette maudite Empreinte qui lui avait fait croire que le moyen le plus sûr et le plus rapide de mettre un terme à ce flot d'émotions était de l'attirer à lui, l'éloignant ainsi de ce qui lui causait une telle souffrance.

Ce n'était pas parce qu'il se faisait du souci pour elle. Non, c'était impossible !

— J'appelle le pouvoir de l'esprit des anciens immortels, qui me revient de droit par ma naissance, récita-t-il rapidement, puisant de l'énergie dans les ombres les plus profondes de la nuit.

Puis il la canalisa, la chargeant d'immortalité. Autour de lui, l'air se mit à scintiller, teinté d'une lueur écarlate.

— Par la volonté de mon père, Kalona, qui a semé ce pouvoir dans mon sang, je t'envoie à mon…

Il s'interrompit. Son quoi ? Son rien du tout ! Elle était… elle était…

— Elle est la Rouge ! Grande prêtresse vampire de ceux qui sont perdus. Elle m'est attachée par l'Empreinte de notre sang et par une dette vitale. Va à elle. Fortifie-la. Attire-la à moi. Par la force immortelle de mon être, je te l'ordonne !

Le brouillard rouge partit immédiatement en direction du sud, là d'où il venait. Vers elle.

Rephaïm le suivit du regard ; puis il attendit.

CHAPITRE TROIS

Lucie

Quand Lucie se réveilla, elle était dans un sale état. Elle avait failli brûler sur un toit. Et elle avait imprimé avec Rephaïm.

Pendant un moment, elle se rappela l'excellent épisode de la saison 2 de *True Blood,* où Goderick, lui aussi, brûle sur un toit. Elle rit faiblement.

— Ça avait l'air beaucoup plus facile à la télé.

— Quoi donc ?

— Bonté divine, Dallas ! Tu m'as fichu une de ces trouilles ! s'écria-t-elle en agrippant le drap blanc qui la recouvrait. Qu'est-ce que tu fais là, bon sang ?

Il fronça les sourcils.

— Hé, calme-toi ! Je suis venu prendre de tes nouvelles un peu après le crépuscule, et Lenobia a dit que je pouvais rester, au cas où tu te réveillerais. Tu es terriblement nerveuse.

— J'ai failli mourir. Il me semble avoir le droit d'être un peu à cran.

Dallas fit une moue contrite. Il rapprocha sa chaise et lui prit la main.

— Tu as raison. Désolé. J'ai eu très peur quand Érik nous a raconté ce qui s'était passé.

— Qu'est-ce qu'il vous a dit ? lança Lucie avec dureté.

— Que tu as failli brûler sur ce toit.

— Oui, c'était vraiment débile. J'ai trébuché, et je me suis cogné la tête en tombant, prétendit-elle en détournant les yeux. Quand je me suis réveillée, j'étais presque transformée en toast.

— Oui, oui, c'est ça.

— Quoi ?

— Garde ces conneries pour Érik, Lenobia et les autres. Ces connards ont essayé de te tuer, pas vrai ?

— Dallas, je ne sais pas de quoi tu parles.

Elle essaya de retirer sa main de la sienne, mais il la tenait bien.

— Hé, dit-il d'une voix plus douce en touchant son visage et en la forçant à le regarder. C'est moi. Tu sais que tu peux me dire la vérité. Je ne te trahirai pas.

Elle poussa un long soupir.

— Je ne veux pas que Lenobia ou les novices bleus soient au courant !

Dallas la regarda un long moment.

— Je ne dirai rien à personne, mais je pense que tu fais une grosse erreur. Il faut que tu arrêtes de protéger ces salauds !

— Je ne les protège pas !

Cette fois, elle serra sa main, essayant de lui faire comprendre ce qu'elle ne pourrait jamais lui dire.

— Je veux seulement régler ça à ma façon. Si tout le monde apprend qu'ils ont essayé de me piéger là-haut, la situation va m'échapper.

« Et si Lenobia mettait la main sur Nicole et les autres, et qu'ils lui parlaient de Rephaïm ? » songea-t-elle avec inquiétude.

— Que vas-tu faire ? Tu ne les laisseras pas s'en tirer comme ça, j'espère !

— Je n'en ai pas l'intention. Mais ils sont sous ma responsabilité, et je vais m'occuper d'eux moi-même.

— Tu vas leur en mettre une, hein ? dit-il avec un grand sourire.

— Quelque chose comme ça, répondit-elle, n'ayant aucune idée de ce qu'elle allait faire. Quelle heure est-il ? demanda-t-elle pour changer de sujet. Je meurs de faim.

— Ça, c'est ma Lucie ! se réjouit Dallas.

Il l'embrassa sur le front, puis se dirigea vers le mini-réfrigérateur.

— Lenobia m'a dit qu'il y avait des poches de sang là-dedans. Elle m'a prévenu que tu aurais très faim à ton réveil.

Alors qu'il allait chercher le sang, elle s'assit et écarta avec appréhension sa chemise de nuit d'hôpital en grimaçant. Elle s'attendait au pire. Son dos avait ressemblé à un hamburger brûlé quand Lenobia et Érik l'avaient sortie du trou qu'elle avait créé dans la terre, et l'avaient éloignée de Rephaïm.

« Ne pense pas à lui, pour l'instant. Concentre-toi sur... »

— Oh, déesse ! murmura-t-elle, stupéfaite, en se tortillant pour voir son dos.

Il était lisse. Rose vif, comme si elle avait pris un coup de soleil, mais lisse et sain ; on aurait dit une peau de bébé.

— C'est incroyable ! souffla Dallas. Un vrai miracle.

Elle se tourna vers lui. Leurs yeux se croisèrent.

— Tu m'as fait une sacrée peur, petite. Ne recommence pas, d'accord ?

— Je vais essayer, promit-elle doucement.

Il se pencha vers elle et, avec précaution, du bout des doigts, effleura la peau rose de son omoplate.

— Tu as encore mal ?

— Pas vraiment. Je me sens juste un peu raide.

— Incroyable ! répéta-t-il. Lenobia m'avait bien prévenu que tu allais guérir en dormant, mais tes blessures étaient si graves que je ne m'attendais pas à...

— J'ai dormi pendant combien de temps ? l'interrompit-t-elle, espérant que cela ne se comptait pas en jours.

Rephaïm ! Elle n'était pas allée le voir. Que penserait-il ?

— Seulement une journée.

Elle poussa un soupir de soulagement.

— Une journée ? C'est tout ?

— Oui, enfin, le soleil s'est couché il y a deux heures, alors, tu as dormi plus d'une journée. Ils t'ont amenée ici ce matin. C'était vraiment la panique. Érik, qui conduisait le Hummer, avait coupé par le gazon, il a renversé une barrière et est rentré dans l'écurie. Ensuite, on t'a emmenée ici à toute vitesse.

— Oui, je me souviens d'avoir parlé à Zoey pendant le trajet. Je me sentais presque bien, mais ensuite, c'est comme si on m'avait éteinte. Je crois que je me suis évanouie.

— Exactement.

— C'est dommage, dit-elle en souriant. J'aurais bien aimé voir ça.

— Oui, c'est ce que je me suis dit après avoir compris que tu n'allais pas mourir.

— Je ne vais pas mourir, déclara-t-elle avec fermeté.

— Je suis content de te l'entendre dire.

Il prit son menton dans sa main et l'embrassa tendrement sur les lèvres.

Lucie s'écarta de lui d'un mouvement brusque.

— Alors, cette poche de sang ? demanda-t-elle.

— Oh, oui...

Il haussa les épaules, mais il avait les joues toutes rouges quand il la lui tendit.

— Désolé, je n'ai pas réfléchi, lâcha-t-il, l'air très mal à l'aise. Je sais que tu es blessée ; normal que tu ne sois pas d'humeur à... euh...

Lucie savait qu'elle devait parler. Après tout, il y avait quelque chose entre elle et Dallas. Il était gentil et malin, il prouvait qu'il la comprenait en restant là, penaud, la tête baissée, comme un petit garçon ; et il était mignon : grand, mince, avec juste ce qu'il fallait de muscles, et d'épais cheveux couleur sable. Elle aimait l'embrasser. Enfin, avant, elle avait aimé l'embrasser.

Et maintenant ?

Une gêne inhabituelle l'empêchait de trouver les mots qui le soulageraient ; alors, au lieu de parler, elle déchira l'un des coins de la poche et versa le sang dans sa bouche. Pendant qu'il coulait dans sa gorge, l'énergie se répandit dans tout son corps.

Malgré elle, elle ne put s'empêcher de comparer ce que lui faisait ressentir ce sang d'humain ordinaire aux sensations que lui avait procurées celui de Rephaïm, une décharge d'énergie pure et de chaleur.

Sa main tremblait un peu lorsqu'elle s'essuya la bouche et releva les yeux sur Dallas.

— Ça va mieux ? demanda-t-il, remis de son embarras.

— Je pourrais en avoir une autre ?

Il lui sourit et s'exécuta.

— Merci, Dallas.

Elle hésita un moment avant de boire.

— Je ne me sens pas au top, tu sais ?

— Je sais.

— Tout va bien entre nous ?

— Oui. Si tu vas bien, je vais bien.

— Avec ça, ça ira mieux.

Elle entamait la poche quand Lenobia entra dans la pièce.

— Hé, Lenobia, regardez ! s'écria Dallas. La Belle au Bois Dormant a fini par se réveiller.

Lucie avala la dernière goutte et se tourna vers la porte, mais son sourire se figea.

Manifestement, la professeur d'équitation avait pleuré. Beaucoup pleuré.

— Oh, déesse, que se passe-t-il ?

Lucie était tellement choquée de voir son professeur, d'habitude si forte, dans cet état, que sa première réaction fut de tapoter le lit à côté d'elle, invitant Lenobia à s'y asseoir, comme le faisait autrefois sa maman quand elle s'était fait mal et qu'elle pleurait.

Lenobia fit quelques pas, la démarche raide. Elle ne s'assit pas. Arrivée au pied du lit, elle inspira profondément, comme si elle s'apprêtait à annoncer quelque chose de terrible.

— Vous voulez que je parte ? demanda Dallas d'une voix hésitante.

— Non. Reste. Elle pourrait avoir besoin de toi, dit-elle d'une voix rauque, pleine de larmes. C'est Zoey. Il… il est arrivé malheur.

La peur frappa Lucie au ventre, et les mots lui échappèrent avant qu'elle ne puisse les retenir.

— Elle va bien ! Je lui ai parlé au téléphone, vous vous souvenez ? Quand on a quitté la gare, avant que le soleil et la douleur ne me rattrapent et que je tombe dans les pommes. C'était ce matin.

— Erce, mon amie qui sert d'assistante au conseil supérieur, a essayé de me contacter pendant des heures. Comme une idiote, j'avais laissé mon téléphone dans le Hummer, alors je viens juste de l'avoir. Kalona a tué Heath.

— Merde ! lâcha Dallas.

Lucie l'ignora, continuant de dévisager Lenobia. « Le père de Rephaïm a tué Heath ! » Sa peur empirait à chaque seconde.

— Zoey n'est pas morte, déclara-t-elle. Je le saurais, si c'était le cas.

— Zoey n'est pas morte, fit Lenobia, mais elle a vu Kalona tuer Heath. Elle a essayé de l'arrêter, et elle n'a pas réussi. Cela l'a brisée, Lucie.

Les larmes coulaient sur ses joues au teint de porcelaine.

— Brisée ? Qu'est-ce que ça veut dire ?

— Cela veut dire que son corps respire toujours, mais son âme n'est plus là. Quand l'âme d'une grande prêtresse est partie, au bout d'un moment, son corps la lâche à son tour.

— La lâche ? Je ne sais pas de quoi vous parlez. Vous essayez de me dire qu'elle va disparaître ?

— Non, répondit Lenobia d'une voix tremblante. Elle va mourir.

Lucie secouait la tête, l'air buté.

— Non. Non. Non ! On va la ramener ici. Elle ira mieux.

— Même si son corps est rapatrié, Zoey ne reviendra pas, Lucie. Tu dois t'y préparer.

— Pas question ! hurla la novice rouge. Je ne peux pas ! Dallas, apporte-moi mon jean et mes affaires. Je vais trouver un moyen d'aider Zoey. Elle ne m'a jamais laissée tomber, et je ne vais pas l'abandonner.

— Tu n'y peux rien, Lucie, intervint Dragon Lankford depuis l'embrasure de la porte.

Ses traits étaient tirés ; il semblait hagard, mais sa voix était calme et assurée.

— Zoey a subi une douleur qu'elle n'a pas pu supporter, continua-t-il. Et je sais de quoi je parle. Lorsque l'âme se brise, son lien avec le corps est rompu, et sans l'esprit, le corps meurt.

— Non, s'il vous plaît. Ce n'est pas possible ! Ce n'est pas réel.

— Tu es la première grande prêtresse des vampires rouges. Tu dois trouver la force d'accepter cette perte. Les tiens auront besoin de toi, dit Dragon.

— Nous ne savons pas où Kalona s'est enfui, ni quel est le rôle de Neferet dans tout ça, ajouta Lenobia.

— Ce que nous savons, c'est que la mort de Zoey leur permettrait de nous attaquer, reprit Dragon.

« La mort de Zoey »... Ces mots résonnaient dans l'esprit de Lucie, provoquant un choc et un désespoir terribles.

— Tes pouvoirs sont vastes. La rapidité de ta guérison le prouve, poursuivit Lenobia. Et nous aurons besoin de toutes les forces disponibles pour affronter l'Obscurité qui, j'en suis sûre, va s'abattre sur nous.

— Contrôle ta douleur, conclut Dragon, et prends la place de Zoey.

— Personne ne peut prendre sa place !

— Nous ne te demandons pas d'être comme elle. Nous voulons juste que tu nous aides à remplir le vide qu'elle va laisser.

— Il faut... il faut que je réfléchisse. Pourrais-je rester seule pendant un moment ?

— Bien sûr, fit Lenobia. Nous serons dans la salle du conseil. Rejoins-nous quand tu seras prête.

Elle et Dragon quittèrent alors la pièce en silence, affligés mais résolus.

— Hé, ça va ? demanda Dallas en prenant Lucie par la main.

Elle la retira aussitôt.

— Où sont mes vêtements ?

— Je les ai trouvés dans le placard, là-bas.

— Bien, merci. Tu dois sortir pour que je puisse m'habiller.

— Tu n'as pas répondu à ma question.

— Non, ça ne va pas, et ça n'ira pas tant qu'ils continueront de dire que Zoey va mourir.

— Mais, Lucie, même moi, je sais ce qui se passe quand une âme quitte un corps. La personne meurt, dit-il avec une grande douceur.

— Non, pas Zoey ! Maintenant, sors. Je veux m'habiller.

Dallas soupira.

— Je t'attends dehors.

— Bien. Je ne serai pas longue.

— Prends ton temps, petite. Je ne suis pas pressé.

Dès qu'il eut fermé la porte, au lieu d'enfiler ses vêtements à toute vitesse, Lucie se mit à feuilleter mentalement son *Manuel du novice,* s'arrêtant sur l'histoire si triste d'une ancienne grande prêtresse dont l'âme s'était brisée. Elle ne se souvenait pas de ce qui avait causé l'accident – en fait, elle ne se rappelait pas grand-chose ; elle savait juste que la prêtresse était morte.

— La grande prêtresse est morte, chuchota-t-elle.

Zoey n'était même pas une vraie grande prêtresse adulte ! En réalité, elle était encore une novice. Comment arriverait-elle à surmonter une épreuve qui avait coûté la vie à une grande prêtresse ?

Elle n'y arriverait pas...

Ce n'était pas juste ! Après tout ce qu'ils avaient vécu, Zoey allait mourir ? Lucie refusait de le croire. Elle avait envie de hurler sa douleur. Elle voulait lutter, trouver un moyen de sauver sa meilleure amie. Mais comment ? Zoey était en Italie, et elle, elle était à Tulsa. Et elle n'était même pas capable de régler le problème de ces novices rouges cinglés ! Qui était-elle pour se croire en mesure d'imaginer une solution à un problème aussi grave que l'âme brisée de Zoey ?

De plus, elle avait imprimé avec le fils de la créature qui avait provoqué cette horreur !

La tristesse la submergea. Elle se recroquevilla sur son lit, son oreiller serré contre la poitrine et, enroulant une mèche de cheveux autour de son doigt, comme elle le faisait quand elle était petite, elle se mit à pleurer. Secouée par les sanglots, elle enfouit son visage dans l'oreiller pour que Dallas ne puisse pas l'entendre, se laissant aller à la peur et à un désespoir total.

Soudain, l'air remua autour d'elle, comme si quelqu'un avait ouvert la fenêtre.

D'abord, elle l'ignora, trop absorbée par son chagrin pour se soucier d'un courant d'air. Mais il s'intensifia. Il touchait sa peau fraîche et rose en une douce caresse, étonnamment agréable. Pendant un moment, elle se détendit, s'autorisant à accepter ce réconfort.

Une caresse ? Elle lui avait demandé de l'attendre dehors !

Elle releva brusquement la tête en retroussant les lèvres.

Il n'y avait personne dans la pièce.

Elle se prit le visage entre les mains. Le choc lui faisait-il perdre la tête ? Elle se secoua : il fallait qu'elle se lève et s'habille. Il fallait qu'elle mette un pied devant l'autre et affronte la vérité sur ce qui était arrivé à Zoey, et ses novices rouges, et Kalona et, finalement, Rephaïm.

Rephaïm...

Lucie sentit une autre caresse sur sa peau ; elle s'enroulait autour d'elle, descendait sur ses bras, autour de sa taille, le long de ses jambes... Et partout où cette fraîcheur la touchait, un peu de sa douleur disparaissait, lui permettant de mieux se contrôler. Elle s'essuya les yeux et regarda son corps.

Le brouillard qui flottait autour d'elle était constitué de gouttelettes scintillantes de la couleur exacte des yeux de Rephaïm.

— Rephaïm, chuchota-t-elle malgré elle.

Il t'appelle...

— Que se passe-t-il, bon sang ? marmonna-t-elle, de la colère se mêlant à son désespoir.

Va le retrouver.

— Le retrouver ? s'indigna-t-elle. C'est son père qui a causé cette situation !

Va le retrouver...

Laissant le courant d'air frais et sa colère rouge décider pour elle, Lucie enfila ses vêtements. Elle irait voir Rephaïm, mais seulement parce qu'il pouvait savoir quelque chose qui l'aiderait à secourir Zoey. Il était le fils d'un immortel puissant et dangereux ; il avait forcément des talents qu'elle ignorait. La brume rouge venait de lui, cela ne faisait aucun doute, et elle devait être constituée d'esprit.

— Bien, dit-elle à voix haute. J'irai le retrouver.

Au moment où elle prononça ces mots, la brume s'évapora, ne laissant qu'une fraîcheur sur sa peau, et un calme étrange, surnaturel.

« Je vais aller le voir, et s'il ne peut pas m'aider, je crois que – Empreinte ou pas – je vais devoir le tuer. »

CHAPITRE QUATRE

Aphrodite

— Sérieusement, Erce, je ne le répéterai pas : je me moque de vos règles débiles. Zoey est là-dedans, donc je vais entrer.

— Aphrodite, tu es une humaine – tu n'es même pas le consort d'un vampire. Tu ne peux pas faire irruption dans la chambre du conseil supérieur, avec ton hystérie de jeune mortelle, surtout en temps de crise, déclara Erce en balayant d'un regard froid les cheveux emmêlés d'Aphrodite, son visage trempé de larmes, ses yeux rouges.

— Le conseil t'invitera à entrer. Peut-être. En attendant, tu devras patienter.

— Je ne suis pas hystérique, répliqua Aphrodite d'une voix lente et distincte, avec un calme forcé, ignorant le fait que, si elle était restée dehors quand Stark, suivi de Darius, de Damien, des Jumelles et même de Jack, avait porté le corps sans vie de Zoey à l'intérieur, c'était justement parce qu'elle s'était comportée comme une humaine hystérique.

Elle avait pleuré si fort que les larmes et la morve l'avaient empêchée de respirer et de voir grand-chose.

Lorsqu'elle s'était enfin reprise, on lui avait claqué la porte au nez, et Erce jouait maintenant la gardienne.

Mais l'autre se trompait en pensant qu'elle ne savait pas affronter les adultes coincés et autoritaires. Aphrodite avait été élevée par une femme à côté de laquelle Erce passait pour Mary Poppins.

— Alors, vous pensez que je ne suis qu'une gamine humaine, c'est ça ? demanda Aphrodite en pénétrant dans l'espace personnel d'Erce, qui recula d'un pas. Révisez vos fiches, bon sang ! Je suis une prophétesse de Nyx. Vous vous rappelez qui c'est ? Nyx, votre patronne. Je n'ai pas besoin de votre accord pour me présenter devant le conseil supérieur. C'est Nyx elle-même qui m'a donné ce droit. Alors, maintenant, poussez-vous de là !

— Même si sa requête aurait pu être formulée plus poliment, cette enfant a raison, Erce. Laissez-la passer. J'en prendrai la responsabilité si le conseil désapprouve.

Les poils d'Aphrodite se dressèrent quand elle entendit la voix de Neferet derrière elle.

— Ce n'est pas la coutume... objecta Erce, mais son ton prouvait qu'elle capitulait.

— Il n'est pas habituel non plus que l'âme d'une novice soit brisée, répliqua Neferet.

— Je ne peux qu'acquiescer, prêtresse, céda Erce en faisant un pas sur le côté et en ouvrant l'épaisse porte en pierre. Vous êtes désormais responsable de la présence de cette humaine devant le conseil.

— Merci, Erce. J'apprécie votre collaboration. Oh, des combattants vont venir livrer quelque chose. Vous les laisserez passer, eux aussi.

Aphrodite ne jeta pas un regard en arrière quand Erce murmura : « Bien sûr, prêtresse. » L'air résolu, elle pénétra dans le bâtiment.

— N'est-ce pas étrange que nous soyons de nouveau alliées, mon enfant ? demanda Neferet.

— Nous ne serons jamais alliées, et je ne suis pas une enfant, répliqua Aphrodite sans la regarder ni ralentir le pas.

L'entrée donnait sur un immense amphithéâtre en pierre. Les yeux d'Aphrodite furent attirés par le vitrail représentant Nyx, encadrée par un pentagramme brillant. Ses bras gracieux levés au-dessus de la tête, elle tenait un croissant de lune entre ses mains.

— C'est charmant, n'est-ce pas ? commenta Neferet sur le ton de la conversation. Les vampires ont créé les plus grandes œuvres d'art du monde.

Aphrodite haussa les épaules.

— Les vampires ont de l'argent. L'argent permet d'acheter les jolies choses, qu'elles soient faites ou non par des humains. Et vous ne pouvez pas être sûre que ce sont des vampires qui ont réalisé ce vitrail. Je sais que vous êtes vieille, mais pas à ce point.

Ignorant le petit rire condescendant de Neferet, Aphrodite regarda vers le centre de la salle. Elle ne comprit pas tout de suite ce qu'elle avait sous les yeux ; puis elle sursauta comme si on lui avait donné un coup de poing dans le ventre.

Sept vampires étaient assis sur des trônes en marbre sculpté, installés au milieu d'une plate-forme surélevée. Devant eux était allongée Zoey, tel un cadavre étendu sur une table d'autopsie. Stark, agenouillé à côté d'elle, pleurait en silence. Des larmes coulaient sur son visage et tombaient sur son tee-shirt. Darius, debout près de lui, disait quelque chose à la brune assise sur le premier trône, dont les cheveux épais étaient parsemés de gris. Damien, Jack et les Jumelles étaient blottis les uns contre les autres sur un banc de pierre. Ils pleuraient eux aussi, mais leur chagrin bruyant était aussi différent de la souffrance de Stark que l'océan d'un ruisseau.

Quand Aphrodite s'avança, Neferet lui attrapa le poignet. Alors seulement la jeune fille se tourna vers son ancien mentor.

— Vous feriez mieux de me lâcher, dit-elle tout bas.

Neferet haussa un sourcil.

— Tiens, on dirait que tu as enfin appris à résister aux figures maternelles !

— Vous n'êtes la figure maternelle de personne, lança Aphrodite avec colère. J'ai appris à résister aux pétasses il y a bien longtemps.

Neferet grimaça et relâcha son poignet.

— En revanche, tu es toujours aussi vulgaire.

— Je ne suis pas vulgaire ; je suis honnête ; nuance. Et je me fiche éperdument de ce que vous pensez.

Neferet ouvrit la bouche pour répondre, mais Aphrodite la devança.

— Qu'est-ce que vous foutez là, d'abord ?

Neferet battit des cils, surprise.

— Je suis là parce qu'il y a une novice blessée.

— Conneries ! Vous n'êtes là que pour obtenir quelque chose. C'est comme ça que vous fonctionnez, Neferet, qu'ils le sachent ou non, siffla Aphrodite en désignant les membres du conseil du menton.

— Fais attention, ma grande ! Tu pourrais bientôt avoir besoin de moi.

Aphrodite soutint son regard et fut choquée de voir que les yeux de Neferet avaient changé. Ils n'étaient plus d'un vert émeraude vif. Ils s'étaient assombris et... Était-ce du rouge qu'elle voyait luire au milieu ? À peine cette pensée s'était-elle formée dans son esprit que Neferet cligna des paupières et ses iris reprirent leur couleur de pierres précieuses.

Aphrodite inspira, secouée. Elle avait la chair de poule, mais elle réussit à dire sur un ton sarcastique :

— Pas de problème. Je prends le risque de me passer de votre aide.

Sans lui répondre, Neferet se tourna face au conseil et fit un geste gracieux de la main, indiquant Aphrodite.

— Je demande au conseil d'autoriser la présence de cette humaine. Il s'agit d'Aphrodite, la jeune fille qui prétend être la prophétesse de Nyx.

Aphrodite contourna Neferet et croisa le regard des sept vampires.

— Je ne *prétends* pas, je *suis* la prophétesse de Nyx par la volonté de la déesse. La vérité, c'est que, si j'avais le choix, je ne voudrais pas de ce titre.

— La déesse croit en Aphrodite, même s'il celle-ci n'est pas très sûre d'elle, intervint Darius.

Aphrodite lui sourit. Il était bien plus que son combattant canon. Elle pouvait compter sur lui ; il voyait toujours le meilleur en elle.

— Darius, pourquoi intercédez-vous en faveur de cette humaine ? demanda la brune.

— Duantia, j'ai prêté mon serment de combattant à cette prophétesse.

— Un serment ? s'exclama Neferet, ne parvenant à dissimuler sa stupéfaction. Mais… cela signifie…

— Cela signifie, la coupa Aphrodite, que je ne suis pas totalement humaine, vu qu'un combattant vampire ne doit pas prêter serment à un humain.

— Vous pouvez rester, Aphrodite, prophétesse de Nyx, dit Duantia. Le conseil vous y autorise.

Aphrodite descendit les marches à toute vitesse, laissant Neferet derrière. Elle voulait courir vers Zoey, mais son instinct la fit s'arrêter devant Duantia. Elle pressa le poing sur sa poitrine et s'inclina respectueusement.

— Merci, prêtresse.

— En ces temps extraordinaires, nous devons prendre des mesures exceptionnelles, déclara une femme grande et mince aux yeux noirs comme la nuit.

Ne sachant que répondre, Aphrodite se contenta de hocher la tête, puis elle s'approcha de Zoey. Elle glissa la main dans celle de Darius et la pressa très fort pour puiser un peu de la force extraordinaire de son combattant avant de regarder son amie.

Elle n'avait pas rêvé. Les tatouages de Zoey avaient vraiment disparu ! Il ne restait que le contour du croissant de lune saphir au milieu de son front. Et elle était tellement pâle ! « Zoey semble morte. » Aphrodite serra les mâchoires : Zoey n'était pas morte ; son cœur battait toujours. Zoey n'était pas morte !

— La déesse te révèle-t-elle quelque chose quand tu regardes cette novice ? demanda le même vampire.

Aphrodite relâcha la main de Darius et s'agenouilla lentement à côté de Zoey. Elle jeta un coup d'œil à Stark, prostré en face d'elle. Il n'avait pas bougé. Il pleurait en silence en contemplant Zoey. « Darius serait-il comme ça si quelque chose m'arrivait ? » se demanda-t-elle. Elle chassa cette pensée et se concentra sur Zoey. Elle tendit la main et la posa sur l'épaule de son amie.

Sa peau était froide, comme si la vie l'avait vraiment quittée. Aphrodite attendit un signe de la part de Nyx, mais elle n'eut pas la moindre bribe de vision ou de pressentiment.

Avec un soupir de frustration, elle secoua la tête.

— Non, rien. Je ne contrôle pas mes visions. Elles m'assaillent, que je le veuille ou non, et pour dire la vérité, je ne le veux pas souvent...

— Tu n'utilises pas tous les dons que t'a accordés la déesse, jeune fille.

Étonnée, Aphrodite releva les yeux sur la femme aux yeux sombres qui s'était levée et s'approchait d'elle, gracieuse.

— Tu es une véritable prophétesse de Nyx, n'est-ce pas ?

— Oui, répondit Aphrodite avec autant de perplexité que de conviction.

Dans un bruissement de soie couleur de la nuit, la femme s'agenouilla à côté d'elle.

— Je m'appelle Thanatos. Sais-tu ce que mon nom signifie ?

Aphrodite secoua la tête. Elle aurait bien aimé que Damien soit près d'elle pour qu'il lui souffle la réponse.

— Il signifie la mort. Je ne dirige pas le conseil. C'est à Duantia que revient cet honneur, mais j'ai le privilège unique d'être particulièrement proche de la déesse, puisqu'elle m'a donné la capacité d'aider les âmes qui passent de ce monde à l'autre.

— Vous pouvez parler aux fantômes ?

Le sourire de Thanatos transforma son visage sévère, la rendant presque jolie.

— D'une certaine manière, oui. Et, grâce à ce don, je sais quelque chose sur tes visions.

— Sérieusement ? Pourtant, avoir une vision, ce n'est pas comme parler à des fantômes.

— Vraiment ? De quel royaume te viennent tes visions ? Ou, plus précisément, dans quel royaume te trouves-tu quand tu les reçois ?

Aphrodite réfléchit à toutes les visions de mort qu'elle avait eues, dans lesquelles elle avait toujours partagé le point de vue des défunts. Elle inspira brusquement.

— Je les reçois de l'au-delà !

Thanatos hocha la tête.

— Tu es beaucoup plus en relation avec l'au-delà que je ne le suis, prophétesse. Je ne fais que guider les morts en transit, et, à travers eux, j'aperçois l'au-delà.

Aphrodite posa les yeux sur Zoey.

— Elle n'est pas morte.

— Non, pas encore. Mais son corps ne tiendra pas plus de sept jours dans cet état, privé de son âme. L'au-delà a une forte emprise sur elle, plus forte que sur ceux qui viennent de mourir. Touche-la à nouveau, prophétesse. Cette fois, concentre-toi et utilise tous les talents qui t'ont été donnés.

— Mais je…

Thanatos la coupa.

— Prophétesse, fais ce que Nyx voudrait que tu fasses.

— Je ne sais pas ce qu'elle veut !

Le visage de Thanatos se détendit, et elle sourit.

— Eh bien, mon enfant, demande-lui de l'aide.

— C'est tout ?

— Oui, prophétesse.

Lentement, Aphrodite posa la main sur l'épaule glacée de Zoey. Elle ferma les yeux et prit trois profondes inspirations, comme le faisait Zoey avant de former un cercle. Puis elle adressa une prière fervente et silencieuse à Nyx : *Je ne vous le demanderais pas si ce n'était pas important. Je n'aime pas demander de faveurs. À personne. Mais, là, Nyx, j'ai besoin de votre aide. Thanatos semble penser que j'ai un lien avec l'au-delà. Si c'est vrai, pourriez-vous me faire savoir ce qui arrive à Zoey, s'il vous plaît ? Je vous en prie, déesse.*

Et pas seulement parce que Zoey est comme la sœur que ma mère a été trop égoïste pour me donner. J'ai besoin de votre aide parce que beaucoup de gens dépendent d'elle, et c'est plus important que moi.

Elle sentit alors une chaleur sous sa paume ; puis elle eut l'impression de sortir de son corps et de se glisser dans celui de Zoey. Cela ne dura que le temps d'un battement de cœur, mais ce qu'elle vit et sut la choqua tellement que, l'instant d'après, elle réintégra son propre corps. Elle serrait la main contre sa poitrine, haletante, apeurée. Puis elle poussa un gémissement et se plia en deux, prise de vertige, alors que des larmes se mettaient à couler sur son visage.

— Que se passe-t-il, prophétesse ? Qu'as-tu vu ? demanda calmement Thanatos en essuyant ses larmes et en passant un bras autour de sa taille pour la maintenir.

— Elle est partie ! s'exclama Aphrodite. J'ai senti ce qu'il lui était arrivé, l'espace d'une seconde. Zoey a lancé toute la puissance de l'esprit sur Kalona. Elle a essayé de l'arrêter, mais ça n'a pas suffi. Heath est mort sous ses yeux. Cela a brisé son âme. Vous savez où elle est, n'est-ce pas ?

— Je crois, oui. Mais tu dois le confirmer.

— Je l'ai vue avec les morts dans l'au-delà, dit Aphrodite en clignant des yeux. Elle n'a pas pu supporter ce qui s'était passé.

— Tu n'as rien vu de plus ? Rien qui pourrait aider Zoey ?

Aphrodite leva une main tremblante.

— Non, mais je vais réessayer et...

— Non, tu es encore trop faible à cause de la rupture de ton Empreinte avec Lucie, protesta Darius.

— Ça n'a pas d'importance. Zoey est en train de mourir !

— Si, ça a de l'importance. Veux-tu que ton âme devienne comme celle de Zoey ? intervint Thanatos avec douceur.

La terreur secoua Aphrodite.

— Non, murmura-t-elle en posant la main sur celle de Darius.

— Voilà pourquoi il est malheureux que les jeunes gens reçoivent de grands dons de la déesse ! lança Neferet. Ils possèdent rarement la maturité nécessaire pour les utiliser avec sagesse.

Au son de sa voix froide et condescendante Stark eut un soubresaut, et il releva enfin les yeux.

— Cette créature ne devrait pas être admise ici ! C'est elle qui a fait ça ! Elle a tué Heath et brisé Zoey ! cracha-t-il.

Neferet lui jeta un regard méprisant.

— Je sais que tu traverses une épreuve difficile, mais tu ne peux t'adresser à une grande prêtresse de la sorte, combattant.

Stark sauta sur ses pieds. Darius, toujours aussi rapide, le retint et murmura :

— Réfléchis avant d'agir, Stark !

— Combattant, dit Duantia au garçon, tu étais là quand cet humain a été tué, et quand l'âme de Zoey s'est brisée. Tu as témoigné que c'était l'immortel ailé qui avait commis cet acte. Tu n'as pas parlé de Neferet.

— Demandez à n'importe lequel des amis de Zoey ! s'écria Stark. Appelez Lenobia ou Dragon Lankford à la Maison de la Nuit de Tulsa. Ils vous confirmeront tous que Neferet n'a pas besoin d'être physiquement présente pour causer la mort de quelqu'un.

Il repoussa la main de Darius et s'essuya le visage avec colère, comme s'il venait juste de s'apercevoir qu'il avait pleuré.

— Elle... elle peut provoquer des événements terribles, même quand elle n'est pas là, déclara Damien d'une voix hésitante.

Les Jumelles et Jack, en larmes, hochèrent la tête.

— Il n'y a aucune preuve que Neferet soit mêlée à cette affaire, fit remarquer Duantia d'une voix douce.

— Thanatos ! Vous savez ce qui est arrivé à Heath ! Vous ne pourriez pas parler à son fantôme ? éclata Aphrodite.

— L'esprit de l'humain ne s'est pas attardé sur Terre, et, avant de s'en aller, il ne m'a pas cherchée.

— Où est Kalona ? s'exclama Stark, ignorant tout le monde. Neferet, où cachez-vous votre amant, qui a exécuté vos ordres ?

— Si tu parles de mon consort immortel, Érebus, c'est exactement la raison de ma présence ici. Moi aussi, j'ai senti l'âme de Zoey se briser, poursuivit-elle à l'intention des membres du conseil. Je marchais alors dans le labyrinthe, me préparant mentalement à quitter l'île de San Clemente pour une très longue période.

Stark ricana :

— Kalona et vous voulez diriger le monde depuis Capri. Donc, en effet, vous ne reviendrez pas ici dans un futur proche, sauf pour détruire l'île.

Darius lui toucha l'épaule, mais le jeune combattant le repoussa, défiant Neferet du regard.

— Je ne nie pas qu'Érebus et moi-même souhaitons réinstaurer les coutumes d'antan, de l'époque où les vampires étaient installés à Capri, d'où ils veillaient sur la bonne marche des choses, révérés et respectés de tous.

Mais il ne me viendrait pas à l'idée de détruire cette île ou ce conseil ! En réalité, je recherche son soutien.

— Vous voulez dire son pouvoir ! Et maintenant que Zoey n'est plus là, vous avez plus de chances de l'obtenir, rétorqua Stark.

— Vraiment ? Aurais-je mal interprété ce qui s'est passé entre ta Zoey et mon Érebus tout à l'heure, ici même ? Elle a admis qu'il était un immortel en quête d'une déesse à servir.

— Elle ne l'a jamais appelé Érebus !

— Et mon immortel Érebus l'a gentiment qualifiée de faillible, pas de menteuse, continua Neferet, imperturbable.

— Alors, qu'avez-vous fait, Neferet ? Vous l'avez forcé à tuer Heath et à briser l'âme de Zoey parce que vous étiez jalouse de ce qu'il y avait entre eux ? insista Stark.

— Bien sûr que non ! Sers-toi de ton cerveau, pas de ton pathétique cœur brisé, combattant ! Zoey aurait-elle pu te forcer à tuer un innocent pour elle ? Bien sûr que non. Tu es son combattant, mais tu as encore ton libre arbitre, et tu es toujours attaché à Nyx, et tu accomplis la volonté de la déesse.

Sans lui laisser le temps de répondre, elle se tourna vers le conseil.

— Comme je l'expliquais, j'ai senti l'âme de Zoey se briser, et je retournais au palais quand j'ai trouvé Érebus. Il était gravement blessé, à peine conscient. Il n'eut le temps que de me dire : « Je protégeais ma déesse », puis il est parti.

— Kalona est mort ? ne put s'empêcher de demander Aphrodite.

Sans lui répondre, Neferet pivota vers l'entrée de la salle, où étaient apparus quatre combattants portant une civière qui s'affaissait sous le poids d'un corps.

— Amenez-le ici ! commanda-t-elle.

Ils descendirent les marches et déposèrent la civière devant l'estrade. Stark et Darius se placèrent machinalement entre Zoey et Kalona.

— Il n'est pas mort, évidemment. C'est Érebus, un immortel, dit Neferet de sa voix hautaine avant d'éclater en sanglots. Il n'est pas mort, mais comme vous pouvez le voir, il est parti !

Incapable de se contrôler, Aphrodite se leva et s'approcha de Kalona. Darius la rejoignit en un clin d'œil.

— Non, ne le touche pas.

— Que nous l'appelions Érebus ou non, il est évident que cet être est un immortel très ancien, déclara Thanatos. À cause du pouvoir de son sang, la prophétesse ne pourra pas entrer dans son corps, même si son esprit n'est pas là. Il ne représente pas le même danger pour elle que Zoey, combattant.

— Tout va bien, dit Aphrodite. Laisse-moi essayer.

— Je suis là, avec toi. Je ne te lâcherai pas, fit Darius, l'air tendu, en lui prenant la main.

Aphrodite inspira de nouveau à trois reprises et se concentra sur Kalona avant de poser la main sur son épaule, comme elle l'avait fait pour Zoey. Sa peau était si froide qu'elle faillit reculer d'un bond. Elle ferma les yeux. « Nyx, pria-t-elle, s'il vous plaît, montrez-moi juste quelque chose qui pourrait nous aider. Je vous en supplie, servez-vous de moi comme d'un outil qui vous permettra de combattre l'obscurité et suivre votre chemin. »

Sa paume se réchauffa, et Aphrodite n'eut pas besoin de plonger en Kalona pour savoir qu'il était parti : l'Obscurité le lui dit. C'était une véritable entité, vaste, puissante, vivante. Aphrodite eut l'image très précise d'un filet noir, comme la toile d'une araignée invisible. Ses fils collants enroulés autour de Kalona le retenaient, l'attachant fermement. De toute évidence, le corps de l'immortel était emprisonné, et il était complètement vide.

Retenant son souffle, elle retira vivement sa main, la frotta contre sa cuisse, comme si ce piège gluant l'avait tachée. Ses genoux cédèrent, et elle s'écroula contre Darius.

— C'est comme Zoey, dit-elle, sans révéler que le corps de Kalona était pris en otage. Il n'est plus là, lui non plus.

CHAPITRE CINQ

Zoey

— Zo, tu dois te réveiller. S'il te plaît ! Réveille-toi et parle-moi.

La voix du garçon était agréable. Je sus qu'il était mignon avant même d'ouvrir les yeux. Quand je le fis, je lui souris, car je ne m'étais pas trompée. Il était, comme dirait mon ex-meilleure amie Kayla, « super canon ». Miam ! Même si la tête me tournait un peu, je me sentais bien, heureuse. Mon sourire s'agrandit.

— Je suis réveillée. Qui es-tu ?

— Zo, arrête de faire l'idiote. Ce n'est pas drôle.

Il fronçait les sourcils, et je me rendis compte que j'étais étendue sur ses genoux, et qu'il me serrait contre lui. Je m'assis brusquement et je m'écartai un peu. D'accord, il était super canon, mais je ne me sentais pas vraiment à l'aise dans les bras d'un inconnu.

— Euh... je n'essaie pas d'être drôle.

Son visage se figea.

— Zo, tu es en train de me dire que tu ne sais pas qui je suis ?

— Je n'en ai aucune idée, même si, apparemment, tu me connais, toi.

— Zoey, sais-tu qui tu es ?

Je battis des paupières.

— Quelle question idiote ! Bien sûr ! Je suis Zoey.

Heureusement qu'il était aussi mignon, parce que, de toute évidence, il n'était pas très futé.

— Sais-tu où tu es ? poursuivit-il d'une voix douce, hésitante.

Je regardai autour de moi. Nous étions assis sur du gazon à côté d'un ponton s'avançant dans un lac qui, sous la vive lumière du soleil matinal, ressemblait à du verre.

Le soleil ?

Ce n'était pas normal.

Quelque chose ne tournait pas rond.

Je croisai le regard marron du garçon.

— Dis-moi ton nom.

— Heath. Je m'appelle Heath, Zo. Tu me connais.

C'était vrai.

Des images de lui me revinrent à l'esprit, comme un film en accéléré : Heath me disant que mes cheveux coupés m'allaient bien, en CE2 ; Heath me débarrassant de l'araignée géante qui m'était tombée dessus devant toute la classe, en sixième ; Heath m'embrassant pour la première fois après le match de foot, en quatrième ; Heath buvant trop et m'énervant ; moi imprimant avec lui... et imprimant de nouveau, et finalement, le voyant...

— Oh, déesse !

La mémoire me revint d'un seul coup.

— Zo, dit-il en me prenant dans ses bras, tout va bien. Ça va aller.

— Comment ? sanglotai-je. Tu es mort !

— Zo, bébé, c'est comme ça. Je n'ai pas eu très peur, et ça ne m'a pas trop fait mal.

Il me berçait doucement et me tapotait le dos en me parlant d'une voix calme et familière.

— Mais je m'en souviens ! Je m'en souviens ! criai-je en pleurant. Kalona t'a tué. Je l'ai vu. Oh, Heath, j'ai essayé de l'en empêcher. J'ai vraiment essayé.

— Chut, bébé, chut. Je sais que tu as essayé. Tu n'aurais rien pu faire. Je t'ai appelée, et tu es venue. Tu as fait de ton mieux, Zo. Maintenant, tu dois t'en aller et les affronter, lui et Neferet. C'est Neferet qui a tué ces deux vampires, dans ton école, le professeur de théâtre et l'autre type.

— Loren Blake ?

Sous le choc, je cessai de pleurer. Heath, comme toujours, sortit une boule de mouchoirs en papier froissés de la poche de son jean. Je l'observai un instant, puis je nous surpris tous les deux en éclatant de rire.

— Tu as apporté des vieux Kleenex usagés au paradis ? Sérieusement ?

— Ils ne sont pas usagés, fit-il, l'air vexé. Enfin, pas trop.

Je secouai la tête et m'essuyai le visage.

— Mouche-toi. Tu as le nez qui coule. Tu es toujours pleine de morve quand tu pleures. C'est pour ça que j'ai toujours des Kleenex sur moi.

— Oh, arrête ! Je ne pleure pas tant que ça, répliquai-je, oubliant momentanément qu'il était mort.

— Oui, mais quand tu pleures, tu as le nez qui coule, insista-t-il. Je dois être prêt.

Je le dévisageai, et la réalité me frappa de plein fouet.

— Alors, comment je vais faire si tu n'es plus là pour me donner tes vieux mouchoirs ? lâchai-je, prise de sanglots. Et pour me rappeler ce qu'est l'amour, ce que c'est, d'être humain, d'être chez moi ?

Je pleurais de nouveau à chaudes larmes.

— Oh, Zo. Tu t'en sortiras toute seule. Tu es une super grande prêtresse, n'oublie pas.

— Je ne veux pas être une grande prêtresse, dis-je en toute honnêteté. Je veux être Zoey, et je veux rester ici avec toi.

— C'est seulement une partie de toi qui veut ça. Hé, peut-être que cette partie-là a besoin de grandir, dit-il d'une voix douce.

— Non.

Alors que je prononçais ce mot, j'aperçus un voile d'obscurité du coin de l'œil.

— Zo, tu ne peux pas changer le passé !

— Non, répétai-je en me détournant pour scruter ce qui, quelques minutes plus tôt, avait été une belle prairie entourant un superbe lac. Cette fois, je distinguai des silhouettes floues là où, auparavant, il n'y avait que du soleil et des papillons.

Cette obscurité me faisait peur, mais les formes mystérieuses m'attiraient comme les objets brillants attirent les bébés. Des yeux scintillèrent dans les ténèbres, des yeux qui me faisaient penser à quelqu'un...

— Il y a là-bas quelqu'un que je connais, lâchai-je.

Heath prit mon menton dans sa main et me força à le regarder.

— Zo, laisse tomber ! Tu dois te décider à rentrer, utiliser tes pouvoirs magiques de prêtresse et retourner dans le monde réel, là où est ta place.

— Sans toi ?

— Sans moi. Je suis mort, dit-il doucement en me caressant la joue. Ma place à moi est ici ; d'ailleurs, ce n'est sans doute que la première étape de mon voyage. Toi, tu es toujours en vie, Zo ! Tu n'as rien à faire ici.

Je repoussai sa main et secouai la tête en criant :

— Non ! Je ne veux pas rentrer sans toi !

À cet instant, le brouillard qui nous entourait désormais s'agita, et une forme humaine apparut, qui semblait m'observer.

— Je te connais, murmurai-je en fixant ses yeux, qui ressemblaient aux miens en plus âgés et plus tristes – beaucoup plus tristes.

Alors, d'autres yeux prirent leur place. Ceux-là étaient bleus, railleurs, mais familiers eux aussi. J'essayai de me dégager des bras de Heath, qui me serrait fort contre lui.

— Ne regarde pas ! m'ordonna-t-il. Reprends-toi et rentre chez toi, Zo.

Mais je ne pouvais m'en empêcher : quelque chose en moi m'y obligeait. Je vis un autre visage que je connaissais, toutefois celui-ci était plus jeune. Avec une force nouvelle, je m'arrachai à l'étreinte de Heath, le faisant pivoter pour qu'il puisse voir.

— Punaise, Heath ! C'est moi !

C'était la vérité. Le « moi » se figea alors que nous le dévisagions et me regardait en silence, l'air terrifié.

— Zoey, tu dois partir d'ici, répéta Heath.

— Mais c'est moi, quand j'étais petite.

— Je pense que toutes ces personnes sont toi – des morceaux de toi. Quelque chose est arrivé à ton âme, Zoey, et tu dois retourner sur Terre, la réparer.

Soudain, j'eus un vertige et m'écroulai dans ses bras. Sans savoir comment, j'eus la certitude que ce que je venais de comprendre était aussi vrai et définitif que sa mort.

— Je ne peux pas partir, Heath. Pas tant que ces morceaux de moi ne seront pas réunis. Et je ne sais pas comment faire !

Heath appuya son front contre le mien.

— Zoey, tu te souviens de cette voix agaçante de maman que tu prenais pour m'engueuler quand je buvais trop ? Tu n'as qu'à faire pareil, et, leur dire, je ne sais pas, d'arrêter leurs bêtises et de retourner à l'intérieur de toi, là où est leur place.

Il m'imitait tellement bien qu'il me fit sourire.

— Mais si je redeviens entière, je devrais m'en aller ! Je le sens, Heath.

— Oui, mais si tu ne redeviens pas entière, tu ne repartiras jamais, parce que tu mourras, Zo. Je le sens.

Je croisai son regard triste.

— Et alors ? Après tout, cet endroit me paraît beaucoup mieux que le bazar qui m'attend dans le monde réel.

— Non, Zoey, répliqua-t-il avec colère. Ce n'est pas bien ici. Pas pour toi.

— Peut-être parce que je ne suis pas morte. Pas encore.

J'avalai ma salive et admis en silence que le dire à voix haute était effrayant.

— Je pense qu'il y a plus que ça, déclara Heath.

Il ne me regardait plus : il fixait un point par-dessus mon épaule, les yeux écarquillés. Je pivotai sur mes talons... Les silhouettes remuantes qui ressemblaient à des ébauches de moi s'agitaient dans le brouillard noir, jacassant, l'air nerveux. Puis, il y eut un éclair de lumière qui se transforma en deux cornes pointues, menaçantes, et dans un terrible bruit d'ailes quelque chose atterrit dans le pré. Ces esprits, ces fantômes, ces morceaux de moi se mirent à hurler et se dispersèrent, puis disparurent.

— Qu'est-ce qu'on fait maintenant ? soufflai-je en essayant en vain de dissimuler ma terreur.

Heath prit ma main et la serra.

— Je ne sais pas, mais je vais rester avec toi. En attendant, ne te retourne pas. Suis-moi et cours !

Pour une fois, je ne discutai pas. Je ne lui posai pas de questions. Je fis exactement ce qu'il me demandait : je m'accrochai à lui, et je courus.

CHAPITRE SIX

Lucie

— Lucie, ce n'est pas une bonne idée ! s'écria Dallas en se précipitant derrière elle.

— Je ne serai pas longue, promis, dit-elle en cherchant la petite voiture bleue de Zoey sur le parking. Ah, la voilà ! Elle laisse toujours les clés dedans.

Elle trotta jusqu'à la Coccinelle et ouvrit la portière grinçante.

— Sérieusement, j'aimerais que tu ailles voir les vampires et que tu leur dises ce que tu as derrière la tête, même si tu ne veux pas me le dire à moi, insista Dallas.

Lucie se tourna vers lui.

— Le problème, c'est que je ne suis pas sûre de ce que je vais faire. Et, Dallas, crois-moi, je ne leur dirais pas quelque chose que je ne te dirais pas à toi.

Il caressa son visage.

— Je le savais, fit-il, l'air perdu, mais il s'est passé beaucoup de choses, et tu te conduis bizarrement.

Elle posa la main sur son épaule.

— J'ai le pressentiment que je peux aider Zoey, et ce n'est pas en restant assise dans une pièce pleine de vampires angoissés que je vais trouver la solution. Je dois être dehors, j'ai besoin de mon élément pour réfléchir. J'ai l'impression d'oublier quelque chose. Je vais demander à la Terre de m'aider à savoir ce que c'est.

— Tu ne peux pas faire ça ici ? Il y a de la terre tout autour !

Lucie se força à lui sourire. Elle avait horreur de lui mentir, mais, tout compte fait, ce n'était pas un mensonge. Elle allait vraiment chercher un moyen d'aider Zoey, et elle ne pouvait pas le faire à la Maison de la Nuit.

— Non, ici, impossible de me concentrer.

— Alors, promets-moi un truc, sinon je vais me ridiculiser en essayant de t'arrêter.

Cette fois, elle n'eut pas besoin de se forcer à sourire.

— Tu as l'intention de me taper, Dallas ?

— Toi et moi savons très bien que je n'y arriverais pas. Voilà pourquoi je serais ridicule.

— Que veux-tu que je te promette ?

— Que tu ne retourneras pas à la gare. Ils ont failli te tuer hier ! Ils sont dangereux, Lucie.

— Je te le promets, dit-elle sincèrement.

— Juré ?

— Juré.

Il poussa un soupir de soulagement.

— Bien. Qu'est-ce que je dis aux vampires ?

— La vérité : que je dois être entourée par la Terre, seule. Que j'essaie de trouver une solution, et que je ne peux pas le faire ici.

— D'accord. Ils ne vont pas être contents.

— Je n'en ai pas pour longtemps. Et ne t'inquiète pas, je serai prudente.

Elle venait de mettre le moteur en marche quand il frappa à la vitre. Réprimant un soupir agacé, elle la baissa.

— J'ai failli oublier, Lucie : j'ai entendu des novices parler, tout à l'heure. On dit sur Internet que l'âme de Zoey n'a pas été la seule à se briser à Venise. Il paraît que Neferet a présenté Kalona devant le conseil supérieur. Son corps est là, mais son âme est partie.

— Merci, Dallas. Je dois y aller !

Sans attendre sa réponse, elle démarra, songeuse. Elle tourna à droite sur Utica Street et se dirigea vers le nord-est, vers la banlieue de Tulsa où se trouvait le Gilcrease Museum.

Ainsi, l'âme de Kalona avait disparu, elle aussi...

Lucie ne croyait pas une seule seconde qu'il ait été brisé par le chagrin au point que son âme se désintègre.

— Sûrement pas, marmonna-t-elle en roulant dans les rues sombres et silencieuses. Il poursuit Zoey.

À peine avait-elle prononcé ces mots qu'elle sut qu'elle avait raison.

Que pouvait-elle faire ? Elle n'en avait aucune idée. Elle ne savait rien sur les immortels, sur les âmes brisées, ni sur le monde de l'esprit. Bien sûr, elle était morte, mais elle avait ressuscité. Elle ne se rappelait pas que son âme soit allée quelque part. « J'étais piégée... Tout était noir, froid et silencieux. » Elle frémit et chassa ces pensées. Elle ne se souvenait pas de grand-chose de cette période, et c'était très bien comme ça. Mais elle connaissait quelqu'un qui savait beaucoup de choses sur les immortels, et en particulier sur Kalona... Rephaïm ! Selon la grand-mère de Zoey, il n'avait été qu'un esprit jusqu'au jour où Neferet avait relâché son horrible père.

— Oui, Rephaïm saura quelque chose. Et je le saurai aussi, dit-elle résolument, resserrant ses doigts sur le volant.

S'il le fallait, elle se servirait de la force de leur Empreinte, de tout le pouvoir qu'elle possédait pour lui soutirer des informations. Ignorant les sentiments de culpabilité et de malaise que provoquait en elle l'idée de combattre Rephaïm, elle accéléra et tourna dans Gilcrease Road.

Elle poussa la porte d'entrée et se glissa dans le vieux manoir, froid et sombre. Elle n'avait pas besoin de voir la porte entrouverte du balcon pour deviner qu'il était dehors. « Je saurai toujours où il est », pensa-t-elle, morose.

Il ne se retourna pas vers elle, et elle lui en fut reconnaissante. Il lui fallait du temps pour s'habituer à sa vue.

— Alors, tu es venue, dit-il.

« Cette voix – cette voix humaine ! » Elle la frappa comme la première fois où elle l'avait entendue.

— Tu m'as appelée, dit-elle, essayant de garder une voix neutre, et de se raccrocher à la colère qu'elle ressentait à l'égard de son père.

Il se tourna enfin vers elle, et leurs yeux se croisèrent.

« Il a l'air épuisé, se dit-elle. Son bras saigne de nouveau. »

« Elle souffre toujours, pensa-t-il en même temps. Et elle est pleine de colère. »

Ils se dévisagèrent en silence.

— Que s'est-il passé ? finit-il par demander.

— Comment sais-tu qu'il s'est passé quelque chose ? répliqua-t-elle sèchement.

Il hésita avant de répondre, choisissant ses mots avec soin.

— Je l'ai senti.

— Ça ne veut rien dire, Rephaïm.

Alors qu'ils parlaient, la nuit se teinta du souvenir du brouillard rouge et luisant, envoyé par le fils d'un immortel pour caresser sa peau et l'appeler à lui.

— Moi non plus je ne sais pas comment fonctionne notre Empreinte ; tu vas devoir m'apprendre, dit-il d'une voix basse, douce et hésitante.

Lucie se sentit rougir. « C'est la vérité. Notre Empreinte lui permet de savoir des choses sur moi ! Et comment pourrait-il comprendre ? Même moi, j'ai du mal. » Elle se racla la gorge.

— Alors, tu prétends savoir qu'il s'est passé quelque chose parce que tu l'as senti en moi ?

— J'ai senti ta souffrance. Pas comme la dernière fois, quand tu as bu mon sang. Cette fois-là, c'était ton corps qui souffrait. Ce soir, ta douleur était émotionnelle, pas physique.

Elle le dévisagea, stupéfaite.

— Oui, c'est vrai.

— Dis-moi ce qui s'est passé.

— Pourquoi m'as-tu appelée ? demanda-t-elle, au lieu de répondre.

— Tu souffrais. Je souffrais aussi.

Il se tut, visiblement déconcerté par ses propres paroles.

— Je voulais que ça cesse, reprit-il. Alors, je t'ai envoyé de la force, et je t'ai appelée.

— Comment tu as fait ? C'était quoi, cette espèce de brouillard rouge ?

— Réponds à ma question, et je répondrai à la tienne.

— Bien. Ce qu'il s'est passé, c'est que ton père a tué Heath, l'humain qui était le consort de Zoey. Elle a essayé d'empêcher ce meurtre, et elle a échoué. Ça a brisé son âme.

Rephaïm la fixait avec intensité, et Lucie avait l'impression qu'il voyait le fin fond de son être. Elle ne pouvait détourner le regard, et plus ils se dévisageaient, plus elle avait de mal à rester en colère. Ses yeux étaient tellement humains ! Seule leur couleur détonnait, mais pour Lucie leur teinte écarlate n'était pas aussi étrange que cela. À vrai dire, elle était même d'une familiarité effrayante : ses propres yeux avaient eu autrefois cette couleur.

— Tu n'as rien à dire là-dessus ? lâcha-t-elle.

— Ce n'est pas tout, fit-il. Que me caches-tu ?

Elle sentit sa colère revenir.

— Il paraît que l'âme de ton père s'est brisée, elle aussi.

Rephaïm cligna des yeux, sous le choc.

— Je n'en crois rien !

— Moi non plus, mais Neferet a présenté son corps, vidé de son esprit, au conseil supérieur, et apparemment, ils ont avalé son histoire. Tu sais ce que je pense ? demanda-t-elle, la peur, la rage et la frustration lui faisant hausser la voix. Je pense que Kalona a suivi Zoey dans l'au-delà parce qu'il est complètement obsédé par elle !

— C'est impossible ! affirma Rephaïm, qui semblait aussi bouleversé qu'elle. Mon père ne peut pas retourner dans l'au-delà. Ce royaume lui a été interdit pour l'éternité.

— Eh bien, manifestement, il a trouvé un moyen de contourner cette interdiction.

— Contourner l'interdiction de la déesse de la nuit elle-même ? Comment ?

— Nyx l'a chassé de l'au-delà ?

— C'était le choix de mon père. Il était le combattant de Nyx, autrefois. Son serment a été rompu lorsqu'il est tombé.

— Quoi ? souffla Lucie. Kalona était du côté de Nyx ?

Sans s'en rendre compte, elle s'approcha de lui.

— Oui. Il la protégeait de l'Obscurité.

— Que s'est-il passé ? Pourquoi est-il tombé ?

— Père n'en parle jamais. Toujours est-il que cela l'a rempli d'une colère qui l'a consumé pendant des siècles.

— Et c'est comme ça que tu as été créé, enchaîna Lucie. Tu es le fruit de cette colère.

— Oui, dit-il en la regardant droit dans les yeux.

— Et cette colère, cette obscurité t'emplissent-elles toi aussi ?

— Ne le saurais-tu pas si c'était le cas, tout comme je sais ta souffrance ? N'est-ce pas ainsi que fonctionne notre Empreinte ?

— C'est compliqué. Tu vois, tu as pris le rôle de mon consort sans le vouloir, puisque je suis un vampire. Et il est plus facile pour un consort de percevoir des choses au sujet de son vampire que l'inverse. Ce que je sens de toi, c'est…

— Ma puissance, la coupa-t-il d'une voix fatiguée, presque vulnérable. Tu ressens ma force immortelle.

— Mince alors ! C'est pour ça que j'ai guéri aussi vite.

— Oui, et c'est pour ça que, moi, je ne guéris pas.

— Zut ! Tu dois te sentir tellement mal !

— Et toi, tu as l'air en pleine forme.

— Ça va. Mais je ne me sentirai vraiment bien que lorsque j'aurai trouvé un moyen d'aider Zoey. C'est ma meilleure amie, Rephaïm. Elle ne peut pas mourir.

— Kalona est mon père. Il ne peut pas mourir lui non plus.

Ils se regardèrent un long moment, chacun essayant de comprendre ce lien qui les rapprochait alors même que la souffrance et la colère tourbillonnaient autour d'eux, séparant leurs deux mondes.

— Et si on te trouvait quelque chose à manger ? proposa Lucie. Ensuite, je m'occuperai de ton aile, ce qui ne sera marrant ni pour toi ni pour moi, et ensuite on parlera de ce qui est arrivé à Zoey et à ton père. Tu dois bien savoir quelque chose ! Je ne ressens pas tes émotions aussi bien que tu ressens les miennes, mais je sais quand tu me mens. Je suis aussi quasiment sûre que je pourrais te retrouver, où que tu sois. Alors, si tu me mens, et que tu conspires contre Zoey, je te jure que je me vengerai avec toute la force de mon élément et de ton sang.

— Je ne te mentirai pas.

— Bien. Allons chercher la cuisine du musée.

Elle entra dans le manoir, et le Corbeau Moqueur la suivit comme s'il était attaché à la grande prêtresse rouge par une chaîne invisible mais incassable.

— Avec ce pouvoir, tu pourrais avoir tout ce que tu désires au monde, dit Rephaïm entre deux bouchées de l'énorme sandwich qu'elle lui avait préparé avec les ingrédients encore comestibles trouvés dans les réfrigérateurs du restaurant du musée.

— Non, pas vraiment. Bien sûr, je peux forcer un gardien de nuit fatigué, surmené et un peu abruti à nous laisser entrer dans le musée et ensuite lui faire oublier notre existence, mais je suis incapable de diriger le monde, ou un truc dingue du genre.

— C'est très pratique comme pouvoir.

— Non, c'est une responsabilité que je n'ai pas voulue, et c'est toujours le cas. Tu vois, je refuse de manipuler les humains. Ce n'est pas bien, et ça ne plaît pas à Nyx.

— Parce que ta déesse ne veut pas donner à ses sujets l'objet de leurs désirs ?

Lucie l'observa pendant un moment, enroulant une mèche autour de son doigt. Se moquait-il d'elle ? Cependant le regard de Rephaïm était tout à fait sérieux. Elle inspira profondément.

— Non, parce que Nyx laisse le choix à tous, et quand je manipule l'esprit d'un humain, que j'y implante des choses sur lesquelles il n'a aucun contrôle, je lui ôte son libre arbitre. Ce n'est pas bien.

— Tu penses vraiment que tout le monde devrait avoir la liberté de choix ?

— Oui. C'est pour ça que je suis là, à te parler. Zoey m'a rendu cette liberté. Et ensuite, je t'ai fait le même cadeau.

— Tu m'as sauvé la vie en espérant que je suivrais mon propre chemin, et non celui de mon père, lâcha Rephaïm.

Surprise par sa sincérité, Lucie ne se demanda pas ce qui la motivait.

— Oui. C'est ce que je t'ai dit quand j'ai refermé le tunnel derrière toi et que je t'ai laissé partir, au lieu de te livrer à mes amis. Tu es responsable de ta vie maintenant. Tu n'as aucun devoir envers ton père, ni envers qui que ce soit. Et tu t'es déjà engagé sur une voie différente en me portant secours sur ce toit.

— Une dette non réglée est chose dangereuse. Il était logique que je le fasse.

— Oui, je comprends, mais ce soir, alors ?

— Ce soir ?

— Tu m'as envoyé ta force, et tu m'as appelée à toi. Si tu possèdes ce genre de pouvoir, pourquoi ne pas plutôt rompre notre Empreinte ? Cela aurait mis fin à ta souffrance.

Il cessa de manger et la fixa dans les yeux.

— Ne me prends pas pour ce que je ne suis pas. J'ai passé des siècles dans l'obscurité. J'ai vécu au quotidien avec le mal. Je suis lié à mon père. Il est plein d'une rage qui pourrait bien consumer ce monde et, s'il revient, mon destin est d'être à ses côtés. Vois-moi tel que je suis, Lucie. Une créature de cauchemar, née du viol et de la colère. J'évolue parmi les vivants, mais je serai toujours différent. Ni immortel, ni homme, ni bête.

Lucie se laissa imprégner par ces paroles. Elle savait qu'il était complètement honnête avec elle. Mais il n'était pas que cette machine de ressentiment et de mal. Elle l'avait vu de ses propres yeux.

— Eh bien, Rephaïm, tu as peut-être raison.

— Ce qui signifie que j'ai peut-être tort.

Elle haussa les épaules.

— Moi, ce que j'en dis...

Sans un mot, il secoua la tête et se remit à manger. Elle sourit et se mit à préparer un sandwich à la dinde.

— Bon, fit-elle en étalant de la moutarde sur du pain blanc. Quelle est ta théorie sur la raison de la disparition de l'âme de ton père ?

Il la regarda dans les yeux et ne prononça qu'un mot, qui lui figea le sang.

— Neferet.

CHAPITRE SEPT

Lucie

— Dallas m'a dit que Neferet avait présenté le corps de Kalona au conseil supérieur, fit Lucie, songeuse.

— Qui est Dallas ? demanda Rephaïm.

— Un mec que je connais. Cela voudrait dire que Neferet a livré Kalona, alors qu'ils sont censés être ensemble.

— Neferet a séduit mon père et prétend être sa compagne, mais la seule chose qui l'intéresse, c'est elle. Lui est mû par la colère ; elle par la haine. La haine est un moteur autrement plus dangereux.

— Alors, tu penses que Neferet trahirait Kalona pour sauver sa peau ?

— Je suis certain que Neferet trahirait n'importe qui pour sauver sa peau.

— Que gagnerait-elle à livrer Kalona, surtout sans son âme ?

— En le présentant au conseil, elle éloigne les soupçons.

— Oui, ça se tient. Je sais qu'elle veut la mort de Zoey. Et elle se moque bien de Heath. Elle doit jubiler que l'âme de Zoey se soit brisée après qu'elle a lancé sur Kalona l'esprit d'un des cinq éléments qu'elle maîtrise. Apparemment, c'est déjà un pas vers la mort.

— Zoey a attaqué mon père avec l'esprit ?

— Oui, d'après Lenobia et Dragon.

— Alors, il a été gravement blessé, fit Rephaïm en détournant le regard.

— Hé, tu dois me dire ce que tu sais !

Comme il se taisait, elle soupira.

— OK, voilà la vérité. Je suis venue ce soir pour t'obliger à me parler de Kalona et de l'au-delà ; mais je ne veux pas te forcer.

Elle lui toucha le bras d'un geste hésitant. Il sursauta, mais ne se déroba pas.

— Ne peut-on pas collaborer ? insista-t-elle. Tu veux vraiment que Zoey meure ?

Il la fixa, l'air grave.

— Je n'ai aucune raison de désirer la mort de ton amie. En revanche, toi, tu souhaites qu'il arrive du mal à mon père.

Elle leva les yeux au ciel.

— Bon, et si je te disais que je veux simplement que Kalona nous laisse tous tranquilles ?

— Je ne sais pas si c'est possible.

— C'est tout ce que je souhaite ! Pour l'instant, Zoey et Kalona n'ont plus d'âme. Je sais que ton père est immortel, mais ça ne doit pas être bon pour lui si son corps n'est plus qu'une coquille vide.

— Non, ce n'est pas une bonne chose.

— Alors, collaborons pour les ramener tous les deux, et on s'occupera du reste le moment venu.

— Je suis d'accord, fit Rephaïm.

— Cool ! s'écria Lucie en lui serrant le bras. Tu as dit que Kalona était blessé. Pourquoi ?

— Son corps ne peut mourir, mais si son esprit est endommagé, il est affaibli physiquement. C'est comme ça qu'A-ya l'a piégé. Son esprit était embrumé par ce qu'il ressentait pour elle. Cela l'avait déconcerté et privé de ses forces, et son corps était devenu vulnérable.

— Et c'est grâce à ça que Neferet a réussi à le livrer au conseil ! conclut Lucie.

— Il n'y a pas que ça. S'il était libre, il devrait se remettre presque immédiatement.

— De toute évidence, Neferet a mis la main sur lui avant qu'il ne soit guéri. Mauvaise comme elle est, elle l'a sans doute mis K-O avec cette Obscurité effrayante qu'elle commande et...

— C'est ça !

Le Corbeau Moqueur se leva brusquement et grimaça de douleur. Il frotta son bras blessé et se rassit en le serrant contre lui.

— Elle a continué d'attaquer son esprit ! Neferet est Tsi Sgili. C'est en exploitant les forces sombres du royaume de l'esprit qu'elle maintient son pouvoir.

— Elle a tué Shekinah sans même la toucher, se souvint Lucie.

— Neferet a bien touché la grande prêtresse, mais pas avec ses mains. Elle a pu l'atteindre grâce à son pouvoir, qu'elle tire du royaume des morts. C'est ainsi qu'elle a tué Shekinah, et qu'elle s'est emparée de l'esprit de mon père.

— Mais que fait-elle avec lui ?

— Elle tient son corps captif et se sert de son esprit à des fins maléfiques.

— Elle essaie de faire bonne impression au conseil supérieur. Je suis sûre qu'elle dit des trucs genre : « Oh, pauvre Zoey ! » et : « Je ne sais pas ce qui a pris à Kalona. ».

— La Tsi Sgili est très puissante. Pourquoi jouerait-elle une telle comédie ?

— Pourquoi ? Parce qu'elle ne veut pas que les membres du conseil sachent à quel point elle est diabolique, elle veut diriger le monde ! Elle n'est peut-être pas prête à prendre le contrôle de tous les vampires et des humains. Pas encore. Alors, elle ne peut pas montrer qu'elle est contente que Zoey soit sur le point de mourir.

— Père ne souhaite pas la mort de Zoey. Il veut simplement la posséder.

Lucie lui lança un regard dur.

— Être possédé contre son gré est pire que la mort !

Il eut un petit rire méprisant.

— Comme d'imprimer par accident, n'est-ce pas ?

Elle fronça les sourcils.

— Non, ce n'est à ça que je faisais allusion.

Il ricana de nouveau en se frottant le bras.

— Mais ce que tu prétends, toi, reprit Lucie, c'est que Kalona ne voulait pas que l'âme de Zoey se brise quand il a tué Heath ?

— Non, car cela aurait probablement provoqué sa mort.

— Probablement ? Cela signifie que ce n'est pas sûr à cent pour cent ? Pourtant les vampires disent qu'elle va mourir.

— Les vampires ne pensent pas comme un immortel. Aucune mort n'est jamais aussi certaine que le croient ceux qui y sont condamnés. Zoey mourra si son esprit ne retourne pas dans son corps, mais il n'est pas impossible que son âme redevienne entière. Ce serait difficile, oui, et il lui faudrait un guide et un protecteur dans l'au-delà, mais…

Il s'interrompit, les yeux écarquillés.

— Quoi ? le pressa Lucie.

— Neferet se sert de mon père pour s'assurer que l'esprit de Zoey ne reviendra pas ! Elle a piégé son corps alors qu'il était blessé et a ordonné à son âme d'exécuter ses ordres dans l'au-delà.

— Mais tu as dit toi-même que Nyx lui en avait interdit l'accès. Comment pourrait-il y retourner ?

— Son corps en a été banni.

— Or son corps est toujours sur Terre, enchaîna la novice ! Seul son esprit y est retourné.

— Oui ! Neferet l'y a forcé. Je connais bien mon père. Il n'y serait jamais allé sans que la déesse le lui demande, il est beaucoup trop fier.

— Pas sûr ! Et s'il poursuit Zoey parce qu'il a finalement compris qu'elle ne serait jamais avec lui, et que, comme un obsédé psychopathe, il préfère la voir morte qu'avec un autre ?

Rephaïm secoua la tête.

— Père est persuadé qu'elle finira par le choisir. C'est ce qu'a fait A-ya, et une partie de cette jeune femme vit encore dans l'âme de Zoey. Mais je sais comment on peut s'en assurer. Si Neferet se sert de lui, alors elle aura attaché son corps avec l'Obscurité.

— L'obscurité ? Tu veux dire le contraire de la lumière ?

— Plutôt le mal absolu. L'Obscurité dont je parle est vivante. Trouve quelqu'un qui est capable de percevoir les créatures du monde de l'esprit, et cette personne pourra voir les chaînes que la Tsi Sgili a utilisées pour attacher mon père, si tel est le cas.

— En es-tu capable, toi ?

— Oui, dit-il en soutenant son regard. Souhaites-tu que je me rende au conseil supérieur des vampires ?

Elle se mordilla la lèvre. Que faire ? Envoyer Rephaïm là-bas, ce serait échanger sa vie contre celle de Zoey. Elle non plus ne serait pas à l'abri des conséquences, puisqu'elle devrait l'accompagner, et que ces vampires hyper perspicaces se douteraient bien qu'ils avaient imprimé. Elle mourrait pour Zoey, évidemment. Cependant elle préférerait l'éviter... Et puis, Zoey ne voudrait pas qu'elle meure. Cela dit, son amie n'apprécierait pas non plus de savoir qu'elle avait sauvé un Corbeau Moqueur avant d'imprimer avec lui... Personne n'apprécierait. Même elle n'appréciait pas. Enfin, la plupart du temps...

— Lucie ?

Sortant de ses pensées, elle se rendit compte que Rephaïm l'observait.

— Souhaites-tu que je me rende au conseil supérieur des vampires ? répéta-t-il avec solennité.

— Seulement en dernier recours, et si tu y vas, moi aussi j'irai. De toute façon, le Conseil ne te croirait sans doute pas.

Elle réfléchit quelques instants.

— Tu as dit que ce qu'il nous fallait, c'était quelqu'un d'assez doué pour déceler l'Obscurité, c'est bien ça ?

— Oui.

— Bon, il y a plein de vampires puissants au sein du conseil supérieur. L'un d'eux doit bien en être capable.

Il pencha la tête sur le côté.

— Ce serait étonnant qu'un vampire puisse percevoir les forces obscures que manipule la Tsi Sgili. C'est l'une des raisons pour lesquelles Neferet a réussi à jouer la comédie pendant si longtemps. Identifier le mal est difficile, à moins d'être soi-même familier de la chose.

— Alors l'un d'eux doit bien en être capable.

Elle s'exprimait avec beaucoup plus d'assurance qu'elle n'en éprouvait réellement. Tout le monde savait que les membres du conseil étaient choisis pour leur honneur et leur intégrité, bref, pour leur bonté, ce qui n'allait pas vraiment de pair avec une connaissance intime de l'Obscurité. Elle se racla la gorge.

— Bon, il faut que je retourne à la Maison de la Nuit et que j'appelle Venise, dit-elle avec fermeté.

Elle posa les yeux sur le bras et l'aile de Rephaïm, et sur ses bandages tachés.

— Tu as très mal, hein ?

Il hocha la tête.

— Tu as fini de manger ?

De nouveau Lucie repensa avec appréhension à la douleur qu'elle avait ressentie en bandant son aile cassée, la dernière fois.

— J'aurai besoin du matériel médical. Malheureusement, il doit se trouver dans le bureau du gardien, ce qui veut dire que je serai encore obligée de manipuler sa cervelle de moineau.

— Comment tu sais qu'il a un petit cerveau ?

— Tu as vu son pantalon ? Aucune personne âgée de moins de quatre-vingts ans dotée d'un cerveau de taille normale ne porte des pantalons de grand-père remonté jusque sous les aisselles. Une cervelle de moineau, je te dis.

Alors, les surprenant tous les deux, Rephaïm éclata de rire. « J'aime l'entendre rire », pensa Lucie.

— Tu devrais rire plus souvent.

Il ne dit rien, et Lucie ne parvint pas à déchiffrer le regard étrange qu'il lui lança. Mal à l'aise, elle sauta de son tabouret.

— Bon, je vais aller chercher la trousse de premiers secours. Ne bouge pas, je reviens tout de suite.

— Je préférerais y aller avec toi, dit-il en se levant avec précaution.

— Ce ne serait pas…, commença Lucie.

— S'il te plaît, la coupa-t-il.

À ces mots, elle eut une drôle de sensation, tout au fond d'elle, mais elle se contenta de hausser les épaules d'un air nonchalant.

— OK, comme tu veux. Mais ne gémis pas si tu te fais mal.

— Je ne gémis jamais !

Il la regarda avec tant de fierté masculine que, cette fois, ce fut elle qui éclata de rire alors qu'ils quittaient la cuisine, côte à côte.

Sur le chemin de la Maison de la Nuit, Lucie élabora son plan d'attaque. C'était facile : elle allait appeler Aphrodite. Quelles que soient les tragédies qui secouaient le monde, Aphrodite ferait tout pour sauver Zoey.

Ensuite, elle pensa à Rephaïm. Bander cette fichue aile avait été horrible ! Elle sentait encore la douleur dans son épaule droite et dans son dos. Même après avoir trouvé le tube de lidocaïne, un analgésique, et en avoir recouvert l'aile et le bras blessés du Corbeau Moqueur, elle sentait encore sa profonde souffrance. Rephaïm n'avait pas dit un mot pendant toute l'opération. Il avait détourné la tête et, juste avant qu'elle ne s'y mette, avait demandé : « Tu pourrais recommencer à bavarder, pendant que tu fais mon bandage ?

— Bavarder ? De quoi tu parles ?

Il l'avait regardée par-dessus son épaule, et elle aurait juré avoir vu un sourire dans ses yeux.

« Tu parles, Lucie, tu parles beaucoup. Alors, vas-y ! Ça me fera un truc plus agaçant que la douleur à maudire. »

Elle avait ronchonné, mais cela l'avait amusée. Et elle n'avait cessé de parler en nettoyant, bandant et immobilisant son aile cassée. Elle avait dit tout et n'importe quoi en partageant sa douleur. Lorsqu'elle avait eu terminé, il l'avait suivie lentement, en silence, jusqu'au manoir abandonné, et elle avait essayé de rendre sa cachette plus confortable en y entassant des couvertures.

« Tu dois y aller, l'avait-il pressée. Ne t'en fais pas pour ça. »

Il lui avait pris la dernière couverture de la main et s'était pratiquement effondré dans le placard.

« Bon, j'ai mis le sac de nourriture juste là. Et n'oublie pas de boire beaucoup d'eau et de jus de fruits. Il faut que tu t'hydrates. »

Soudain, l'inquiétude l'avait envahie à l'idée de le laisser seul dans cet état, faible et épuisé.

« D'accord, avait-il dit. Va-t'en.

— J'y vais. Mais j'essaierai de revenir demain. »

Il avait hoché la tête, las.

« Bon. Je m'en vais. »

Alors qu'elle s'apprêtait à partir, il avait repris la parole.

« Tu devrais contacter ta mère. »

Elle s'était arrêtée.

« Pourquoi ?

— Tu n'as pas arrêté de parler d'elle pendant que tu faisais mes bandages. Tu ne t'en souviens pas ?

— Non. Si. Je crois que je ne faisais pas vraiment attention à ce que je disais en m'efforçant de terminer le plus vite possible.

— Je t'ai écoutée, toi, plutôt que la douleur.
— Oh ! »

Elle n'avait pas su quoi répondre.

« Tu as dit qu'elle te croyait morte. Je... »

Il s'était tu, perplexe, comme s'il essayait de déchiffrer une langue inconnue.

« Je pense qu'elle aimerait savoir que tu es en vie, tu ne crois pas ?
— Si. »

Ils s'étaient regardés un long moment.

« Au revoir. N'oublie pas de manger ! » avait-elle lancé avant de se sauver en courant.

« Pourquoi est-ce que j'ai paniqué quand il a parlé de ma mère ? » se demanda-t-elle à voix haute.

Elle connaissait la réponse, et elle ne voulait pas prononcer ces mots. Il s'était intéressé à ce qu'elle lui avait dit ; il avait compris que sa mère lui manquait.

Alors qu'elle se garait sur le parking de la Maison de la Nuit et qu'elle sortait de la voiture de Zoey, elle s'avoua que ce qui l'avait fait paniquer, c'étaient les sentiments que la sollicitude de Rephaïm avait éveillés en elle. Elle était heureuse qu'il se soucie d'elle, et elle savait que c'était dangereux d'être heureuse qu'un monstre tienne à elle.

— Te voilà ! Ce n'est pas trop tôt ! s'écria Dallas en sortant de derrière un buisson.

— Dallas ! Je te jure que je vais te mettre une raclée si tu continues de me faire peur comme ça !

— On réglera ça plus tard. Pour l'instant, il faut que tu ailles dans la salle du conseil. Lenobia n'est pas contente que tu sois partie.

Lucie soupira et suivit Dallas dans l'escalier. Une fois sur le seuil de la pièce, elle hésita. La tension qui y régnait était presque palpable. La table ronde, censée rapprocher les gens, semblait réunir des clans qui se détestaient.

D'un côté se tenaient Lenobia, Dragon, Érik et Kramisha. De l'autre, les professeurs Penthésilée, Garmy et Vento. Ils se foudroyaient tous du regard quand Dallas se racla la gorge. Lenobia se tourna vers la porte.

— Lucie ! Enfin… Je sais que la situation est inhabituelle, et que nous sommes tous soumis à un stress terrible, mais j'apprécierais que tu ne t'absentes pas alors que le conseil de l'école se réunit. Tu occupes désormais la place de grande prêtresse, et tu dois te conduire comme telle.

Lenobia avait parlé avec une telle dureté que Lucie se braqua. Elle allait répliquer que le professeur d'équitation n'avait pas à lui donner d'ordres, et s'en aller téléphoner à Venise. Elle se souvint cependant qu'elle n'était plus une simple novice, et que tourner le dos à un groupe de vampires qui tenaient à Zoey – du moins pour certains d'entre eux – n'allait pas arranger la situation.

Alors, au lieu de piquer une crise et de tourner les talons, elle entra dans la salle et s'assit dans l'un des fauteuils, pile entre les deux groupes. Lorsqu'elle prit la parole, elle ne trahit pas son énervement. Elle s'efforça d'imiter sa mère quand celle-ci était très déçue par la conduite de sa fille.

— Lenobia, j'ai une affinité avec la Terre. Cela signifie que, parfois, j'ai besoin de m'isoler pour me retrouver seule avec mon élément afin de réfléchir. Je partirai donc de temps en temps, avec ou sans permission, que vous ayez ou non organisé une réunion. Et je n'ai pas à me conduire comme une grande prêtresse. Je *suis* la première et la seule grande prêtresse des vampires rouges dans le monde. C'est inédit, et je pense que je devrais inventer de nouvelles règles au fur et à mesure.

Elle s'adressa aux autres vampires.

— Bonjour, professeurs Penthésilée, Garmy et Vento. Cela faisait longtemps que je ne vous avais pas vus.

Ils répondirent en marmonnant, et elle ignora le fait qu'ils fixaient tous ses tatouages rouges comme si elle était le fruit d'une expérience scientifique ayant mal tourné.

— Dallas m'a appris que Neferet avait présenté le corps de Kalona au conseil supérieur, poursuivit Lucie, et qu'il semblerait que son âme soit elle aussi brisée.

— En effet, même si certains ne veulent pas le croire, dit Penthésilée en jetant un regard noir à Lenobia.

— Kalona n'est pas Érebus ! explosa Lenobia. Tout comme Neferet n'est pas l'incarnation terrestre de Nyx ! Toute cette histoire est ridicule.

— D'après le conseil, la prophétesse Aphrodite a annoncé que l'esprit de l'immortel ailé s'était brisé, à l'instar de celui de Zoey, intervint Garmy.

— Attendez ! dit Lucie, levant la main pour faire taire Kramisha, qui allait se lancer dans une tirade. Vous avez prononcé les mots « Aphrodite » et « prophétesse » dans la même phrase ?

— C'est le titre que lui a donné le conseil supérieur, expliqua sèchement Érik. Toutefois, la plupart d'entre nous ne l'appelleraient pas ainsi.

Lucie le regarda en haussant les sourcils.

— Vraiment ? Moi, si. Zoey aussi. Et toi, qui as suivi ses visions, avoue-le ! J'ai imprimé avec elle, et je peux assurer qu'elle a bel et bien été touchée par Nyx, et qu'elle est au courant de beaucoup de choses.

Elle pivota vers le professeur Garmy.

— Aphrodite en sait-elle plus sur l'esprit de Kalona ?

— C'est ce que pense le conseil supérieur.

Lucie poussa un soupir de soulagement :

— C'est la meilleure nouvelle que j'aie entendue depuis des jours !

Elle jeta un coup d'œil à l'horloge. Il était 22 h 30. Le décalage horaire entre Tulsa et Venise étant de sept heures, le jour se levait là-bas.

— Je dois appeler Aphrodite. Mince ! J'ai laissé mon portable dans ma chambre.

Elle se leva.

— Lucie, qu'est-ce que tu fais ? lança Dragon alors que tout le monde la dévisageait.

Elle soutint le regard de chacun des vampires.

— Et si je vous disais plutôt ce que je ne fais pas ? Je ne reste pas assise à discuter de Kalona et Neferet pendant que Zoey a besoin d'aide. Je ne vais pas abandonner Zoey, et je ne vais pas me laisser entraîner dans une guerre entre enseignants.

Elle se tourna vers Kramisha.

— Crois-tu que je sois ta grande prêtresse ?

— Oui, répondit la novice rouge sans hésitation.

— Alors, viens avec moi. Tu perds ton temps ici. Dallas ?

— Quelle question !

Lucie examina chacun des vampires tour à tour.

— Il faut que vous régliez vos problèmes. Voilà une info que je vous donne en tant que la seule prêtresse qui reste dans cette école : Zoey n'est pas morte. Et croyez-moi, je m'y connais. J'ai été morte moi-même.

Sur ce, elle leur tourna le dos et s'en alla, suivie de ses novices.

CHAPITRE HUIT

Aphrodite

Aphrodite ne laissa pas Darius la prendre dans ses bras pour la faire sortir de la chambre du conseil. Elle ne pouvait pas laisser Zoey toute seule dans ce merdier, avec seulement un combattant en piteux état et son troupeau de ringards à moitié hystériques.

— Oui, je crois qu'il est important de laisser le corps d'Érebus sous surveillance tant que son esprit sera absent. Peut-être n'est-ce qu'une réaction temporaire à l'attaque de Zoey, dit Neferet.

— L'attaque de Zoey ? C'est vraiment ce que vous avez dit ? demanda Stark, les yeux gonflés, sur le point d'exploser.

— Va voir Stark et essaie de l'aider à se maîtriser, chuchota Aphrodite à Darius. Je vais bien, ajouta-t-elle en le voyant hésiter. Je vais juste m'asseoir ici, écouter et apprendre – comme si j'étais à un cocktail de ma mère qui dégénère.

Darius hocha la tête. Il s'approcha de Stark et posa la main sur son épaule. Le garçon ne se dégagea pas, ce qui aurait été un bon signe s'il n'avait pas été dans un sale état. Aphrodite se demanda ce qui arrivait à un combattant dont la prêtresse mourait, et frissonna, en proie à un terrible pressentiment.

— Zoey a attaqué Érebus, continua Neferet. Son corps vidé de son esprit en est la preuve indéniable.

— Zoey essayait d'empêcher l'immortel de tuer son consort, répliqua Darius, devançant Stark.

— Ah, et c'est ça, le problème, à votre avis ? demanda Neferet avec un sourire suave.

Aphrodite aurait voulu lui arracher les yeux.

— Pourquoi mon consort a-t-il ressenti le besoin de faire du mal à l'ami de Zoey ? poursuivit Neferet. La seule réponse que nous possédons vient d'Érebus lui-même. Il me l'a donnée avant que son esprit ne quitte son corps. Ses derniers mots ont été : « Je protégeais ma déesse. » Ce qui se passait entre Zoey, Heath et Érebus était beaucoup plus compliqué que ce qu'un jeune témoin bouleversé ne pourrait croire.

— Cela n'avait rien à voir avec Nyx ! éclata Stark. Kalona a tué Heath ! Il était jaloux de l'amour que Zoey lui portait !

On aurait dit qu'il allait sauter à la gorge de Neferet pour l'étrangler.

— Et toi, que t'inspirait l'amour de Zoey pour Heath ? siffla celle-ci. Le serment d'un combattant à sa prêtresse est un lien intime, n'est-ce pas ? Tu étais là quand l'âme de Zoey s'est brisée. Tu ne te sens pas coupable, combattant ?

Darius dut retenir Stark, qui s'était levé pour se jeter sur Neferet. Duantia prit rapidement la parole, pour désamorcer la tension.

— Neferet, je pense que nous sommes tous d'accord : il demeure de nombreuses questions sans réponse sur la tragédie qui s'est produite ici aujourd'hui. Stark, nous comprenons également la rage qu'a causée en toi la perte de ta prêtresse. C'est un coup dur pour un combattant que...

Les sages paroles de Duantia furent interrompues par Aretha Franklin s'époumonant sur le refrain de « Respect », en provenance du petit sac à main d'Aphrodite.

— Oups ! Désolée, dit la prophétesse en cherchant son téléphone. Je pensais l'avoir mis en mode silencieux. Je me demande bien qui peut...

Elle se tut en voyant le nom de Lucie s'afficher sur l'écran. Elle faillit appuyer sur le bouton « ignorer », mais un pressentiment très puissant la fit changer d'avis.

— Excusez-moi, il faut que je prenne cet appel.

Elle remonta précipitamment les marches et sortit de la pièce alors que tout le monde la suivait du regard, l'air mauvais, comme si elle venait de gifler un bébé ou de noyer un chiot.

— Lucie, murmura-t-elle, je suppose que tu viens d'apprendre ce qui est arrivé à Zoey, et que tu flippes, mais ce n'est vraiment pas le bon moment pour...

— Peux-tu ressentir les esprits de l'au-delà ? la coupa Lucie.

Quelque chose dans le ton de sa voix retint Aphrodite de répondre par l'un de ses sarcasmes habituels.

— Oui, je crois. Apparemment, je suis liée à l'au-delà depuis que j'ai des visions. Je viens de m'en rendre compte.

— Où est le corps de Kalona ?

— Juste là, devant le conseil supérieur.

— Et Neferet est là aussi ?

— Bien sûr.

— Zoey ?

— Oui. Enfin, son corps, vu que son âme a fichu le camp. Stark a pété les plombs ! Neferet l'énerve tellement qu'il n'arrive plus à se contrôler. Darius passe son temps à l'empêcher de la réduire en pièces à mains nues. Le troupeau de ringards est hystérique.

— Mais toi, tu gardes ton sang-froid.

Même si ce n'était pas une question, Aphrodite répondit :

— Il en faut bien une !

— OK. Écoute, je pense avoir découvert quelque chose sur Kalona. Si j'ai raison, Neferet a piégé son corps, et son esprit doit lui obéir pour le retrouver.

— Tu parles d'un scoop.

— Je parie que ça surprendrait plus d'un membre du conseil. Neferet a beau être maléfique, elle réussit à mettre les gens de son côté.

— En effet, la plupart des vampires sont complètement aveugles à son sujet.

— C'est bien ce que je pensais. Du coup, s'en prendre à elle au vu et au su de tous va être encore plus difficile que lorsqu'elle était à Tulsa.

— C'est un bon résumé de la situation. Alors, c'est quoi le truc, avec Kalona ?

— Il faut que tu examines son corps en te servant de tes super pouvoirs. Voilà : tu vas retourner dans la chambre et te concentrer. Ausculte Kalona avec ton détecteur d'esprit de l'au-delà. Cherche quelque chose de bizarre, que personne n'aurait vu. Comme, je ne sais pas...

— Une toile d'araignée dégoûtante, enroulée autour de lui comme des chaînes ? suggéra Aphrodite.

— Ne te moque pas de moi. C'est trop important !

— Je ne me moque pas de toi. Je te dis ce que j'ai déjà vu. Son corps est complètement recouvert par des fils noirs d'un truc dégueulasse ! Il faut croire que personne d'autre que moi ne peut le percevoir...

— C'est Neferet ! Elle exploite l'Obscurité, le mal absolu. Ça fait partie des pouvoirs de la Tsi Sgili. Elle a réussi à piéger Kalona juste après que Zoey a blessé son âme – c'était le seul moment où son corps était assez faible et vulnérable.

— Comment tu le sais ?

— C'est comme ça que les femmes cherokees l'ont emprisonné, il y a des siècles, répondit Lucie, évoquant la seule part de vérité qu'elle pourrait jamais avouer. A-ya a embrouillé son esprit avec des émotions dont il n'avait pas l'habitude, et les vieilles femmes se sont servies de sa faiblesse pour l'enfermer sous terre.

— Ça se tient. Alors, maintenant, il est à la merci de Neferet. Pourquoi elle a fait ça ? Elle est sa maîtresse. Pourquoi ne veut-elle pas l'avoir à ses côtés ? Ils auraient pu s'enfuir tous les deux et ne jamais devoir payer pour le meurtre de Heath.

— Oui, mais dans ce cas elle aurait paru coupable, si bien que le conseil supérieur aurait été forcé d'agir contre elle, et elle n'aurait pas été absolument certaine que Zoey allait mourir.

— Quoi ? Les vampires disent qu'elle en a pour une semaine ! Ensuite, elle mourra.

— C'est faux. Si son âme retourne dans son corps, Zoey survivra. Neferet le sait, et c'est pour ça...

— ... qu'elle a ligoté le corps de Kalona et lui a ordonné de suivre Zoey dans l'au-delà, pour s'assurer qu'elle ne retrouverait pas son corps. Sauf que ça ne colle pas. Kalona est complètement obsédé par Zoey. Je ne pense pas qu'il veuille sa mort.

— Oui, mais si le seul moyen de récupérer son propre corps est de tuer Zoey ?

— Alors, il la tuera, dit Aphrodite d'une voix dure. Lucie, qu'est-ce qu'on va faire ?

— Nous devons trouver un moyen de protéger Zoey et de l'aider à réintégrer son corps. Le problème, c'est que je ne sais pas comment on va s'y prendre, soupira Lucie.

Elle hésita et croisa les doigts, s'apprêtant à dire un demi-mensonge.

— Aujourd'hui, la Terre m'a permis de découvrir la vérité sur Kalona. Apparemment, il était autrefois le combattant de Nyx. Il faisait partie des gentils. Puis quelque chose s'est passé dans l'au-delà, la déesse l'a banni, et il est tombé sur Terre.

— Ce qui signifie qu'il connaît très bien l'au-delà.

— Oui. Voilà ! Ce qu'il nous faut, c'est un combattant qui pourrait affronter Kalona là-bas et ramener Zoey à son corps.

Aphrodite eut un déclic.

— Mais elle a déjà un combattant.

— Stark est dans ce monde, pas dans l'au-delà.

— Mais un combattant et sa prêtresse sont liés par les liens de l'esprit, du serment, de la dévotion, argumenta Aphrodite. Je le sais ! C'est ce qui se passe avec Darius. Il me suivrait dans la bouche de l'enfer pour me protéger. Je le dis, le seul moyen, c'est envoyer l'âme de Stark dans l'au-delà pour qu'il la sauve.

« Et cela pourrait le sauver, lui aussi », ajouta-t-elle en silence.

— Je ne sais pas, Aphrodite... Stark est trop perturbé d'avoir perdu Zoey.

— Justement. Il doit se racheter en se portant à son secours.

— Ça ne peut pas marcher ! Je me rappelle un passage du *Manuel du novice*. C'était l'histoire d'une grande prêtresse et de son combattant, morts tous les deux, quand l'âme de la prêtresse s'est brisée et qu'il l'a suivie dans le royaume de Nyx.

— Oh, arrête, Lucie. On en parle dans ce bouquin pour faire peur aux première année attardés, comme toi, pour que les jeunes filles ne s'approchent pas des Fils d'Érebus. Cette fable débile a sans doute été écrite par une vieille sorcière de grande prêtresse qui n'avait pas fait l'amour depuis des centaines d'années. Oui, Stark doit suivre Zoey dans l'au-delà, botter les fesses de Kalona, et la ramener ici.

— Ça ne peut pas être aussi simple !

— Sûrement pas, mais peu importe. On trouvera la solution.

— Comment ?

Aphrodite hésita, pensant à Thanatos et à ses yeux sombres, sages.

— Je connais peut-être quelqu'un qui pourrait au moins nous mettre sur la bonne voie.

— Il ne faut pas que Neferet sache qu'on a percé son stratagème.

— Je ne suis pas idiote ! Laisse ça entre mes mains expertes. Je t'appellerai plus tard pour te tenir au courant. Au revoir ! lança Aphrodite.

Elle raccrocha vite pour ne pas entendre d'autres objections. Puis elle retourna dans la chambre du conseil, un sourire malicieux aux lèvres.

CHAPITRE NEUF

Stark

Plus il passait de temps dans la même pièce que Neferet, plus la colère le consumait. Et c'était très bien. Quand il était en colère, il pouvait réfléchir, alors que le chagrin l'en empêchait. Déesse ! La douleur insupportable de perdre sa prêtresse... sa Zoey...

— Alors, nous sommes d'accord, conclut Neferet. J'emmènerai le corps de mon consort à Capri. Là-bas, je pourrai veiller sur lui jusqu'à ce que...

Stark réalisa soudain ce que disait cette garce. Il se serait jeté sur elle si la poigne de fer de Darius ne l'avait retenu.

— Ne la laissez pas s'échapper avec lui ! hurla-t-il à Duantia, la dirigeante du conseil supérieur. Kalona a tué Heath ; je l'ai vu. Zoey l'a vu. C'est ce qui a provoqué tout ça !

Il désigna le corps de Zoey sans le regarder.

— M'échapper ? railla Neferet. Figure-toi que j'ai accepté d'être escortée par un groupe de Fils d'Érebus et de faire des comptes rendus réguliers au conseil sur l'état de Kalona. Après tout, mon consort n'est pas un criminel. Rien dans nos lois n'interdit à un combattant de tuer un humain s'il est au service de la déesse.

Stark l'ignora et s'adressa à Duantia.

— Empêchez-la de l'emmener ! Il a fait plus que tuer un humain, et ni lui ni elle ne sont au service de Nyx.

— Des mensonges rapportés par une adolescente jalouse, qui avait si peu de contrôle sur elle-même que son âme éternelle s'est brisée ! cracha Neferet.

— Espèce de..., hurla Stark en faisant mine de se précipiter sur elle.

Neferet ne tressaillit même pas. Elle leva la main dans un geste élégant, paume tournée vers lui. Alors qu'il se débattait pour se libérer des bras de Darius, Stark crut voir de la fumée noire se matérialiser autour de ses doigts.

— Arrête, Stark !

Aphrodite se planta devant lui. Stark savait qu'elle était l'amie de Zoey, mais si Darius ne l'avait pas retenu, il n'aurait pas hésité à la pousser sur le côté pour atteindre Neferet.

— Stark ! cria-t-elle. Ce n'est pas comme ça que tu vas aider Zoey !

Alors, elle fit quelque chose qui le surprit totalement, et qui choqua aussi son combattant, à en juger par la façon dont il retint son souffle. Elle prit son visage entre ses paumes lisses et le força à la regarder dans les yeux, avant de murmurer des mots qui allaient changer sa vie :

— Je sais comment la sauver.

— Vous voyez, il est incontrôlable ! cracha Neferet. Si le corps de mon consort reste ici, qui sait ce que cet individu pourrait lui faire ?

— Tu le jures ? chuchota Stark. Tu ne racontes pas n'importe quoi ?

Aphrodite haussa un sourcil.

— Si tu me connaissais mieux, tu saurais que je ne raconte jamais n'importe quoi ; mais oui, je jure sur mon nouveau titre agaçant de prophétesse que je sais comment aider Zoey.

Stark hocha la tête et cessa de lutter contre Darius. Aphrodite relâcha son visage et se tourna vers Neferet et le conseil supérieur.

— Pourquoi êtes-vous persuadés que Zoey va mourir ?

Duantia fut la première à répondre.

— Son âme a quitté son corps, et pas seulement pour un séjour dans l'au-delà, ou pour entrer en communion temporaire avec la déesse. Elle a été brisée.

Un autre vampire, qui était resté silencieux jusque-là, prit ensuite la parole.

— Vous devez comprendre ce que cela signifie, prophétesse. L'esprit de Zoey est morcelé. Son passé lui a été arraché, tout comme ses souvenirs et les différents aspects de sa personnalité. Elle est devenue une Caoinic Shi', un être qui n'est ni mort ni vivant, qui erre au royaume des esprits, sans le réconfort de ses éléments.

— Non, sérieusement ! Parlez en américain, pas dans cette espèce de charabia ancien, lança Aphrodite, une main sur sa hanche. Expliquez-moi pourquoi vous tirez un trait sur Zoey.

Certains membres du conseil, l'air choqué, échangèrent un regard entendu avec Neferet, qui semblait leur dire : « Vous voyez, ils sont incontrôlables ! »

— Aether essaie de te faire comprendre, répondit Thanatos d'une voix douce, que la Zoey que tu connais n'existe plus. Sa vie passée, ses expériences, sa personnalité lui ont été arrachées ; sans elles, il lui est impossible de trouver le repos dans l'au-delà, et son esprit ne pourra pas revenir dans notre monde. Imagine que tu as subi un terrible accident, et que les couches de peau, de muscles et d'os qui protègent ton cœur ont été enlevées, laissant cet organe vital à nu, sans défense. Que t'arriverait-il alors ?

Aphrodite ne dit rien. Stark crut qu'elle hésitait parce qu'elle ne voulait pas donner la réponse évidente, mais quand elle lui jeta un coup d'œil, il fut surpris d'y lire le triomphe et l'excitation.

— Si mon cœur n'avait aucune protection, il cesserait de battre. Alors, pourquoi ne pas en fournir une à Zoey ?

« Une protection ? » pensa Stark. Un frisson d'espoir parcourut son corps.

— Je suis son protecteur, dit-il, que ce soit dans ce monde, ou dans l'autre. Montrez-moi simplement comment aller où elle est, et je la rejoindrai.

— Cela paraît logique, en effet, Stark, fit Thanatos. Mais tes dons sont ceux d'un combattant, ce qui signifie qu'ils sont corporels, non spirituels.

— La protection, c'est la protection. Dites-moi comment la retrouver ; pour le reste, je me débrouillerai.

— Zoey doit reconstituer son esprit, et c'est une bataille que tu ne saurais mener à sa place, intervint Aether.

— Oui, mais je peux rester à ses côtés pendant qu'elle s'efforce de le faire, et veiller sur elle.

— Un combattant vivant ne peut entrer dans l'au-delà. Pas même pour suivre sa grande prêtresse.

— Si tu essayais, tu serais perdu toi aussi, ajouta Duantia.

— Comment vous le savez ?

— Dans toute l'histoire, aucun combattant n'a survécu à une telle tentative. Tous ont péri – et les combattants, et leurs prêtresses, dit Thanatos.

Surpris, Stark se rendit compte qu'il n'avait même pas pensé au fait qu'il mourrait lui aussi. Il réalisa pourtant que cette idée ne le dérangerait pas, si cela lui permettait de remplir son serment envers Zoey. Mais avant qu'il ne puisse répondre, la voix glaciale de Neferet s'éleva dans la salle.

— Et tous ces combattants et prêtresses étaient plus âgés et plus expérimentés que vous.

— C'était peut-être ça, leur problème, dit Aphrodite à voix basse, pour que Stark soit le seul à l'entendre. Ils étaient trop âgés et trop expérimentés.

L'espoir le fit de nouveau frémir. Il se tourna vers Duantia.

— J'avais tort, tout à l'heure. Que Neferet emmène Kalona là où elle veut ! Mais je demande qu'on m'accorde le même droit avec Zoey.

Il désigna Aphrodite, Darius et les autres novices, blottis les uns contre les autres.

— Nous voulons emmener Zoey avec nous.

— Stark, je refuse d'accepter ce qui reviendrait à un arrêt de mort pour toi aussi, dit Duantia d'une voix pleine de compassion, mais ferme. Dans une semaine, Zoey mourra. Le meilleur endroit pour elle, c'est notre infirmerie, où nous garantirons son confort. La seule chose que tu puisses faire, c'est te préparer à cette issue, pas te sacrifier dans le vain espoir de la sauver.

— Tu es très jeune, enchaîna Thanatos. Tu as une vie longue et productive devant toi. Ne coupe pas toi-même le fil du destin.

— Zoey restera ici jusqu'à la fin, conclut Duantia. Bien entendu, tu peux rester auprès d'elle.

— Euh, excusez-moi, je ne veux pas me montrer irrespectueux...

Tout le monde se tourna vers le groupe d'amis de Zoey qui, jusque-là, étaient restés silencieux, sous le choc, accablés de chagrin. Damien levait la main comme s'il était en classe et attendait que le professeur lui donne la parole.

— Qui es-tu, novice ? demanda Duantia.

— Je m'appelle Damien, et je suis un ami de Zoey.

— Il a aussi une affinité avec l'air, précisa Jack en essuyant son visage baigné de larmes.

— Oh, on m'a parlé de toi. Souhaites-tu t'adresser au conseil ?

— C'est un novice. Il ne devrait pas être entendu lors de nos réunions, protesta Neferet.

— J'ignorais que vous étiez le porte-parole du conseil supérieur, Neferet, railla Aphrodite.

— Elle ne l'est pas, dit Thanatos en lançant un regard sévère à Neferet, avant de se tourner vers Damien. Novice, souhaites-tu t'adresser au conseil ? répéta-t-elle.

Damien se redressa et avala sa salive.

— Affirmatif.

Thanatos esquissa un sourire.

— Dans ce cas, tu peux prendre la parole, Damien. Tu peux aussi baisser la main...

— Oh, merci. Ce que je voulais dire, avec tout le respect que je vous dois, c'est que, d'après la loi des vampires, il revient à Stark, en tant que combattant de Zoey, de décider où et comment la protéger. Du moins, c'est ce que je me souviens d'avoir appris en cours de sociologie des vampires au semestre dernier.

— Zoey se meurt, dit Duantia d'une voix douce. Tu dois comprendre que son combattant sera bientôt libéré de son serment.

— Je le comprends bien. Mais elle n'est pas encore morte, et Stark a le droit de la protéger, de la façon qu'il estime la meilleure, aussi longtemps qu'elle est vivante.

— Je ne peux qu'approuver les propos de ce novice, déclara Thanatos. Il a absolument raison. C'est la loi, et il est de la responsabilité du combattant lié par son serment de décider de ce qui est mieux pour la sécurité de sa grande prêtresse. Zoey Redbird est en vie ; elle est donc toujours sous sa protection.

— Êtes-vous toutes d'accord avec Thanatos ? demanda Duantia aux membres du conseil.

Stark retint son souffle alors que les cinq autres prêtresses exprimaient leur assentiment.

— Bien joué, novice Damien, dit Thanatos.
— Merci, prêtresse, fit-il en rougissant.

Duantia secoua la tête.

— Pour ma part, je ne suis pas ravie par la perspective de la mort d'un jeune homme aussi prometteur que le combattant de Zoey. Mais le conseil s'est prononcé. Même si cela m'attriste, je m'incline devant la volonté de mes consœurs. Stark, où souhaites-tu emmener ta grande prêtresse pour ses derniers jours ?

Avant qu'il ne puisse répondre, Neferet reprit la parole.

— Dois-je en déduire que je suis libre d'emmener mon consort avec moi ?

— Nous vous avons déjà donné notre accord, répondit Thanatos d'une voix glaciale. Sous les conditions que nous avons établies, vous pouvez retourner à Capri avec le corps de votre consort.

— Merci, dit Neferet d'un ton sec.

Elle fit un geste brusque à l'intention des Fils d'Érebus qui se tenaient au pied des marches.

— Emportez la civière. Nous quittons cet endroit.

Elle s'inclina à peine devant le conseil et sortit sans se retourner. Alors que tout le monde la regardait, Aphrodite prit Stark par le bras.

— Gagne du temps ! Ne leur dis pas quelles sont tes intentions, souffla-t-elle.

— Maintenant que cette interruption est terminée, tu es libre de dire au conseil où tu souhaites emmener ta prêtresse, Stark, fit Thanatos.

— Pour l'instant, je veux déposer son corps dans notre chambre. J'ai besoin de temps pour réfléchir à ce qui est le mieux pour elle, et je n'en ai pas encore eu l'opportunité.

— Jeune, mais sage, commenta Thanatos en souriant d'un air approbateur.

— Je suis contente que tu aies réussi à maîtriser ta colère, combattant, ajouta Duantia. Puisses-tu continuer à penser clairement !

Stark serra les dents et inclina respectueusement la tête, prenant soin de ne croiser le regard d'aucun membre du conseil pour qu'on ne lise pas la colère qui bouillonnait en lui.

— Le conseil te donne la permission de te retirer dans le palais avec ta grande prêtresse et tes amis. Nous te demanderons de nous faire connaître ta décision demain. Sache que tu peux choisir de rester ici. Nous vous donnerons l'asile à vous tous aussi longtemps que nécessaire.

— Merci, dit Stark avant de s'incliner devant les vampires.

— Le conseil est ajourné, déclara Duantia. Nous nous réunirons demain. Soyez bénis.

Avant même que Darius puisse l'aider, Stark s'approcha de Zoey, la prit dans ses bras et quitta la chambre du conseil.

— Dis-moi tout ce que tu sais.

Dès que le corps de Zoey fut déposé sur le lit de la suite qui leur avait été assignée, Stark commença à interroger Aphrodite.

— Pas grand-chose, mais assez pour croire que les vampires se trompent, répondit-elle en se lovant dans un grand fauteuil en velours à côté de Darius.

— Tu veux dire que tu as entendu parler d'un combattant qui avait réussi à ramener sa prêtresse de l'au-delà ? demanda Damien alors que lui et Jack apportaient des chaises dans la pièce.

— Non. Pas exactement. Et je me fiche de l'histoire. Zoey n'est pas une grande prêtresse coincée d'antan.

— Les gens qui ignorent l'histoire finissent par refaire les erreurs commises par le passé, déclara Damien d'une voix douce.

— Je n'ai pas prétendu que je l'ignorais ! C'est juste que je m'en fiche.

Le regard perçant d'Aphrodite passa de Damien aux Jumelles, qui se tenaient toujours dans l'embrasure de la porte.

— Vous deux, pourquoi vous vous cachez ?

— On ne se cache pas, sorcière, murmura Shaunee.

— Non, on est respectueuses, figure-toi, précisa Érin.

— C'est quoi, ce cinéma ?

— Ce n'est pas respectueux envers le, euh, le corps de Zoey de parler de ces choses-là alors qu'elle...

Shaunee s'interrompit, et chercha de l'aide du côté d'Érin. Mais avant que celle-ci ne puisse prendre la parole, Stark intervint avec force :

— Non ! Nous n'allons pas la traiter comme si elle était morte. Elle n'est pas là, c'est tout.

— Alors, c'est plus une salle d'attente qu'une salle d'hôpital, dit Jack en touchant la main de Zoey.

— Oui, fit Jack. Sauf qu'on attend quelque chose de vraiment bien.

— C'est cela ! confirma Aphrodite. Alors, prenez des chaises, mesdemoiselles. Un cerveau pour deux, et arrêtez de vous conduire comme si Zoey était un cadavre.

Les Jumelles hésitèrent, échangèrent un regard ; puis elles haussèrent les épaules et se joignirent à leurs amis.

— Bien, maintenant que nous sommes tous ensemble, fit Darius, tu dois nous dire ce que Lucie t'a appris.

Aphrodite sourit à son combattant.

— Comment sais-tu que je tiens mes infos de Lucie ?

— Je te connais, répondit-il en lui effleurant le visage.

Stark serra les poings et détourna le regard, bouleversé par le lien entre Aphrodite et Darius. Il avait envie de cogner dans quelque chose. Il allait exploser s'il ne se débarrassait pas des sentiments qui l'étouffaient. C'est seulement à ce moment-là que les mots d'Aphrodite pénétrèrent en lui, et il fit volte-face.

— Répète ce que tu viens de dire !

— Kalona est dans l'au-delà. Neferet l'y a envoyé pour empêcher Zoey de se rassembler, et de revenir.

— Attends, non. Je me souviens d'une discussion que j'ai surprise entre Kalona et Rephaïm. Il était énervé parce que le Corbeau Moqueur avait parlé de retourner dans l'au-delà. Je suis sûr que Kalona lui avait répondu qu'il ne pouvait pas y aller parce que Nyx l'en avait chassé.

— Elle a chassé son corps. Or son corps est toujours ici, fit remarquer Aphrodite. C'est son âme qui s'est faufilée là-bas.

— Oh, ma déesse ! souffla Damien.

— Ce n'est pas tout, reprit Aphrodite. Neferet est derrière tout ça.

Elle soupira et regarda Stark.

— Bon, ça ne va pas être agréable à entendre, mais tu dois écouter et gérer ça. Autrefois, Kalona était le combattant de Nyx.

Le visage de Stark perdit toutes ses couleurs.

— C'est ce que Zoey m'a dit juste avant que...

Il passa la main dans ses cheveux.

— Je ne l'ai pas crue. Je me suis emporté ; j'étais jaloux. C'est pour ça que je n'étais pas avec elle quand Kalona a tué Heath sous ses yeux.

— Tu dois arriver à te pardonner cette erreur, intervint Darius. Sinon, tu ne seras pas capable de te concentrer sur ta mission.

— Et tu auras besoin de beaucoup de concentration pour sauver Zoey, enchaîna Aphrodite.

— Stark va aller dans l'au-delà et combattre Kalona pour Zoey, dit Jack d'une voix étouffée, comme s'il parlait pendant la messe.

— Et trouver un moyen de l'aider à reconstituer son âme, compléta Damien.

— Alors, c'est ce que je vais faire, déclara Stark, soulagé d'avoir parlé d'une voix assurée alors qu'il avait l'impression qu'on venait de lui donner un coup de poing dans le ventre.

— Si tu tentes d'y aller sans préparation, tu n'auras aucune chance de réussir, jeune combattant.

Stark se tourna vers la porte, où se tenait Thanatos, grande et sombre, telle la personnification de la mort.

— Eh bien, dites-moi comment me préparer ! s'écria-t-il.

— Pour se battre dans l'au-delà, le combattant qui est en toi doit mourir, pour donner naissance au chaman.

Stark n'hésita pas une seule seconde.

— Alors, il suffit que je meure pour que mon âme aille dans l'au-delà ?

— Il ne s'agit pas de la mort au sens propre du terme, combattant. Imagine ce que cela ferait à l'esprit déjà blessé de Zoey de devoir supporter ta mort, en plus de celle de son consort.

— Elle ne pourrait pas quitter l'au-delà, intervint Damien d'un ton solennel. Même si elle arrivait à rassembler les morceaux de son âme.

— Exactement, et je crois que c'est ce qui s'est passé quand d'autres combattants ont suivi leurs prêtresses là-bas, dit Thanatos en s'approchant de Zoey.

— Donc, ils se sont vraiment tués pour protéger leurs prêtresses ? demanda Aphrodite en glissant ses doigts entre ceux de Darius.

— Pour la plupart, oui. Vous devez comprendre que les combattants ne sont pas comme les grandes prêtresses. Ils n'ont pas les capacités nécessaires pour se mouvoir librement dans le royaume de l'esprit.

— Kalona y est, et pourtant il n'est pas une grande prêtresse, répliqua Stark.

— Même ceux d'entre nous qui ne croient pas qu'il est Érebus descendu sur Terre savent que cet être que vous appelez Kalona est un immortel qui vient de l'au-delà. Les règles qui restreignent un combattant, ou même un simple vampire mâle, ne s'appliquent pas à lui.

— Il est restreint, pourtant, dit Aphrodite. Je vois ses chaînes. Son corps en est couvert.

— Qu'est-ce que tu as vu, prophétesse ? demanda Thanatos.

Aphrodite hésita.

— Dis-lui tout, intervint Damien. Nous devons faire confiance à quelqu'un, ou Zoey et Stark ne s'en sortiront pas mieux que les autres.

— Autant nous fier à la Mort, enchérit Stark, vu que c'est elle que je vais devoir affronter pour rejoindre Zoey.

— Je suis d'accord, déclara Darius.

— Nous aussi, firent les autres en chœur.

— Bien, dit Aphrodite en adressant un sourire ironique à Thanatos. Alors, je vais commencer par parler de Neferet. Vous feriez mieux de vous asseoir...

CHAPITRE DIX

Stark

Stark était très impressionné de voir comment Thanatos avait réussi à garder son calme tandis qu'Aphrodite, aidée de Damien, lui avait tout raconté : l'arrivée de Zoey à la Maison de la Nuit, la découverte des novices rouges, la libération de Kalona, leur lente prise de conscience de l'étendue des pouvoirs maléfiques de Neferet, et enfin la conversation qu'elle avait eue avec Lucie au téléphone.

Une fois l'histoire terminée, Thanatos se leva et s'approcha du corps de Zoey. Quand elle prit enfin la parole, on aurait dit qu'elle s'adressait à Zoey plus qu'à eux.

— Alors, depuis le début, il s'agit d'un combat entre la Lumière et l'Obscurité, sauf que, jusque-là, il avait lieu dans le royaume physique.

— Vous en parlez comme si c'était des personnes, remarqua Damien.

— Pas des personnes – ce serait trop réducteur. Imaginez plutôt des immortels si puissants qu'ils seraient capables de manipuler l'énergie jusqu'à ce que l'esprit devienne tangible, expliqua Thanatos.

— Ainsi, Nyx est la Lumière, alors que Kalona, ou ce qu'il représente, est l'Obscurité ? demanda Damien.

— Il serait plus juste de dire que Nyx a la Lumière pour alliée, pendant que Kalona est aidé par l'Obscurité.

— OK, je ne suis pas une élève modèle, mais je suis intelligente, et j'étais attentive en classe. La plupart du temps. Et pourtant je n'ai jamais entendu parler de ça, s'étonna Aphrodite.

— Moi non plus, fit Damien.

— Et ce n'est pas peu dire, car Damien, lui, est le parfait petit élève, commenta Érin.

Thanatos soupira.

— Eh bien, il s'agit là d'une croyance ancienne qui n'a jamais été complètement acceptée par notre société, ou du moins par nos prêtresses.

— Pourquoi ? voulut savoir Aphrodite. Quel est le problème ?

— Elle était basée sur la lutte, la violence, le combat des pouvoirs bruts du bien et du mal.

— Vous voulez dire, des trucs de mecs, lâcha Aphrodite d'un air méprisant.

— C'est cela, dit Thanatos en haussant les sourcils.

— Attendez ! Les hommes ne sont pas les seuls à croire au combat du bien contre le mal, objecta Stark.

— Il ne s'agit pas juste d'un combat entre le bien et le mal dans le monde. C'est une personnification de la Lumière et de l'Obscurité à leur niveau le plus élémentaire, ces forces sont attirées mutuellement, et l'une ne peut exister sans l'autre, même si elles tentent sans cesse de s'éliminer. L'une des plus anciennes représentations de ces deux forces était un énorme taureau, noir pour la Lumière, et blanc pour l'Obscurité.

— Hein ? fit Jack. Ça ne devrait pas être l'inverse ?

— C'est ce qu'on pourrait penser, mais c'est ainsi qu'ils étaient figurés sur nos parchemins. Il était écrit que chaque créature possédait quelque chose que l'autre désirerait toujours. Imaginez deux taureaux, gonflés de leur pouvoir, qui se battent sans répit, voulant ce qu'ils ne pourraient jamais obtenir sans se détruire eux-mêmes. J'ai vu une image de leur combat une fois, lorsque j'étais jeune grande prêtresse, et je n'ai jamais oublié sa violence et sa brutalité. Les cornes des taureaux étaient entremêlées, leurs naseaux dilatés. Chacun s'efforçait d'atteindre l'autre dans des flots de sang. C'était une mêlée effrayante – la peinture semblait vibrer de puissance.

— De puissance masculine, compléta Darius. J'ai vu ce tableau, moi aussi, lors de ma formation de combattant. Il décorait la couverture des journaux tenus par de grands combattant d'autrefois.

— Un pouvoir masculin, fit Érin, songeuse. Je comprends pourquoi les vampires qui nous dirigent ont préféré passer les taureaux sous silence...

— Tu m'étonnes, Jumelle ! Dire qu'ils ne jurent que par le pouvoir des filles...

— Notre système de croyances ne suppose pas que le pouvoir féminin élimine le pouvoir masculin. Il s'agit de trouver un sain équilibre entre les deux, déclara Darius.

— Peut-être, combattant, cependant, comme pour la Lumière et l'Obscurité, c'est un combat éternel. Pense aux images de Nyx que nous voyons tous les jours, à leur beauté féminine. Compare-les à un pouvoir brut déchaîné, sous la forme de créatures masculines. Ne comprends-tu pas qu'un monde essayant de contenir les deux serait perpétuellement en conflit, et que l'un doit donc être éliminé pour que l'autre puisse prospérer ?

— Ce n'est pas difficile à concevoir ! ricana Aphrodite. Ce que je n'arrive pas à imaginer, c'est ce conseil coincé voulant être lié avec deux taureaux géants en train de se battre.

— Elle veut dire, à part vous, dit Stark en faisant les gros yeux à Aphrodite.

Thanatos sourit.

— Non, Aphrodite a raison. Le conseil a changé au fil des siècles, en particulier lors de ces quatre derniers, de mon vivant. C'était autrefois une force vitale très élémentaire et plutôt barbare. Mais à notre époque, il est devenu...

Elle hésita, cherchant le bon mot.

— Civilisé, souffla Aphrodite. Ultracivilisé.

— C'est ça. Or être trop civilisé n'est pas forcément une bonne chose, surtout si on affronte deux taureaux qui foncent l'un sur l'autre en anéantissant tout ce qui se trouve entre eux.

— Zoey est très proche de la Lumière, dit Damien d'une voix douce.

— Suffisamment proche pour être attaquée par l'Obscurité, enchaîna Stark. Surtout si celle-ci a été chargée de s'assurer qu'elle n'atteindrait plus jamais la Lumière.

Le silence se fit et tous les yeux se posèrent sur Zoey, allongée, inconsciente et pâle, sur les draps en satin couleur crème. Soudain, Stark eut une révélation et, grâce à l'instinct d'un combattant veillant sur sa grande prêtresse, il sut qu'il avait trouvé la bonne voie.

— Alors, si nous voulons sauver Zoey, nous ne devons pas ignorer le passé. Nous devons, au contraire, l'étudier en profondeur.

— Et il nous faut accepter et comprendre le pouvoir brut libéré par le combat entre Lumière et Obscurité, fit Thanatos.

— Mais comment ? lança Aphrodite, frustrée. Les croyances dont nous avons besoin se sont éteintes – vous l'avez dit vous-même, Thanatos.

— Peut-être pas partout, fit Darius en se redressant et en posant ses yeux perçants et intelligents sur Stark. Si tu veux trouver des croyances anciennes et barbares, tu dois te rendre dans un endroit au passé ancien et barbare. Un endroit coupé de la civilisation actuelle.

— Je dois aller sur l'île, dit Stark.

— Exactement, acquiesça Darius.

— De quoi est-ce que vous parlez, bon sang ? s'écria Aphrodite.

— De l'endroit où les combattants étaient autrefois formés par Sgiach, répondit Thanatos.

— Sgiach ? Qui est-ce ? demanda Damien.

— C'est le titre du combattant qu'on appelait le Grand Coupeur de Têtes, expliqua Darius.

— Sgiach était aussi brutal et barbare qu'un combattant puisse l'être, intervint Stark. D'ailleurs...

— OK, c'est bien beau tout ça, le coupa Aphrodite, mais il faudrait qu'il soit en vie aujourd'hui, et pas seulement dans de vieilles histoires, parce que je suis presque sûre que si Stark ne peut pas aller dans l'au-delà, il ne peut pas non plus retourner dans le passé.

— Elle, la corrigea Darius.

— Elle ?

— Oui, Sgiach était une combattante vampire dotée de pouvoirs exceptionnels, expliqua Stark.

— Et ces « vieilles histoires », ma beauté, disent aussi qu'il y aura toujours une Sgiach, continua Darius en adressant à Aphrodite un sourire indulgent. Elle vit à la Maison de la Nuit de l'île des Femmes.

— Il y a une Maison de la Nuit sur une île des Femmes ? s'étonna Érin.

— Pourquoi ne le savions-nous pas ? demanda Shaunee avant de se tourner vers Damien. Tu étais au courant, toi ?

Il secoua la tête.

— Jamais entendu parler !

— C'est parce que vous n'êtes pas des combattants, expliqua Darius. Vous connaissez l'île des Femmes sous le nom de l'île de Skye.

— En Écosse ? fit Damien.

— Oui, c'est là-bas que les tout premiers vampires combattants ont été formés, répondit Darius.

— Aujourd'hui, la formation des combattants a lieu dans les Maisons de la Nuit du monde entier, enchaîna Thanatos. Au début du XIXe siècle, le conseil supérieur a décidé que ce serait plus pratique ainsi.

— Plus pratique et plus civilisé, je parie, dit Aphrodite.

— Tu as raison, prophétesse.

— D'accord. Donc, j'emmène Zoey sur l'île des Femmes, auprès de Sgiach, décida Stark.

— Et ensuite ? voulut savoir Aphrodite.

— Ensuite, je me « décivilise » pour trouver un moyen d'aller dans l'au-delà sans mourir, et quand j'y suis, je fais ce qu'il faut pour ramener Zoey parmi nous.

— Hum…, fit Aphrodite. Ce n'est pas une mauvaise idée.

— Si Stark est autorisé à entrer sur l'île, fit remarquer Darius.

— C'est une Maison de la Nuit. Pourquoi ne le laisserait-on pas entrer ? s'étonna Damien.

— Cet établissement ne ressemble à aucun autre, répondit Thanatos. Quand il a été décidé de lui enlever la formation des combattants, ce fut le point culminant de très nombreuses années de tension et de malaise entre Sgiach et le conseil supérieur.

— Vous parlez d'elle comme s'il s'agissait d'une reine, dit Jack.

— D'une certaine manière, c'est ce qu'elle est – une reine dont les sujets sont des combattants, dit Thanatos.

— Une reine responsable des Fils d'Érebus ? Voilà qui ne devait pas plaire au conseil supérieur, à moins que la reine Sgiach n'en fasse partie, intervint Aphrodite.

— Sgiach est une combattante, répondit Thanatos. Et les combattants ne sont pas admis au sein du conseil supérieur.

— Ça a dû drôlement l'énerver ! s'écria Aphrodite. Moi, en tout cas, ça ne m'aurait pas plu. Elle devrait pouvoir siéger au conseil supérieur.

Thanatos baissa la tête.

— Je suis d'accord avec toi, prophétesse, mais ce n'était pas l'avis des autres vampires... Bref, lorsqu'on lui a enlevé la formation des Fils d'Érebus, Sgiach s'est retirée sur l'île de Skye, très en colère, et a formé autour de son île un cercle protecteur. Personne n'avait fait une chose pareille depuis Cléopâtre, qui avait installé une telle protection autour d'Alexandrie.

— Par conséquent, on n'entre pas sur l'île des Femmes sans la permission de Sgiach, dit Darius.

— Ceux qui essaient meurent, conclut Thanatos.

— Bon, comment puis-je faire pour qu'on m'y accepte ? demanda Stark.

Il y eut un long silence gêné.

— Voilà le premier de tes problèmes, finit par soupirer Thanatos. En réalité, aucun étranger n'y a jamais accédé…

— J'obtiendrai la permission !

— Comment comptes-tu t'y prendre, combattant ?

Stark fixa la prêtresse dans les yeux.

— Je sais comment je *ne vais pas* m'y prendre ! Je ne serai pas civilisé. Pour l'instant, c'est tout ce que je sais.

— Attendez ! intervint Damien. Thanatos, Darius, vous savez tous les deux des choses sur Sgiach et cette ancienne religion. Où avez-vous appris tout ça ?

— J'ai toujours été attiré par les vieux parchemins, répondit Darius en haussant les épaules. Alors quand j'étudiais l'escrime à la Maison de la Nuit, je passais mon temps libre à lire.

Damien se tourna vers Thanatos.

— Et vos connaissances sur les taureaux et Sgiach ?

— Je les ai trouvées dans d'anciens textes des archives du palais. Quand je suis devenue grande prêtresse, j'ai été obligée de m'instruire toute seule ; je n'avais pas de mentor.

— Pas de mentor ? s'étonna Stark. Cela a dû être difficile.

— Apparemment, notre monde n'a besoin que d'une seule prêtresse dotée d'une affinité avec la mort…, dit Thanatos avec un sourire ironique.

— Ça craint comme job ! lâcha Jack avant de presser la main sur sa bouche. Oups, désolé !

Le sourire de Thanatos s'élargit.

— Tes paroles ne m'offensent pas, mon enfant. En effet, être l'alliée de la mort n'est pas une carrière facile.

— Grâce à vous et à la passion de Darius pour la lecture, nous avons un point de départ ! se réjouit Damien.

— Qu'est-ce que tu as en tête ? demanda Aphrodite.

— Je te rappelle que je suis vraiment doué pour quelque chose : étudier.

Aphrodite se frappa le front.

— Alors, on doit juste te donner quelque chose à te mettre sous la dent !

— Les archives ! fit Thanatos. Il faut que vous ayez accès aux archives du palais.

Elle se dirigea vers la porte.

— Je file en parler à Duantia.

— Excellent ! Je vais me préparer, déclara Damien.

— Je peux t'aider, proposa Jack.

— On dirait bien qu'on va tous devoir se plonger dans les livres..., fit Aphrodite avec une moue dégoûtée.

Stark suivit cet échange en se disant que ses amis étaient soulagés de pouvoir concentrer leur énergie sur quelque chose. Il posa les yeux sur Zoey. « Et moi, je vais me préparer à m'allier avec la mort. »

Zoey

C'était trop étrange.

Je savais que j'étais dans l'au-delà sans être morte, avec Heath, qui, lui, l'était.

Déesse ! Était-ce normal que la mort de Heath ne me révolte plus ?

J'étais blottie contre Heath. Nous étions allongés comme un vieux couple au pied d'un arbre, sur un matelas de mousse, à l'endroit où se rejoignaient des racines, formant un creux de la taille d'un lit. La mousse était moelleuse, et Heath semblait vivant. Je pouvais le voir, l'entendre, le toucher – il avait même gardé son odeur. J'aurais dû me détendre…

« Alors, pourquoi, me demandai-je en observant des papillons aux ailes bleues, pourquoi suis-je aussi agitée, pourquoi ne suis-je pas "dans mon assiette", comme dirait Grand-Mère ? »

Grand-Mère…

Elle me manquait. Ce sentiment était comme un mal de dents : parfois, il disparaissait, mais je savais qu'il était là, et qu'il reviendrait, en pire.

Elle devait se faire du souci pour moi. Elle devait être triste. Songer à sa tristesse était difficile, et je m'efforçai de ne plus y penser.

Mal à l'aise, je me levai en prenant soin de ne pas réveiller Heath et je me mis à faire les cent pas.

Cela me calmait un peu. Du moins, au début. J'allais et venais, en gardant Heath dans mon champ de vision. Il était si mignon quand il dormait !

J'aurais aimé sombrer dans le sommeil, moi aussi. Mais j'en étais incapable. Si je fermais les yeux, j'avais peur de perdre encore des morceaux de moi. Je me souvins d'un rêve hyper bizarre que j'avais fait un jour de grande fièvre : je tournais, tournais sur moi-même jusqu'à ce que des parties de moi se détachent et s'envolent.

Je frémis. Pourquoi ce souvenir était-il aussi vivace alors que tant d'autres étaient embrumés ?

Déesse, j'étais vraiment fatiguée !

Distraite, je trébuchai sur l'un des cailloux blancs qui parsemaient la mousse, et me rattrapai à l'arbre le plus proche.

Je me figeai : ma main, mon bras ! Ils n'étaient pas normaux. Ma peau ondulait, comme dans un de ces films d'horreur où d'affreuses bestioles pénètrent sous la peau de l'héroïne à moitié nue et...

— Non ! hurlai-je en me frottant frénétiquement le bras. Non ! Stop !

— Zo, bébé, que se passe-t-il ?

— Heath, Heath, regarde ! C'est un cauchemar !

Ses yeux passèrent de mon bras à mon visage.

— Euh, Zo, de quoi tu parles ?

— Ma peau ! Elle bouge !

Son sourire ne dissimulait pas son inquiétude. Il passa lentement la main sur mon bras. Lorsqu'il eut atteint ma main, il glissa ses doigts entre les miens.

— Il n'y a rien d'anormal, bébé.

— Tu le penses vraiment ?

— Bien sûr. Hé, qu'est-ce qui t'arrive ?

J'allais lui dire que j'avais l'impression de me perdre – que des morceaux de moi s'envolaient dans les airs – quand quelque chose capta mon attention. Quelque chose de noir et de flou, qui remuait entre les arbres.

— Heath, je n'aime pas ça, soufflai-je en désignant les ombres mouvantes.

La brise agita les larges feuilles vertes, et la forêt, soudain, ne me paraissait plus aussi protectrice que quelques instants plus tôt. L'odeur parvint jusqu'à moi, écœurante, fétide, comme celle d'un animal mort sous les roues d'une voiture et resté en plein soleil. Heath sursauta, et je sus que ce n'était pas le fruit de mon imagination.

Alors, j'entendis le battement d'ailes.

— Oh, non ! murmurai-je.

Heath pressa ma main.

— Viens, il faut qu'on s'enfonce encore dans le bois.

J'étais comme paralysée.

— À quoi ça nous servirait ?

Heath prit mon menton dans sa main et me força à le regarder.

— Zo ! Cette forêt est pleine de bonté. Tu ne sens pas la présence de ta déesse ?

Des larmes emplirent mes yeux.

— Non, dis-je doucement, pas du tout.

Il m'enlaça et me serra contre lui.

— Ne t'inquiète pas, Zo. Je la sens, moi ! Tout ira bien, je te le promets.

CHAPITRE ONZE

Lucie

— Skye ? C'est où, ça ? En Irlande ? demanda Lucie.
— En Écosse, pas en Irlande, espèce d'attardée, répondit Aphrodite.
— C'est pas un peu la même chose, non ? Et ne me traite pas d'attardée !
— Oh, ça va ! Contente-toi de m'écouter et de faire un effort, espèce de boulet. Je veux que tu retournes communier avec la Terre pour essayer de trouver des infos sur la Lumière et l'Obscurité – avec un L et un O majuscules. Et sois attentive si un arbre ou je ne sais quoi te parle de deux taureaux.
— Des taureaux ? Tu veux dire des vaches ?
— Tu n'es pas de la campagne ? Tu devrais savoir ce que c'est, un taureau !
— Ce n'est pas parce que je ne viens pas d'une grande ville que je m'y connais en vaches ! Bon sang, je n'aime même pas les chevaux.
— J'y crois pas ! Le taureau, c'est le mâle de la vache. Même le caniche schizophrène de ma mère le sait. Concentre-toi, tu veux ? C'est important. Tu

dois aller interroger ton élément sur une mythologie ancienne et barbare où il y a des taureaux qui se battent, un blanc et un noir, et où il est question d'une lutte virile, violente et incessante entre le bien et le mal.

— Quel rapport avec Zoey ?

— Eh bien, cela pourrait nous permettre d'envoyer Stark dans l'au-delà sans qu'il meure. Apparemment, ça ne se passe pas trop bien pour les combattants qui veulent protéger leurs grandes prêtresses là-bas.

— Comment des vaches pourraient faire ça ? Elles ne savent même pas parler !

— Des taureaux, débile ! Il ne s'agit pas seulement d'animaux, mais du pouvoir brut qui les entoure, et qu'ils représentent.

— Alors, ils ne vont pas parler ?

— Oh, merde ! Peut-être que oui, peut-être que non – c'est de la magie ancienne, idiote ! Qui sait ce qu'ils sont capables de faire ? Mets-toi ça dans la tête : pour aller dans l'au-delà, Stark ne peut pas être civilisé, moderne et gentil. Il doit être bien plus que ça afin de rejoindre Zoey et la protéger sans qu'ils se fassent tuer tous les deux, et cette légende pourrait être la clé.

— Ça se tient. Kalona n'est pas franchement un mec moderne...

Lucie hésita, se rendant compte qu'elle ne pensait pas à Kalona, mais à Rephaïm.

— Et il possède aussi un pouvoir brut, ajouta-t-elle.

— Et il est dans l'au-delà, alors qu'il n'est pas mort.

— Là où doit aller Stark.

— Eh bien, va parler aux fleurs de ces taureaux qui se bagarrent, et écoute ce qu'elles vont te dire !

— D'accord.
— Appelle-moi quand elles t'auront répondu.
— D'accord.
— Hé, sois prudente !
— Tu vois que tu peux être gentille quand tu veux !
— Ne sois pas mielleuse ! Dis-moi plutôt avec qui tu as imprimé quand notre Empreinte s'est brisée ?
Lucie se figea.
— Avec personne !
— Donc, c'était quelqu'un de tout à fait inapproprié. Est-ce l'un de ces losers de novices rouges ?
— Aphrodite, j'ai dit « personne ».
— Oui, c'est ça ! Tu sais, l'un des trucs que j'ai pigés grâce à mes dons de prophétesse – qui sont drôlement casse-pieds, soit dit en passant –, c'est que je n'ai pas besoin d'écouter avec mes oreilles pour apprendre des choses.
— Tu dérailles, Aphrodite !
— Je répète, sois prudente. Je reçois des vibrations bizarres de ta part, et je me dis que tu pourrais bien avoir des ennuis.
— N'importe quoi !
— Lucie, je suis sûre que tu caches quelque chose, et que...
— Bon, je vais aller parler des vaches avec des fleurs, la coupa Lucie. Au revoir, Aphrodite.
— Des taureaux. Salut, boulet.
Lucie ouvrit la porte de sa chambre, contrariée par les commentaires d'Aphrodite, et faillit se cogner contre Kramisha, qui s'apprêtait à frapper. Elles sursautèrent toutes les deux.
— Ne fais pas des trucs comme ça ! lâcha Kramisha. Ça me donne l'impression que tu n'es pas normale.

— Réfléchis : si j'avais su que tu étais là, je n'aurais pas sursauté. Et je te signale, aucun de nous n'est normal – enfin, plus maintenant.

— Parle pour toi. Moi je suis comme avant. Il n'y a rien qui cloche chez moi, je t'assure ! Toi, par contre, tu as l'air bizarre.

— Je te rappelle que j'ai failli brûler sur un toit il y a deux jours. Je pense que ça me donne le droit d'avoir une sale tête.

— Ce n'est pas ce que je voulais dire, répondit Kramisha.

Elle portait sa perruque blonde au carré, assortie à une ombre à paupières jaune fluo.

— À vrai dire, tu as bonne mine, reprit-elle. Tu es toute rose, comme les gens en pleine santé. Ou des porcelets.

— Kramisha, je te jure que tu me donnes la migraine. Qu'est-ce que tu racontes ?

— Je dis juste que tu as l'air bien, mais que tu ne vas pas bien. Là, et là, précisa-t-elle en désignant son cœur et sa tête.

— J'ai beaucoup de soucis.

— Oui, avec ce qui est arrivé à Zoey... Mais tu dois tenir le coup.

— J'essaie.

— Essaie plus fort. Zoey a besoin de toi ; je sens que tu peux l'aider, même si elle est loin. Alors, il faut que tu fasses preuve de bon sens.

Lucie se tortilla : Kramisha la fixait avec une intensité qui la mettait mal à l'aise.

— Qu'est-ce que tu mijotes ? reprit la poétesse.
— Rien !
— Mmm... Tu es sûre ? Parce que c'est pour toi.

Kramisha brandit un morceau de papier sur lequel elle avait écrit quelque chose.

— Et ça me paraît bizarre.

Lucie lui arracha la feuille de la main.

— Bon sang, pourquoi ne m'as-tu pas simplement dit que tu avais encore écrit quelque chose ?

— C'est ce que j'allais faire !

Kramisha croisa les bras et s'appuya contre le montant de la porte, attendant visiblement que Lucie lise le poème.

— Tu n'as pas des trucs à faire ? demanda cette dernière.

— Non. Les autres mangent. Oh, à part Dallas. Il fait de l'escrime avec Dragon, même si les cours n'ont pas repris officiellement ; je ne sais pas pourquoi il est aussi pressé de retourner en classe. Bref, lis ça, grande prêtresse. Je ne vais nulle part.

Lucie réprima un soupir : les poèmes de Kramisha étaient toujours compliqués et abstraits, mais ils étaient aussi prophétiques, et rien que de penser que l'un d'eux la concernait lui donnait la nausée. Elle commença de lire à contrecœur.

La Rouge pénètre dans la Lumière
Revêt son armure pour
Le combat apocalyptique.

L'Obscurité se cache sous différentes facettes
Vois par-delà la forme, la couleur, les mensonges
Et les tempêtes émotionnelles.

Allie-toi avec lui ; paie avec ton cœur
Même si la confiance ne peut être donnée
À moins que tu ne sépares l'Obscurité.

Vois avec ton âme, pas avec tes yeux
Parce que pour danser avec des bêtes
Tu dois percer leur déguisement.

Lucie secoua la tête, regarda Kramisha, puis relut le texte, lentement, priant pour que son cœur arrête de battre si fort et ne trahisse pas la terreur coupable que ces lignes avaient éveillée en elle. Car Kramisha avait raison, ce poème parlait d'elle. Enfin d'elle et de Rephaïm… « Une chance qu'il n'évoque pas des ailes et des yeux humains dans une tête d'oiseau ! » pensa-t-elle.

— Tu vois, il y est question de toi, fit la poétesse.

— Oui, Kramisha, en effet. Je suis mentionnée dès la première ligne.

— Je m'en suis doutée, même si je n'ai jamais entendu personne t'appeler la Rouge.

— C'est logique, fit Lucie, essayant d'effacer le souvenir de Rephaïm la désignant ainsi. Je suis la seule vampire rouge, à part Stark ; alors, forcément…

— C'est ce que je pensais ! Seulement, il y a ces trucs flippants sur les bêtes, et tout ça. Et cette histoire de combat…

— Il y a eu de nombreux combats, ces derniers temps.

— Eh bien, on dirait qu'un autre t'attend. Tu ferais mieux de te tenir prête.

Kramisha se racla la gorge et demanda :

— Qui est-ce ?

Lucie se força à la regarder dans les yeux.

— Qui ça ?

Kramisha croisa les bras.

— Ne me parle pas comme si j'étais débile ! Lui. Le mec à qui tu vas donner ton cœur, selon mon poème.

— Sûrement pas !

— Oh, donc tu sais de qui il s'agit, rétorqua Kramisha en tapant du pied. Et, de toute évidence, ce n'est pas Dallas, sinon l'idée de lui donner ton cœur ne te mettrait pas dans un tel état. Alors, qui est-ce ?

— Je n'en ai aucune idée. Je ne vois personne d'autre que Dallas. Moi, ce qui m'inquiète plus, ce sont les passages sur l'Obscurité et ses déguisements.

— Mouais…

— Écoute, je vais le garder et y réfléchir, dit Lucie en fourrant le papier dans la poche de son jean.

— Laisse-moi deviner ! Tu veux que je n'en parle à personne, c'est ça ?

— Oui, parce que je dois essayer de…, commença Lucie.

Son excuse s'évanouit sous le regard entendu de Kramisha. Elle poussa un long soupir, décidant de lui dire une partie de la vérité.

— J'ai un problème de mecs en ce moment, lâcha-t-elle, et ça craindrait si Dallas l'apprenait maintenant, parce que je ne suis pas du tout sûre de ce qui se passe entre moi et ce… cet autre garçon.

— Je préfère ça ! Les histoires de cœur, c'est un sacré merdier, et comme dirait ma mère, ce n'est pas bien d'étaler sa vie privée devant tout le monde.

— Merci, Kramisha. J'apprécie.

— Attends ! J'en ai pas fini avec toi. Mes poèmes sont importants. Celui-là ne parle pas que de ta situation amoureuse embrouillée. Alors, mets de l'ordre dans tes idées et n'oublie pas de te servir de ta raison. Tu dois aussi savoir que, à chaque fois que j'écris le mot « Obscurité », ça me fait mal au ventre.

Lucie la regarda un long moment, puis prit sa décision.

— Tu veux bien m'accompagner jusqu'au parking ? J'ai quelque chose à faire hors du campus, et je voudrais te parler avant.

— Pas de problème. Il est grand temps que tu te confies enfin à quelqu'un. Tu te conduis de façon bizarre, et pas seulement depuis que Zoey a été brisée.

— Oui, je sais, marmonna Lucie.

Elles n'ajoutèrent rien alors qu'elles descendaient l'escalier et traversaient le dortoir bouillonnant d'activité. On aurait dit que le dégel avait réveillé les novices. Ils avaient recommencé à sortir et à se comporter plus normalement. Lucie et Kramisha attiraient encore beaucoup les regards : cependant ceux-ci n'étaient plus craintifs et hostiles mais juste curieux.

— Tu penses vraiment qu'on pourrait revenir ici et retourner en cours, comme si nous étions encore chez nous ? demanda Kramisha quand elles eurent quitté le bâtiment.

Lucie la regarda d'un air surpris.

— À vrai dire, c'est ce que je commence à penser. Ce ne serait pas si mal...

Kramisha haussa les épaules.

— Moi, tout ce que je sais, c'est que je me sens bien quand je dors sous terre pendant la journée.

— Oui, c'est un problème.

— L'Obscurité mentionnée dans mon poème, tu ne penses pas que c'est nous, hein ?

— Non ! Nous ne faisons rien de mal. Toi, moi, Dallas et tous les novices rouges, nous avons pris une décision. Nyx nous a donné le choix, et nous avons choisi le bien plutôt que le mal, la lumière plutôt que l'obscurité. Le poème ne parle pas de nous, j'en suis certaine.

— Ce sont les autres, alors ?

Même si elles étaient seules, Kramisha avait baissé la voix. Lucie réfléchit un instant et se rendit compte qu'elle avait peut-être raison. Elle avait été tellement préoccupée par sa culpabilité à cause de Rephaïm qu'elle n'y avait même pas pensé. Bon sang ! Il fallait qu'elle se reprenne.

— Je suppose, oui. Et si c'est le cas, c'est très grave.

— Je t'en prie ! On sait tous qu'ils sont dangereux.

— Oui, eh bien, grâce à Aphrodite, je viens de découvrir des trucs qui aggravent encore les choses. Il s'agit de l'Obscurité, avec un O majuscule. Et s'ils trempent là-dedans, alors ils sont encore plus dangereux qu'on le croit. Comme Neferet.

— Merde.

— Donc, ton poème pourrait parler d'un combat contre eux. Par ailleurs – et c'est de ça que je voulais te parler –, Aphrodite et moi avons découvert des choses anciennes. Si anciennes que même les vampires les ont oubliées.

— Waouh !

— Aphrodite, Stark, moi et les autres, continua Lucie, allons essayer d'utiliser ces infos pour aider Stark à se rendre dans l'au-delà pour protéger Zoey pendant qu'elle rassemble les morceaux de son âme.

— Envoyer Stark dans l'au-delà sans qu'il soit obligé de mourir ?

— Oui. Apparemment, s'il se pointait là-bas mort, ce ne serait pas bon pour Zoey.

— Alors, vous allez vous servir de ces vieux trucs pour savoir comment y parvenir ?

— On va tenter le coup, répondit Lucie. Et tu peux nous aider.

— Tu n'as qu'à demander. Je suis là.

— OK : Aphrodite, grâce à ses pouvoirs, a été nommée prophétesse par le conseil supérieur. Même si elle est aussi contente qu'un chat pris dans une averse, ajouta-t-elle, ce qui fit rire Kramisha. Du coup, je me disais que, même si je n'ai pas de cercle ici, j'ai moi aussi une prophétesse.

Kramisha cligna des yeux, perplexe et, comme Lucie continuait de la regarder, elle écarquilla les yeux.

— Moi ?

— Oui. Enfin, toi et ta poésie. Tu as déjà aidé Zoey à trouver comment chasser Kalona, non ?

— Mais...

— Réfléchis ! Aphrodite a réussi. Tu penses qu'elle est plus intelligente que toi ?

Kramisha haussa les épaules.

— Mon intelligence dépasse de loin celle de cette Blanche !

— Dans ce cas, passons à l'action. Je vais appeler la Terre et voir si je peux découvrir quelque chose. Toi, trouve Dallas, et raconte-lui tout, à part le poème.

— Je t'ai déjà promis de ne pas te dénoncer.

— Merci, Kramisha. Tu es une bonne Poétesse Lauréate.

— Tu n'es pas mal non plus, pour une fille de la campagne.

— À plus ! lança Lucie en courant vers la voiture de Zoey.

— Je surveille tes arrières, grande prêtresse !

À ces mots, Lucie eut mal au ventre. Elle allait démarrer quand elle se rendit compte que a) elle ne savait pas où aller et, b) appeler la Terre serait beaucoup plus facile si elle avait une bougie verte et un bouquet d'herbes sèches pour attirer de l'énergie positive. En colère contre elle-même, elle se mit au point mort. Où allait-elle bien pouvoir aller ?

« Auprès de Rephaïm. » Cette pensée était comme la respiration : instantanée et naturelle. Lucie posa la main sur le levier de vitesses, puis hésita. Était-ce vraiment la meilleure chose à faire ? D'accord, il lui avait fourni de nombreuses infos sur Kalona et l'Obscurité, mais elle ne lui faisait pas totalement confiance.

Et puis, il lui embrouillait les idées. Quand elle avait lu le poème de Kramisha, elle avait été tellement obsédée par lui qu'elle n'avait pensé à rien d'autre – notamment au fait qu'il pouvait s'agir d'un avertissement au sujet des novices rouges.

Alors, que devait-elle faire ?

Elle avait dit à Rephaïm qu'elle reviendrait, mais ce n'était pas la seule raison pour laquelle elle voulait y aller. Elle avait besoin de le voir. « Besoin ? » s'étonna-t-elle. Oui, admit-elle à contrecœur. Cet aveu la rendit nerveuse.

— J'ai imprimé avec lui. Cela signifie qu'il y a un lien entre nous, et je ne peux pas y faire grand-chose, marmonna-t-elle en s'accrochant au volant. Je vais juste devoir m'y habituer et en prendre mon parti.

« Et ne pas oublier qu'il est le fils de son père. »

Bon. Très bien. Elle irait rendre visite à Rephaïm. Elle lui poserait des questions sur la Lumière et l'Obscurité, et sur les deux vaches. Elle fronça les sourcils. Non, les taureaux. Mais il fallait qu'elle commence par faire des recherches toute seule. Elle devait appeler son élément pour essayer d'obtenir quelques informations. Ce serait faire preuve de bon sens. Soudain, elle sourit et frappa le volant.

— J'ai trouvé ! Je m'arrêterai dans ce joli parc sur la route de Gilcrease. Je ferai un peu de magie, et puis j'irai voir Rephaïm. Trop facile !

D'abord, il fallait qu'elle fasse un saut au temple de Nyx pour prendre une bougie verte, des allumettes et des herbes. Soulagée d'avoir un plan, elle s'apprêtait à sortir quand elle entendit des bottes de cow-boy claquant sur l'asphalte, puis la voix de Dallas, qui parlait avec une nonchalance exagérée.

— Je vais juste jusqu'à la voiture de Zoey. Je ne veux pas surprendre Lucie et lui faire peur.

Lucie baissa sa vitre.

— Salut, Dallas ! Je croyais que tu t'entraînais avec Dragon.

— Le cours est terminé. Regarde : il m'a donné ce super poignard. Il dit que c'est une dague. Il prétend qu'il y a des chances que j'arrive à bien m'en servir.

Lucie le considéra d'un air dubitatif pendant qu'il sortait un couteau pointu à double tranchant d'un fourreau en cuir attaché à sa ceinture, le tenant assez maladroitement, comme s'il avait peur de couper quelqu'un, ou de se couper lui-même.

— Il est drôlement pointu, remarqua Lucie en essayant de prendre un ton positif.

— Oui, c'est pour ça que je ne m'en sers pas encore pendant l'entraînement. Mais Dragon m'a autorisé à le porter, à condition de faire attention.

— Oh, d'accord. Cool, fit Lucie en pensant que, même si elle devait vivre cinq millions d'années, elle ne comprendrait jamais rien aux garçons.

— Bref, j'ai croisé Kramisha, reprit Dallas en rangeant son couteau. Il paraît que tu t'apprêtes à partir pour faire un truc avec la Terre ? Je voudrais y aller avec toi.

— Oh. C'est gentil, Dallas, mais je suis bien toute seule. À vrai dire, ce qui m'aiderait, ce serait que tu ailles me chercher une bougie verte et des allumettes dans le temple de Nyx. Oh, et si tu trouves un bouquet d'herbes sèches, prends-le aussi, d'accord ? Appeler la Terre est beaucoup plus facile avec une bougie appropriée, et j'ai complètement oublié d'aller en prendre une, sans parler des herbes qui permettent de rassembler de l'énergie positive.

Dallas resta planté là à la regarder, les mains dans les poches, l'air contrarié.

— Quoi ? fit-elle.

— Je suis désolé de ne pas être un combattant ! explosa-t-il. Je fais de mon mieux pour apprendre quelque chose de Dragon, mais il va me falloir du temps pour y arriver. Je ne me suis jamais vraiment intéressé au combat, et je suis désolé ! répéta-t-il, l'air bouleversé.

— Dallas, mais qu'est-ce que tu racontes ?

Il leva les mains, frustré.

— Que je ne suis pas assez bien pour toi. Tu as besoin d'un vrai combattant ! Bon sang, Lucie, si j'avais été ton combattant, j'aurais été là à tes côtés quand ces novices t'ont attaquée et ont failli te tuer. Si j'étais ton combattant, tu ne me confierais pas des missions stupides. Tu me garderais auprès de toi pour que je puisse te protéger.

— Je me protège très bien toute seule, et aller me chercher ces choses-là n'a rien de stupide.

— Peut-être, mais tu mérites mieux qu'un type comme moi.

— Dallas, tu n'aurais pas pu empêcher ce qui s'est produit sur le toit ! Tu sais comment ils sont.

— J'aurais dû être avec toi ! J'aurais voulu être ton combattant.

— Je n'ai pas besoin d'un combattant ! hurla-t-elle, exaspérée par son entêtement.

— Dis plutôt que tu n'as plus besoin de moi.

Il se détourna et fourra les mains dans ses poches. Lucie regarda ses épaules affaissées avec chagrin. C'était sa faute. Elle l'avait blessé en le repoussant, lui comme tous les autres, pour ne pas révéler son secret. Elle descendit du véhicule et toucha doucement son épaule. Il ne bougea pas.

— Hé, ce n'est pas vrai. J'ai besoin de toi.

— C'est ça ! C'est pour ça que tu passes ton temps à me fuir !

— J'ai été occupée, Dallas. Excuse-moi si j'ai été méchante.

— Tu n'as pas été méchante. C'est juste que tu n'as plus rien à faire de moi.

— Ce n'est pas vrai ! dit-elle en le serrant contre elle.

— Alors, laisse-moi t'accompagner, lui souffla-t-il à l'oreille.

Lucie recula pour pouvoir le regarder et le « non, c'est impossible » qu'elle s'apprêtait à dire mourut sur ses lèvres. Elle avait l'impression de voir son cœur dans ses yeux, et il ne faisait aucun doute qu'elle allait le briser. Pourquoi blessait-elle ce garçon à cause de Rephaïm ? Elle ne regrettait pas d'avoir sauvé le Corbeau Moqueur. Elle regrettait pourtant que cela affecte les personnes qui l'entouraient. « Ça suffit ! décida-t-elle. J'arrête de blesser ceux qui comptent le plus pour moi. »

— Bon, d'accord, tu peux venir avec moi.

Son regard s'illumina.

— Tu es sérieuse ?

— Bien sûr. En attendant, j'ai vraiment besoin de cette bougie. Et de l'herbe, aussi.

— Eh bien, je vais aller te chercher ça tout de suite ! s'exclame Dallas avant de l'embrasser et de partir en courant.

Lucie remonta lentement dans la voiture. Elle s'agrippa au volant et regarda droit devant elle, récitant la liste des choses qu'elle avait à faire, comme un mantra.

— Appeler la Terre avec Dallas. Découvrir autant de choses que possible sur les taureaux de la légende. Ramener Dallas à l'école. Inventer une bonne excuse pour repartir, cette fois seule. Aller au Gilcrease prendre des nouvelles de Rephaïm et voir s'il sait quelque chose qui pourrait aider Zoey et Stark. Revenir ici. Ne pas blesser mes amis en les repoussant. Aller voir les novices rouges. Tenir Lenobia et les autres au courant de ce qui se passe en Italie. Rappeler Aphrodite. Trouver quoi faire des novices rouges à la gare. Enfin, ne pas me jeter du toit d'un building...

Elle avait l'impression de se noyer dans un cloaque de stress. Elle posa le front contre le volant.

Comment Zoey supportait-elle tout ce bazar et toute cette tension ?

« Elle ne le supportait pas, pensa-t-elle soudain. C'est ce qui l'a brisée. »

CHAPITRE DOUZE

Lucie

— **W**aouh ! On dirait qu'une tornade a ravagé Tulsa ! s'écria Dallas alors que Lucie contournait un enchevêtrement de branches sur la route.

Comme l'entrée du parc était bloquée par un énorme poirier qui avait été coupé en deux, elle se gara à côté.

— Au moins, l'électricité a été rétablie, dit-elle en désignant les lampadaires qui entouraient le parc, éclairant les arbres abîmés par la glace et les buissons d'azalées aplatis.

— Pas partout, fit remarquer Dallas en désignant du menton les jolies petites maisons de l'autre côté de la rue.

Ici et là, des lumières brillaient derrière les fenêtres, prouvant que certains avaient été suffisamment prévoyants pour acheter des générateurs à propane avant la tempête. Mais, dans l'ensemble, tout était sombre, froid et silencieux.

— Ça m'arrange bien, dit Lucie en sortant du véhicule.

Tenant une grande bougie verte de rituel, un bouquet d'herbes séchées et une boîte d'allumettes longues, Dallas la rejoignit.

— Personne ne fera attention à ce que je fais, reprit-elle.

— Tu as tout à fait raison, petite, acquiesça Dallas en passant un bras autour de ses épaules.

— J'adore qu'on me dise que j'ai raison ! soupira-t-elle en plongeant la main dans la poche arrière du jean de son ami, comme elle aimait le faire.

Il l'attira vers lui et embrassa le sommet de son crâne.

— Alors, je te le dirai plus souvent.

— Tu essaies de m'amadouer ? demanda-t-elle en lui souriant.

— Oui ! Est-ce que ça marche ?

— Peut-être.

— Tant mieux.

Ils se mirent à rire. Elle lui donna un petit coup de hanche.

— Tu vois ce grand chêne ? Ça m'a l'air d'être un bon endroit.

— Comme tu veux, petite.

Ils se dirigèrent lentement vers le centre du parc, enjambant les branches tombées par terre et glissant sur les plaques de glace. Lucie pensa qu'elle avait bien fait de le laisser l'accompagner. Peut-être que sa confusion vis-à-vis de Rephaïm venait de ce qu'elle s'était isolée de ses amis et se concentrait trop sur l'étrangeté de leur Empreinte. Après tout, son Empreinte avec Aphrodite lui avait aussi paru trop bizarre, au début. Peut-être avait-elle besoin de temps pour se faire à cette nouveauté.

— Hé, regarde ! fit Dallas, la sortant de ses pensées.

Il désignait le sol au pied du vieux chêne.

— On dirait que l'arbre a formé un cercle pour toi.

— Cool !

L'arbre avait bien résisté à la tempête. Il n'avait perdu que quelques petites branches, qui dessinaient un cercle parfait autour du tronc.

Dallas hésita.

— Je vais rester à l'extérieur, OK ? Il a été formé spécialement pour toi, je ne veux pas le briser.

Lucie le regarda avec reconnaissance. C'était vraiment un mec bien. Il disait toujours des choses gentilles pour qu'elle sache qu'il la comprenait mieux que la plupart des gens.

— Merci. C'est super sympa, Dallas.

Elle se mit sur la pointe des pieds et l'embrassa avec tendresse. Il la serra contre lui.

— À ton service, grande prêtresse.

Son souffle était tiède et sucré ; sur un coup de tête, elle l'embrassa encore, se délectant des picotements que ses baisers provoquaient en elle. Et puis, quand elle le touchait, elle ne pensait pas à Rephaïm.

Elle était franchement essoufflée quand il la relâcha à contrecœur.

Il s'éclaircit la gorge et rit doucement.

— Fais attention, petite. Ça fait longtemps qu'on n'a pas été seuls, toi et moi.

Grisée et de bonne humeur, elle lui fit un grand sourire.

— Trop longtemps.

Il lui adressa une moue adorable, sexy en diable.

— Il faudra qu'on rattrape ça bientôt ! En attendant, au travail !

— Oh, oui. Le travail, le travail, le travail…

— Hé, dit-il, tu es sûre que tu sauras t'y prendre avec ces herbes ? J'étais bon en Charmes et Rituels, et je crois qu'il ne suffit pas de l'enflammer et de l'agiter autour de toi.

Lucie fronça les sourcils et réfléchit.

— Je ne sais pas. C'est un truc amérindien. Zoey a dit que cela attirait les énergies positives.

— Bon, je suppose que Zoey savait ce qu'elle faisait.

Lucie haussa les épaules.

— Oui, et puis ce n'est jamais que de l'herbe qui sent bon, je ne vois pas quel mal ça pourrait causer.

— Et puis, tu es la Fille de la Terre. Tu devrais réussir à le faire.

— Oui. Bon, allons-y, fit Lucie avant de pénétrer dans le cercle.

Elle se dirigea d'un pas assuré vers le nord, puis s'arrêta et ferma les yeux. Elle savait depuis longtemps que le meilleur moyen de communier avec son élément était d'utiliser ses sens. Alors, elle inspira profondément, vida son esprit de tout ce qui l'encombrait et tendit l'oreille.

Elle écoutait la Terre. Elle entendait le murmure du vent dans les branches, le chant des oiseaux nocturnes, les soupirs du parc se préparant pour une longue nuit d'hiver.

Quand son esprit fut plein des sons de la Terre, elle se concentra sur les odeurs. Elle inhalait les parfums de l'herbe prise au piège de la glace, ceux des feuilles brunies, les effluves uniques de la mousse sur l'écorce du chêne millénaire.

Ensuite, elle imagina le goût riche d'une gousse d'ail et de tomates mûres. Elle pensa au moment magnifique d'arracher du sol les carottes épaisses et craquantes, nourries par la terre.

Envahie par la générosité de son élément, elle pensa à la douce caresse de l'herbe estivale sous ses pieds, aux pissenlits lui chatouillant les mollets, à la douce pluie de printemps...

Elle laissa son esprit savourer la formidable sensation que provoquait en elle son affinité. La Terre était une mère, une conseillère, une sœur et une amie ; la Terre lui apportait l'équilibre. Quand tout allait mal, elle pouvait compter sur son élément pour la calmer et la protéger.

Elle sourit et ouvrit les yeux, puis se tourna vers la droite.

— Air, je te demande d'entrer dans mon cercle.

Même si elle n'avait pas d'autres bougies, Lucie savait qu'il était important de montrer son respect à chacun des quatre autres éléments. Et, si elle avait de la chance, ils pourraient se manifester et renforcer son cercle. Pivotant autour de son axe, elle continua.

— Feu, je t'invite dans mon cercle. Eau, rejoins-moi. Esprit, honore-moi de ta présence, toi aussi.

Elle aperçut alors un mince fil argenté qui apparut sur le pourtour du cercle. Elle jeta un coup d'œil à Dallas.

— Hé ! Je crois que ça marche.

— Bien sûr que ça marche, petite. Tu es douée comme grande prêtresse.

Elle aimait que Dallas l'appelle grande prêtresse, et elle souriait quand elle se tourna de nouveau vers le nord. Se sentant fière et forte, elle alluma enfin la bougie verte.

— Terre, je te demande de venir à moi, comme tu le fais toujours, parce que, entre toi et moi, il y a un lien très spécial. Viens à moi, s'il te plaît.

La Terre explosa autour d'elle tel un chiot exubérant. Lucie sentait la douceur d'une nuit d'été, tandis que son élément remplissait l'espace.

— Merci ! s'écria Lucie joyeusement. Tu ne sais pas à quel point c'est important pour moi de pouvoir compter sur toi.

De la chaleur irradiait du sol, et la glace qui le recouvrait craqua et se brisa, les brins d'herbe se libérant temporairement de leur prison hivernale.

Lucie passa le bouquet d'herbes dans la flamme de la bougie, qu'elle posa à ses pieds. Elle souffla doucement dessus pour qu'elles se mettent à fumer, puis elle fit le tour du cercle, agitant le fagot jusqu'à ce que l'air soit empli d'une fumée grise et de l'odeur de la prairie en été.

Ensuite elle reprit la parole.

— D'après mon amie, Zoey Redbird, les herbes attirent l'énergie positive, et j'en ai vraiment besoin ce soir, surtout que c'est pour Zoey que je demande ton aide. Je sais que tu te souviens d'elle. Elle a une affinité avec toi, comme avec tous les autres éléments. Zoey est ma meilleure amie. C'est une fille géniale ! Elle nous représente tous. Alors, nous voulons qu'elle revienne. Elle souffre là où elle est, et ne peut pas s'en aller. Son combattant, un garçon qui s'appelle Stark, va aller la chercher. S'il te plaît, montre-moi comment il peut sauver Zoey.

Elle agita les herbes autour d'elle, et attendit.

Il ne se passa rien.

— Bon, je vais être plus précise, reprit Lucie. Avec le pouvoir de la Terre, et par l'énergie de ces herbes sacrées, j'appelle le taureau blanc d'autrefois. Il me faut savoir comment Stark peut protéger Zoey pendant qu'elle cherche un moyen de rassembler son âme pour revenir dans ce monde.

Soudain, le bouquet d'herbes s'embrasa. Lucie poussa un cri et le laissa tomber. Une fumée s'en élevait, semblable à un serpent. Pressant sa main brûlée contre son corps, Lucie recula en trébuchant.

— Lucie ? Que se passe-t-il ?

Elle entendait Dallas, mais ne pouvait pas le voir : le voile de fumée était trop épais.

— Je ne sais pas ce qui se passe ! s'écria-t-elle, désorientée. L'herbe est devenue bizarre d'un seul coup, et...

À cet instant, le sol se mit à trembler.

— Lucie, il faut que tu sortes de là ! s'écria Dallas. Je n'aime pas cette fumée.

— Est-ce que tu sens la Terre bouger ?

— Non. Je ne te vois pas, et j'ai un mauvais pressentiment.

Lucie n'eut pas le temps de répondre : elle sentit une présence. Elle eut une impression d'une familiarité terrifiante, et elle comprit pourquoi : cela lui rappelait le moment où elle avait su qu'elle allait mourir. L'écho de cette terreur la paralysait, si bien que, lorsque le bout de la première corne prit forme, blanche, pointue et menaçante, elle ne put que la fixer du regard en secouant la tête.

— Lucie ! Tu m'entends ?

La voix de Dallas était à peine audible, comme s'il se trouvait à des kilomètres.

La seconde corne se matérialisa et, avec elle, la tête du taureau, blanche et massive, avec des yeux noirs qui luisaient comme un lac sans fond à minuit.

« Aide-moi ! » voulut crier Lucie, mais la peur coinça ces mots dans sa gorge.

— Ça suffit ! Je viens te chercher, même si tu ne le veux pas !

Lucie perçut une vibration quand Dallas atteignit le contour de son cercle. La créature tourna sa grosse tête et souffla de l'air fétide. La nuit frémit.

— Merde ! Impossible d'entrer dans le cercle ! Romps-le et sors de là, Lucie !

— Je... je ne peux pas, bredouilla-t-elle, prise de nausée.

Le taureau était une créature de cauchemar. Sa robe blanche était lumineuse, mais elle n'était pas belle. Sa brillance était visqueuse, sa surface brillante, froide et morte. L'un des énormes sabots fendus se leva et retomba, déchirant la Terre avec une telle cruauté que Lucie ressentit une douleur dans son âme. Elle arracha son regard à celui du taureau pour le poser sur ses sabots. Elle poussa un cri horrifié : tout autour, l'herbe était noircie, et la Terre – son élément – était blessée et saignait.

— Non !

Le barrage de terreur se brisa, laissant s'échapper le cri déchirant.

— Arrêtez ! Vous nous faites mal !

Les yeux noirs du taureau sondèrent les siens. La voix qui emplit la tête de Lucie était basse, puissante, et d'une méchanceté inimaginable.

« Tu as osé m'appeler, vampire, et cela m'a suffisamment amusé pour que je réponde à ta question. Le combattant doit regarder dans son sang pour découvrir le pont menant à l'île des Femmes ; puis il lui faudra se vaincre lui-même pour entrer dans l'arène. C'est seulement de cette façon qu'il pourra rejoindre sa prêtresse. Ensuite, ce sera son choix à elle de revenir ou non. »

— Ça n'a pas de sens, lâcha Lucie, ravalant sa peur.

« Je me moque de ton avis. Tu m'as appelé ; je t'ai répondu. Maintenant, je vais réclamer mon dû en sang. Cela fait, à

vrai dire, une éternité que je n'ai pas goûté du délicieux sang de vampire – surtout rempli d'autant d'innocente Lumière. »

Avant que Lucie n'ait eu le temps de réagir, la bête se mit à tourner autour d'elle. Des volutes noires de la fumée qui remplissait l'espace se glissèrent jusqu'à elle. Lorsqu'elles la touchèrent, on aurait dit des lames de rasoir glacées lacérant sa peau.

Sans même y penser, elle hurla : « Rephaïm ! »

CHAPITRE TREIZE

Rephaïm

Assis sur le balcon, Rephaïm mangeait une pomme en regardant le ciel clair et en essayant d'ignorer la présence agaçante du fantôme de la jeune humaine qui avait développé une réelle fascination à son égard, et qui demandait pour la centième fois.

— *Allez ! Dis-moi ! C'est vraiment bien, de voler ? Ça a l'air rigolo ! Je n'ai jamais essayé, mais je parie que voler avec ses propres ailes est bien plus marrant que voler dans un avion.*

Rephaïm soupira : cette enfant parlait plus que Lucie, ce qui n'était pas peu dire. Devait-il continuer à l'ignorer en attendant qu'elle s'en aille, ou trouver un plan B, puisque cette méthode n'avait pas l'air de fonctionner ? Peut-être faudrait-il qu'il en discute avec Lucie. Une fois de plus, ses pensées revenaient à la Rouge.

— *C'est dangereux, de voler ? Je suppose que oui, puisque tu t'es blessé, et je suis sûre que c'est arrivé pendant que tu volais !*

Le fantôme était encore en train de monologuer quand la texture du monde changea tout à coup. Rephaïm perçut quelque chose de familier, et, pendant un moment, crut que son père était revenu.

— Silence ! rugit-il.

Il se leva et se mit à sonder les ténèbres, espérant apercevoir la silhouette de Kalona.

La petite fille poussa un couinement de surprise, recula et disparut. Rephaïm ne lui prêta aucune attention : il était trop absorbé par le flot d'émotions qui se déversait sur lui.

D'abord, il comprit que ce n'était pas Kalona. Oui, ce dernier était redoutable, et il s'était depuis longtemps allié à l'Obscurité, mais cette chose était différente, et beaucoup plus puissante. Rephaïm le devina à l'agitation des êtres mystérieux cachés sous la Terre, les lutins que l'homme moderne avait oubliés. Mais lui qui les connaissait bien perçut leur frémissement dans les profondeurs de la nuit.

Qui avait effrayé le peuple souterrain ?

Alors, la peur de Lucie le frappa de plein fouet. Sa terreur, mêlée à l'excitation des lutins, lui fournit une réponse.

— Par tous les dieux ! souffla-t-il, c'est l'Obscurité elle-même qui est descendue sur le monde !

Il se mit en mouvement sans même s'en rendre compte. Il repoussa la porte d'entrée du manoir délabré de son bras indemne comme si elle était en carton et s'arrêta sur la véranda.

Il ne savait pas où aller.

Une autre vague de terreur brute le submergea. Il sut que Lucie était paralysée par la peur. Une pensée terrible emplit son esprit : « Lucie avait-elle appelé l'Obscurité ? Comment ? Et pourquoi aurait-elle fait une chose pareille ? »

La réponse à la plus importante de ces trois questions lui vint aussi rapidement qu'il se l'était posée : Lucie ferait tout pour sauver Zoey.

Son cœur tambourinait ; le sang courait à toute vitesse dans ses veines. Où était-elle ? À la Maison de la Nuit ?

Non, sûrement pas. Elle n'aurait pas appelé l'Obscurité dans une école vouée à la Lumière.

— Pourquoi n'es-tu pas venue me voir ? hurla-t-il dans la nuit, frustré. Je suis un habitué de l'Obscurité, toi pas !

Mais alors même qu'il prononçait ces mots, il admit qu'il avait tort. Lucie avait été touchée par l'Obscurité quand elle était morte.

— Elle a choisi la Lumière, et la Lumière sous-estime toujours la méchanceté de l'Obscurité.

« Le fait que je sois encore en vie en est l'exemple. » Lucie avait besoin de lui ce soir. C'était un fait.

— Lucie, où es-tu ?

« *REPHAÏM !* »

Il sursauta quand le hurlement de Lucie résonna autour de lui. Sa voix débordait de désespoir et de souffrance. Cela lui brisa le cœur. Il sentit ses yeux s'enflammer ; il voulait déchirer, détruire tout sur son passage. La rage écarlate qui menaçait de le submerger était une échappatoire attirante. S'il se laissait aller à la colère, il deviendrait plus bête qu'homme, et la peur inhabituelle et désagréable qu'il éprouvait pour elle serait balayée par son instinct et une violence aveugle, qu'il ne pourrait apaiser qu'en attaquant des humains dans n'importe laquelle des maisons obscures autour du musée. Pendant un moment, il serait rassasié. Il ne ressentirait rien.

Alors pourquoi ne pas céder à la rage qui avait si souvent dominé sa vie ? Ce serait plus facile – familier – sûr.

« Si je cède à ma rage, ce sera la fin de mon lien avec la Rouge. » Cette pensée le choqua.

— Non ! cria-t-il, laissant l'humanité l'emporter sur sa bestialité. Si je l'abandonne à l'Obscurité, elle mourra.

Il inspira lentement. Il devait se calmer ! Il devait réfléchir. La brume couleur sang commençait à se dissiper, et son esprit se remit à raisonner. « Je dois me servir de notre lien ! » songea-t-il.

Rephaïm se força à rester immobile. Il savait ce qu'il devait faire.

— J'appelle l'esprit de mes ancêtres, les immortels, que ma naissance me donne le droit de solliciter.

Alors qu'il s'apprêtait à affronter la souffrance que cette invocation allait causer à son corps blessé, il fut surpris de ressentir un afflux d'énergie. Autour de lui, la nuit semblait se dilater, palpiter d'un pouvoir brut très ancien. Cela ne laissait rien présager de bon, mais il s'en servit tout de même, canalisant cette force pour la mêler à celle de son sang, le sang que Lucie partageait désormais avec lui.

Soudain une vague d'énergie le frappa avec une telle violence qu'il tomba à genoux.

Il se rendit compte que quelque chose de miraculeux venait de se produire quand il lança ses deux mains en avant pour se rattraper, et que ses deux bras répondirent –, même celui, cassé, qu'il portait en écharpe.

Tremblant de tout son corps, il ouvrit et referma ses doigts, le souffle coupé.

— Encore ! cria-t-il. Viens à moi !

Une énergie sombre l'envahit de nouveau, un courant de brutalité froide qu'il s'efforça de contenir. Il l'inhala comme s'il s'agissait de l'air d'une soirée d'été, puis il écarta les bras et déplia ses ailes.

Les deux ailes !

— Oui !

Les ombres répondirent à son cri de joie en se tortillant et en frémissant, extatiques.

Il était entier de nouveau ! Il pourrait voler !

Il bondit sur ses pieds. Avec ses ailes noires complètement tendues, on aurait dit la magnifique sculpture d'un dieu revenu à la vie. Le corps vibrant d'excitation, il continua l'invocation. L'air devint écarlate, comme s'il s'était rempli d'une brume de sang phosphorescente. La voix du Corbeau Moqueur résonna dans la nuit.

— Par la volonté immortelle de mon père, Kalona, qui a semé son héritage dans mon corps et dans mon esprit, j'ordonne à ce pouvoir de me conduire jusqu'à la Rouge – celle qui a goûté mon sang, celle avec qui j'ai imprimé et échangé un serment éternel. Conduis-moi à Lucie !

Le brouillard frémit, puis se déroula comme un ruban de soie écarlate, dessinant un chemin scintillant dans l'air devant lui. Rapide et assuré, Rephaïm s'envola et suivit la trace dessinée par l'Obscurité.

Il la trouva non loin du musée, au milieu d'un parc noyé dans la fumée aux relents de la mort. Alors qu'il se posait en silence, Rephaïm se demanda comment les humains enfermés dans les maisons alentour pouvaient ne pas s'être aperçus de ce qui s'était déchaîné derrière la sécurité trompeuse de leur porte.

À travers les nuages de fumée, noirs et denses. Rephaïm distinguait le sommet d'un vieux chêne sous lequel régnait le chaos. Il ralentit en s'approchant, les ailes toujours dépliées.

Le novice qui se tenait là ne le remarqua pas. Rephaïm se rendit compte qu'il n'aurait probablement pas vu l'arrivée d'une armée : il était trop occupé à donner des coups de poignard à ce qui devait lui apparaître comme un cercle d'obscurité transformé en mur.

Rephaïm, lui, comprenait bien mieux l'Obscurité. Il contourna le garçon et se dirigea vers la partie nord du cercle. Il ne savait pas si c'était son instinct ou l'influence de Lucie qui l'avait attiré là et se demanda brièvement si les deux n'étaient pas en train de devenir une seule et même chose.

Il s'arrêta et replia ses ailes avec soin. Puis il leva la main et s'adressa doucement au brouillard écarlate :

— Enveloppe-moi. Permets-moi de franchir cette barrière.

Il referma son poing sur l'énergie palpitante qui s'était rassemblée là, puis dispersa la brume sur son corps.

Il s'attendait à souffrir : l'obéissance de ce pouvoir immortel avait toujours un prix. Souvent, c'était la douleur. Cette fois, la souffrance le brûla comme de la lave, mais il l'accueillit avec joie car cela signifiait que son ordre avait été accompli.

Il rassembla ses forces et, couvert par la puissance du sang de son père, il fit un pas en avant. Le mur d'obscurité s'ouvrit devant lui.

Il fut aussitôt submergé par l'odeur du sang de Lucie et celle de la mort et de la pourriture.

— S'il vous plaît, arrêtez ! gémissait la Rouge. Tuez-moi si vous voulez, mais ne me touchez plus !

Rephaïm ne la voyait pas, mais elle paraissait épuisée. Rapidement, il poussa un peu de la brume écarlate qui l'enveloppait dans sa direction.

— Va à elle, redonne-lui de l'énergie, murmura-t-il.

Lucie poussa un cri, et il lui sembla qu'elle avait prononcé son nom. Alors, les ténèbres s'écartèrent, révélant un spectacle que Rephaïm n'oublierait jamais, même s'il devait vivre aussi longtemps que son père.

Lucie se tenait au milieu du cercle, les yeux vides. Son jean était en lambeaux. Des fils noirs et poisseux s'enroulaient autour de ses jambes, lui entaillant la peau. Du sang coulait de sa chair. Sous les yeux de Rephaïm, un autre fil jaillit de la fumée épaisse et la fouetta à la taille. Elle geignit et sa tête dodelina.

C'est à ce moment-là que la bête apparut. Dès qu'il la vit, Rephaïm eut la certitude qu'il regardait l'Obscurité. Elle souffla dans un bruit assourdissant, et cracha du sang, du mucus et de la fumée, elle déchira la Terre avec ses sabots. Puis elle s'avança vers Lucie ; sa robe blanche, qui évoquait le clair de lune dans une crypte, faisait penser à la mort. La créature était si grande qu'elle dut pencher la tête pour lécher le sang sur la taille de Lucie.

Le cri de Rephaïm fit écho à celui de Lucie.

— Non !

Le taureau se tourna vers l'intrus ; ses yeux sans fond soutinrent le regard de Rephaïm.

« Cette nuit est de plus en plus intéressante. »

Ces paroles grondèrent dans l'esprit du Corbeau Moqueur, tel un coup de tonnerre. Il ravala sa peur alors que le taureau faisait quelques pas vers lui, les naseaux dilatés faisant trembler le sol.

« Je sens l'Obscurité sur toi ! »

— Oui, répondit Rephaïm, qui essayait d'ignorer les battements terrifiés de son cœur. Je vis depuis longtemps avec elle.

« Étrange, alors, que je ne t'aie jamais vu. J'ai connu ton père, cependant. »

— C'est grâce au pouvoir du sang de mon père que j'ai pu ouvrir le rideau noir et me présenter devant toi, fit Rephaïm.

Il gardait les yeux fixés sur le taureau, mais ses pensées étaient tournées vers Lucie, en sang, vulnérable.

« *Vraiment ? Je pense que tu mens, homme-oiseau.* »

Même si la voix qui résonnait dans son esprit n'avait pas changé, Rephaïm percevait sa colère. Gardant son calme, il passa un doigt sur sa poitrine et arracha une ligne de brume rouge. Puis il leva la main, comme s'il faisait une offrande au taureau.

— Voici ce qui m'a permis de pénétrer dans le cercle. Le sang immortel de mon père m'autorise à utiliser cette force.

« *Il est vrai que le sang de cet immortel coule dans tes veines. Mais le pouvoir qui circule dans ton corps et qui t'a permis de franchir cette barrière m'a été emprunté.* »

La peur courut sur la colonne vertébrale de Rephaïm. Il pencha la tête en signe de respect et de reconnaissance.

— Alors, je te remercie, même si je ne l'ai pas appelé. Je n'ai invoqué que celui de mon père, car c'est le seul que j'ai le droit de commander.

« *J'entends la vérité dans tes mots, fils de Kalona. Mais pourquoi vouloir venir ici ? Qu'est-ce que toi ou ton père avez à faire avec l'Obscurité, ce soir ?* »

Rephaïm se figea, mais son cerveau tournait à toute allure. Gonflé d'une force qui n'était pas la sienne, il savait que, même si c'était grâce au pouvoir de cette créature qu'il avait pu rejoindre Lucie, l'Obscurité n'allait pas l'aider à la sauver. Son père lui-même ne pourrait combattre ce taureau, l'incarnation du mal.

Alors, Rephaïm puisa dans les seules ressources qu'il lui restait – les vestiges de l'humanité que lui avait transmis sa mère, une simple mortelle. Il répondit à la bête avec honnêteté :

— Je suis là parce qu'elle est là, et qu'elle m'appartient.

Sans quitter le taureau des yeux, il désigna Lucie de la tête.

« *Je la sens sur toi,* dit le taureau en faisant un autre pas vers lui, ce qui fit trembler la Terre. *Elle t'appartient peut-être, mais elle a eu l'insolence de m'invoquer. Ce vampire a requis mon aide, et je la lui ai donnée. Comme tu le sais, elle doit en payer le prix. Pars, homme-oiseau, et je te laisserai la vie sauve.* »

— Va-t'en, Rephaïm, supplia Lucie.

Sa voix était faible, mais son regard était lucide et fixe.

— Ce n'est pas comme sur le toit, reprit-elle. Tu ne peux rien pour moi. Va-t'en.

Rephaïm ne bougea pas. Quelques jours plus tôt, il n'aurait jamais pu imaginer une situation dans laquelle il affronterait l'Obscurité, se portant au secours d'un vampire. À présent, alors qu'il regardait les yeux bleus et doux de Lucie, il voyait un monde entièrement nouveau – un monde où cette étrange jeune fille était son cœur, son âme, sa vérité.

— S'il te plaît, fit Lucie. Ne le laisse pas te blesser, toi aussi.

Ce furent ces mots – des mots sincères, altruistes, qui venaient du fond du cœur – qui le confortèrent dans sa décision. Il se tourna vers le taureau.

— J'ai dit qu'elle m'appartenait. Tu la sens sur moi ; tu sais que c'est vrai. Alors, je veux payer sa dette à sa place.

— Non ! hurla Lucie.

« *Réfléchis bien avant de faire une telle proposition, fils de Kalona. Je ne la tuerai pas. C'est une dette de sang, pas une dette de vie. Je te rendrai ton vampire quand je me serai rassasié.* »

Ses paroles révoltèrent Rephaïm. L'Obscurité allait se nourrir du sang de Lucie ! Elle allait lécher sa peau déchirée et goûter son sang salé, cuivré – leur sang, mêlé lors de l'Empreinte.

— Je paierai sa dette, répéta-t-il avec force.

« *Comme tu voudras homme-oiseau !* fit la bête. *Comme ton père, tu as choisi de défendre un être qui ne te donnera jamais ce que tu désires le plus. Cependant j'accepte que tu t'acquittes de sa dette. Relâchez-la !* »

Les fils noirs coupants comme des lames de rasoir se détachèrent du corps de Lucie, qui s'effondra dans l'herbe trempée de sang.

Avant que Rephaïm ne puisse se porter à son aide, un fil noir, tel un cobra, jaillit de la nuit avec une rapidité surnaturelle et s'enroula autour de sa cheville.

Le Corbeau Moqueur ne hurla pas. Malgré la douleur aveuglante, il lança :

— Lucie, retourne à la Maison de la Nuit !

Elle tenta de se lever, en vain : épuisée, elle glissa dans son propre sang et retomba à terre en pleurant doucement. Leurs yeux se croisèrent, et Rephaïm se précipita vers elle, déterminé à la faire sortir du cercle.

Un autre fil fusa et emprisonna son bras tout juste guéri, déchirant profondément le muscle, puis un autre. Le Corbeau Moqueur ne put retenir un cri d'agonie quand il lui cisailla la base des ailes, le plaquant au sol.

— Rephaïm ! sanglota Lucie.

À cet instant, le sol trembla sous les sabots du taureau. Rephaïm tourna la tête et vit que Lucie rampait dans sa direction. Il voulait lui dire d'arrêter – la convaincre de s'enfuir. Mais, alors que la langue de la bête touchait la plaie sur sa cheville, provoquant une douleur cuisante, il se rendit compte que Lucie n'essayait pas de venir vers lui. Elle se tenait à quatre pattes, les bras tremblants. Son corps saignait toujours, mais son visage reprenait des couleurs. « *Elle puise de l'énergie dans la Terre !* » songea Rephaïm avec un immense soulagement : cela lui donnerait assez de force pour sortir du cercle et aller se mettre à l'abri.

« *J'avais oublié à quel point le sang immortel était délicieux,* dit le taureau, soufflant son haleine fétide au visage de Rephaïm. *Rien à voir avec celui du vampire ! Je pense que je vais beaucoup boire, fils de Kalona. Après tout, tu as emprunté le pouvoir de l'Obscurité ce soir, alors ta dette est plus grande que la sienne.* »

Rephaïm ne regarda pas la créature. Retenu par les fils, il ne quittait pas Lucie des yeux alors que le taureau commençait à lécher la blessure à la base de ses ailes.

Il n'avait jamais ressenti une telle souffrance. Il ne pouvait s'empêcher de hurler. Le regard de Lucie était tout ce qui le rattachait à la conscience alors que l'Obscurité se nourrissait de lui.

Lorsque la Rouge se leva et tendit les bras en l'air, il crut qu'il hallucinait, tant elle semblait forte, puissante, et en colère. Elle brandissait un bouquet d'herbes fumantes.

— Je l'ai fait une fois, lâcha-t-elle. Je peux le refaire.

Sa voix semblait venir de très loin, mais elle était claire. Rephaïm se demandait pourquoi le taureau ne réagissait pas, quand les gémissements de plaisir de la créature et la douleur perçante qui irradiait dans son dos lui donnèrent la réponse. La bête était toute à sa besogne ; de plus, elle ne considérait pas Lucie comme une menace. « Qu'elle continue ! Que la Rouge puisse s'échapper ! » pria Rephaïm en silence.

— Mon cercle n'est pas brisé, dit Lucie distinctement. Rephaïm et ce taureau répugnant sont venus parce que je les ai appelés. Alors, j'appelle cette fois, par le pouvoir de la Terre, l'autre taureau, celui qui combat le mal. Je paierai le prix qu'il faudra pour qu'il laisse mon Corbeau Moqueur en paix !

Rephaïm sentit que la créature avait cessé de boire. Soudain un éclair de lumière transperça les ténèbres. Lucie écarquilla les yeux et, chose étonnante, frappa dans ses mains en riant.

— Oui ! s'écria-t-elle. Je paierai le prix. Tu es tellement beau !

Le taureau blanc gronda. Aussitôt des fils coupants se dirigèrent vers Lucie. Rephaïm ouvrit la bouche pour la prévenir, mais Lucie pénétra dans la lumière. Il y eut un coup de tonnerre, puis un autre éclair aveuglant, et un énorme taureau apparut, aussi noir que l'autre était blanc. Sa robe avait la couleur d'un ciel nocturne plein de poussière d'étoiles aussi brillantes que des diamants – profonde, mystérieuse, magnifique.

Pendant un moment, son regard croisa celui de Rephaïm, et le Corbeau Moqueur resta sous le choc. Il n'avait jamais vu autant de bienveillance ; il ne savait pas qu'une telle bonté existait.

« J'espère qu'elle n'a pas fait le mauvais choix, dit la créature de lumière d'une voix aussi basse que celle de l'autre taureau, mais emplie de compassion. *Car, elle a payé le prix. »*

Sur ce, elle baissa la tête et chargea le taureau blanc, le projetant loin du corps de Rephaïm. Il y eut un fracas assourdissant ; puis un silence profond s'abattit sur le parc.

Les fils noirs s'évanouirent comme la rosée au soleil. Pendant que la fumée se dissipait, Dallas pénétra en courant dans le cercle, son poignard à la main.

— Recule, Lucie. Je vais le tuer !

Lucie se pencha et murmura :

— Terre, fais-le trébucher.

Rephaïm vit le sol se soulever sous les pieds du garçon, et le novice tomba lourdement.

— Rephaïm, tu peux voler ? demanda la Rouge.

— Je crois, oui.

— Alors, retourne au Gilcrease. Je viendrai te voir plus tard.

Le Corbeau Moqueur hésita : allait-elle vraiment bien après ce qu'elle avait subi ?

— Ça va. Promis, dit Lucie, comme si elle lisait dans ses pensées. Va-t'en.

Rephaïm se remit sur ses pieds. Avec un dernier regard à Lucie, il déplia ses ailes et força son corps meurtri à s'élever dans le ciel.

CHAPITRE QUATORZE

Lucie

Dallas aidait Lucie à marcher, la portant à moitié, et essayait de la convaincre d'aller à l'infirmerie plutôt que dans sa chambre quand Kramisha et Lenobia, qui se dirigeaient vers le temple de Nyx, les aperçurent.

— Par la déesse ! Dans quel état tu es ! s'écria Kramisha en se figeant.

— Dallas, il faut la faire soigner ! dit Lenobia, qui, elle, avait gardé son sang-froid.

Elle s'approcha pour aider le garçon à soutenir la blessée.

— Non, je dois aller dans ma chambre, protesta celle-ci. J'ai besoin d'un téléphone, pas d'un médecin. Et je ne trouve pas mon foutu portable.

— Tout ce dont tu as besoin pour l'instant, ce sont des soins, déclara Dallas. Cette saleté d'oiseau t'a bien amochée ! Ton téléphone, on va le chercher plus tard.

— Prends le mien, proposa Kramisha en les rejoignant.

— Tu pourras téléphoner, mais Dallas a raison, intervint Lenobia d'un ton ferme. Tu ne tiens pas debout. On va à l'infirmerie.

— Bon, d'accord. Mais je vais commencer par passer un coup de fil. Kramisha, tu as le numéro d'Aphrodite ?

— Oui, mais ne va pas croire que nous sommes amies pour autant, marmonna la novice.

Alors qu'ils se dirigeaient vers le bâtiment, Lenobia ne cessait de regarder Lucie.

— Qu'est-ce qui s'est passé ? finit-elle par demander.

Puis, comme si les paroles de Dallas lui étaient revenues en mémoire, elle s'arrêta et se tourna vers lui.

— C'est un oiseau qui avait fait ça ? Tu en es sûr ?

— Je le suppose, dit Dallas, juste au moment où Lucie répondait : « Non ! »

— Tu veux dire que tu n'as pas vu ce qui lui était arrivé ? demanda Lenobia.

— Non. Il y avait plein de fumée, et il faisait trop sombre, et je ne pouvais pas entrer dans le cercle pour l'aider. Et quand tout s'est éclairci, elle était comme ça, et un gros oiseau était accroupi au-dessus d'elle.

— Dallas, arrête de parler de moi comme si je n'étais pas là ! s'écria Lucie. Et il n'était pas accroupi. Il était allongé par terre, à côté de moi.

Lenobia n'eut pas le temps de réagir : ils étaient arrivés. Saphir, la grande blonde qui avait été promue chef de l'infirmerie en l'absence de la guérisseuse, les accueillit avec son habituel air aigri, qui se transforma vite en stupéfaction.

— Installez-la ici ! ordonna-t-elle en désignant une chambre.

Ils allongèrent Lucie sur le lit, et Saphir se mit à fouiller dans un des placards métalliques. Elle attrapa un sac de sang et le lança à Lenobia.

— Faites-la boire ! Tout de suite !

Personne ne dit rien pendant les quelques secondes qu'il fallut à Lenobia pour ouvrir la poche et aider Lucie à la porter à ses lèvres.

— Encore ! souffla la blessée quand elle eut avalé la dernière goutte.

— J'ai besoin de savoir ce qui t'a coupée comme ça et pourquoi ton sang a une odeur aussi bizarre, dit Saphir.

— Un Corbeau Moqueur ! s'écria Dallas.

— C'est un Corbeau Moqueur qui t'a fait ça ? demanda Lenobia.

— Non, et c'est ce que j'essaie de mettre dans le crâne de Dallas depuis tout à l'heure. L'Obscurité nous a attaqués, moi et un Corbeau Moqueur.

— N'importe quoi ! s'entêta Dallas. J'ai vu cette bête ! Il n'y avait rien d'autre !

— Dis plutôt que tu n'as rien vu d'autre ! cria Lucie, exaspérée. Normal, il y faisait noir comme dans un four !

— Pourquoi tu essaies de défendre ce truc ? lâcha-t-il en levant les bras au ciel.

— Je ne défends personne d'autre que moi-même, comme d'habitude, d'ailleurs ! Tout à l'heure, dans le cercle, j'ai dû me débrouiller toute seule aussi, je te rappelle !

Il y eut un long silence. Dallas regardait Lucie, visiblement blessé.

— Dallas, tu dois partir, dit Saphir. Je vais découper le peu qu'il reste de ses vêtements, et il serait indécent de le faire devant toi.

— Mais je..., commença le garçon.

— Tu as ramené ta grande prêtresse chez elle. Tu as très bien agi, intervint Lenobia en lui touchant doucement le bras. Maintenant, laisse-nous prendre soin d'elle.

— Et si tu allais chercher quelque chose à manger ? Je vais bien, fit Lucie, regrettant déjà de s'être déchargée sur lui de la tension que la peur et la culpabilité avaient accumulées en elle.

— D'accord, j'y vais.

— Hé, Lenobia a raison, affirma Lucie. Tu m'as aidé à rentrer à la maison.

Il lui jeta un coup d'œil par-dessus son épaule. Lucie ne lui avait jamais vu un regard aussi triste.

— C'était un plaisir, petite.

Il avait à peine fermé la porte que Lenobia lança :

— Parle-nous de ce Corbeau Moqueur !

— Je pensais qu'ils étaient tous partis, dit Kramisha.

Lucie cherchait désespérément une parade quand Saphir lui sauva la mise en tendant une poche de sang à Lenobia.

— Ouvrez ça pour elle. Kramisha, va te laver les mains, puis passe-moi des cotons imbibés d'alcool. J'aurais besoin de votre aide car j'ai envoyé Margareta chercher d'autres poches à l'hôpital Saint John.

Kramisha la regarda en haussant les sourcils, mais elle obéit. Lenobia ouvrit la poche et la donna à Lucie, qui la but lentement pour gagner du temps.

Saphir, de son côté, découpa sans ménagement ce qu'il restait du jean et du tee-shirt de la jeune prêtresse. Celle-ci remua nerveusement, gênée : elle aurait aimé porter un soutien-gorge plus joli.

— J'adorais ce jean ! fit-elle. Dire que je vais devoir retourner au centre commercial pour m'en acheter un autre... Il y a toujours des embouteillages dans ce coin de la ville.

— Et si tu en profitais pour changer de style ? suggéra Kramisha. Il y a une boutique qui vend de jolis jeans à la mode pas loin d'ici.

Trois paires d'yeux se tournèrent vers elle.

— Quoi ? fit-elle en haussant les épaules. Tout le monde sait qu'elle a besoin d'un relooking !

— Merci, Kramisha. Je me sens beaucoup mieux ! ironisa Lucie.

En réalité, c'était vrai. Le contenu des deux poches l'avait réchauffée, et elle était moins faible. Elle avait l'impression que le sang circulait à toute vitesse dans son corps. « C'est le sang de Rephaïm, qui, mélangé au mien, me donne de l'énergie ! » songea-t-elle.

— Lucie, maintenant que tu sembles en pleine possession de tes moyens…, commença Lenobia, qui l'observait attentivement.

— J'ai besoin d'un téléphone, la coupa Lucie. Kramisha, tu peux me passer…

— Je vais d'abord nettoyer ces blessures, l'interrompit à son tour Saphir, et je t'assure que tu n'arriveras pas à discuter en même temps…

— Alors, attendez que j'aie appelé Aphrodite. Kramisha, sors-moi ce fichu téléphone de ton sac géant.

— Impossible ! déclara sèchement Saphir. Tes blessures sont très graves. Je dois les nettoyer, et te mettre des points de suture. Il faut aussi que tu boives plus de sang. À vrai dire, il serait mieux qu'on t'amène un volontaire humain pour que tu puisses te servir directement. Cela accélérerait le processus de guérison.

— Un humain ? Volontaire ? répéta Lucie. Je ne vais pas boire le sang d'un inconnu ! s'écria-t-elle avec véhémence, ce qui lui valut un regard étonné de Kramisha et de Lenobia. Euh… je voulais dire que les poches de sang, ça irait très bien. C'est trop bizarre de m'imaginer en train de mordre quelqu'un que je ne connais pas, surtout après, vous savez...

Elle suspendit la voix, espérant que les trois femmes penseraient qu'elle parlait de son Empreinte avec Aphrodite. En réalité, elle n'avait envie – et besoin – de « se servir » qu'auprès d'une seule personne : Rephaïm.

— Ton sang a une drôle d'odeur, remarqua Lenobia.

— Comment ça ?

— Il y a quelque chose d'étrange, acquiesça Saphir en commençant à nettoyer les entailles profondes avec les boules de coton imbibées d'alcool que lui tendait Kramisha.

Lucie serra les dents sous le coup de la douleur.

— Je suis un vampire rouge. Mon sang est différent du vôtre.

— Non, elles ont raison. Il pue, dit Kramisha en plissant le nez.

— C'est parce qu'il en a bu.

— Qui ? demanda Lenobia. Le Corbeau Moqueur ?

— Non ! Je me tue à vous dire que le Corbeau Moqueur ne m'a rien fait. C'était une victime, lui aussi.

— Lucie, que t'est-il arrivé ? fit Lenobia.

Lucie inspira profondément et se lança dans une histoire presque vraie.

— Je suis allée au parc pour essayer d'obtenir de la Terre des informations qui me seraient utiles pour aider Zoey. Il y a de vieilles croyances qui, d'après Aphrodite, pourraient permettre à Stark de rejoindre Zoey dans l'au-delà.

— Mais Stark ne peut pas entrer dans l'au-delà sans mourir ! protesta Lenobia.

— Oui, c'est ce que tout le monde dit, mais Aphrodite et moi avons découvert des trucs vraiment anciens qui changent la donne. Cette religion, si on peut appeler ça comme ça, est apparemment représentée par des vaches – je veux dire des taureaux, un blanc et un noir.

Elle frémit à ce souvenir.

— Sauf qu'Aphrodite a oublié de me prévenir que le taureau blanc était méchant, et le noir gentil, alors j'ai appelé le mauvais.

Le visage de Lenobia était si pâle qu'il en était presque transparent.

— Oh déesse ! Tu as appelé l'Obscurité ?

— Vous êtes au courant de cette histoire ?

Lenobia toucha sa nuque d'un geste machinal.

— Je connais un peu l'Obscurité et, en tant que professeur d'équitation, je m'y connais en bêtes.

Saphir nettoya la coupure qui courait sur la taille de Lucie.

— Ah, mince, ça fait mal ! grimaça celle-ci.

Elle ferma les yeux, essayant de se concentrer malgré la douleur. Lorsqu'elle les rouvrit, Lenobia l'observait avec une expression indéchiffrable.

— Qu'est-ce que le Corbeau Moqueur faisait là ? Tu dis qu'il ne t'a pas attaquée, mais il n'avait aucune raison de s'en prendre à l'Obscurité.

— Parce qu'ils sont du même côté, précisa Kramisha en hochant la tête, pensive.

— C'est le taureau qui s'est jeté sur le Corbeau Moqueur ! À vrai dire, c'est l'arrivée de l'oiseau qui m'a sauvée. Il est tombé du ciel et a distrait cette créature de malheur suffisamment longtemps pour que je puise du pouvoir dans la Terre et appelle le bon taureau. Je n'avais jamais rien vu de tel, ajouta-t-elle en souriant.

Il était si beau, si bienveillant, si bon ! Il a chassé le taureau blanc, et ils ont disparu tous les deux. Ensuite, Dallas a pu entrer dans le cercle, et le Corbeau Moqueur s'est envolé.

— Tu prétends qu'avant l'arrivée du Corbeau Moqueur le taureau blanc buvait ton sang ? demanda Lenobia.

— Oui, répondit Lucie en réprimant un frisson de dégoût. Il a dit que j'avais une dette envers lui parce qu'il avait répondu à ma question. C'est sans doute pour ça que mon sang a une drôle d'odeur. Je vous assure qu'il empestait ! Et c'est aussi pour ça que je dois téléphoner. Le taureau m'a expliqué ce que Stark devait faire, et il faut que je parle à Aphrodite.

— Vous pouvez la laisser faire, dit Kramisha en désignant les coupures autour des chevilles de Lucie. Elle n'a pas besoin de points de suture. Ses blessures se referment déjà.

Lucie baissa les yeux, sachant à l'avance ce qu'elle allait voir. Le sang de Rephaïm répandait sa chaleur et sa force dans tout son corps, et sa chair se réparait toute seule.

— C'est vraiment inhabituel, lâcha Saphir. Tout comme la vitesse étonnante avec laquelle tes brûlures ont guéri après la mésaventure sur le toit de la gare.

— Je suis la grande prêtresse des vampires rouges, dit Lucie en soutenant son regard, la première du genre. Il faut croire que nous guérissons vite. Maintenant, je veux téléphoner.

Sans un mot, Kramisha alla chercher son portable et le lui tendit. Lucie composa le numéro ; Aphrodite répondit à la troisième sonnerie et lança :

— Oui, il est bien trop tôt pour appeler, et non, je n'en ai rien à faire du dernier poème débile que tu as écrit, Kramisha.

— C'est moi.

Aphrodite changea de ton.

— Qu'est-ce qu'il y a, Lucie ?

— Tu savais que le taureau blanc, c'était le méchant, et le noir, le gentil ?

— Oui. Je ne te l'ai pas dit ?

— Non ! Du coup, j'ai appelé le mal dans mon cercle.

— Oh, oh. Ce n'est pas bon, ça. Que s'est-il passé ?

— Pas bon ? C'est ce qu'on appelle l'euphémisme de la décennie. C'était terrible. Vraiment terrible.

Lucie aurait aimé que Lenobia, Saphir et Kramisha s'en aillent pour pouvoir parler à Aphrodite en privé, et ensuite se permettre une vraie crise de nerfs et pleurer toutes les larmes de son corps ; cependant il fallait qu'elles entendent ce qu'elle avait à dire.

— Aphrodite, je n'avais jamais rien vu d'aussi maléfique. À côté, Neferet passe pour une gamine, ajouta-t-elle en ignorant le regard outré de Saphir. Et il est d'une puissance qui dépasse l'entendement. Je ne pouvais pas le combattre. Je pense que personne n'en est capable, à part l'autre taureau.

— Alors, comment t'en es-tu sortie ? Tu t'en es sortie, hein ? Rassure-moi, c'est bien toi qui m'appelles ?

— Arrête, Aphrodite !

— Dis-moi quand même quelque chose pour me prouver que tu es bien toi.

— Tu m'as traitée d'attardée la dernière fois qu'on s'est parlé. Plus d'une fois. C'était pas cool.

— OK, c'est bien toi. Alors, comment tu lui as échappé ?

— J'ai réussi à appeler le noir, qui est aussi bon que l'autre est mauvais. Il l'a combattu, et ils ont disparu tous les deux.

— Alors, tu n'as rien appris ?

— Si.

Lucie se concentra, essayant de se rappeler mot pour mot ce que le taureau blanc lui avait dévoilé.

— Je lui ai demandé comment Stark pouvait rejoindre Zoey pour la protéger le temps qu'elle rassemble son âme et revienne ici. Voilà ce qu'il a répondu : « *Le combattant doit regarder dans son sang pour découvrir le pont menant à l'île des Femmes ; puis il lui faudra se vaincre lui-même pour entrer dans l'arène. C'est seulement de cette façon qu'il pourra rejoindre sa prêtresse. Ensuite, ce sera son choix à elle de revenir ou non.* »

— Il a dit : « l'île des Femmes » ? Tu en es sûre ?

— Oui, sûre et certaine.

— Bon. OK. Attends, je vais noter tout ça pour ne rien oublier.

Lucie l'entendit griffonner à toute vitesse avant de lancer d'une voix excitée :

— Ça signifie que nous sommes sur la bonne piste ! Mais comment Stark va-t-il pouvoir découvrir un pont en regardant son sang ? Et c'est quoi, cette histoire de se vaincre lui-même ?

Lucie soupira. Une terrible migraine lui enserrait les tempes.

— Je n'en ai aucune idée, mais cette info a failli me coûter la vie, alors ce doit être important.

— Il faut espérer que Stark va trouver la solution. Écoute, si le taureau noir est vraiment bon, tu ne pourrais pas le rappeler et…

— Non ! s'écria Lucie avec une telle force que tout le monde sursauta. Plus jamais. Et tu ne dois laisser personne appeler ces créatures. Le prix à payer est trop élevé.

— Comment ça, le prix est trop élevé ?

— Ils sont trop puissants. On ne peut pas les contrôler ! Aphrodite, il y a certaines choses avec lesquelles il ne faut pas jouer, et ces deux-là en font partie. Et puis, je ne suis pas sûre qu'on puisse en appeler un sans que l'autre déboule à son tour, et crois-moi, tu ne voudrais pas te trouver nez à nez avec ce taureau blanc.

— OK, OK, détends-toi. Je comprends ! Rien que de t'en entendre parler me donne la chair de poule. Ne stresse pas. On va se contenter d'aider Stark à localiser le pont qui mène sur l'île de Skye.

— Encore faudrait-il comprendre comment faire !

Lucie se frotta le visage, et se rendit compte, surprise, que sa main tremblait.

— Ça suffit, pour l'instant, murmura Lenobia. Tu es forte, mais tu n'es pas immortelle.

— Euh… je dois terminer, Aphrodite, fit Lucie. Je ne me sens pas très bien.

— Oh, non ! Tu n'es pas encore en train de mourir, hein ? C'est vraiment désagréable, quand tu fais ça.

— Non, je ne suis pas en train de mourir. Plus maintenant. Je te rappellerai plus tard. Passe le bonjour à tout le monde.

— Oui, oui, je répandrai de l'amour en ton nom. Au revoir, idiote.

— Au revoir.

Lucie rendit le téléphone à Kramisha et s'affaissa lourdement sur ses oreillers.

— Ça vous dérangerait que je dorme un peu ?

— Bois ça d'abord, dit Saphir en lui donnant une poche de sang. Vous deux, vous devez partir et la laisser se reposer.

L'infirmière jeta les boules de coton dans un sac-poubelle, retira ses gants en latex et se mit à taper du pied devant la porte en regardant Lenobia et Kramisha d'un air mauvais.

— Je reviendrai te voir quand tu te seras réveillée, promit Lenobia.

— D'accord, fit Lucie en lui souriant.

Lenobia pressa sa main avant de partir. Lorsque Kramisha se pencha sur elle à son tour, Lucie crut un instant qu'elle allait la prendre dans ses bras ou, pis encore, l'embrasser. Au lieu de ça, Kramisha la regarda droit dans les yeux et murmura :

Vois avec ton âme, pas avec tes yeux
Parce que pour danser avec des bêtes
Tu dois percer leur déguisement.

Lucie fut parcourue par un frisson glacé.

— J'aurais dû t'écouter... Comme ça, j'aurais su que j'appelais la mauvaise vache.

— Il n'est peut-être pas trop tard, fit la poétesse d'un air entendu. Quelque chose me dit que tu n'as pas fini de danser avec des bêtes.

Elle se redressa.

— Dors. Tu auras besoin d'être en forme demain, ajouta-t-elle d'une voix normale.

Lorsque la porte se fut refermée, Lucie poussa un soupir de soulagement. Elle but le sang jusqu'à la dernière goutte, puis remonta la couverture sur son cou, se recroquevilla sur le côté et enroula une de ses mèches blondes autour de son doigt. Elle était épuisée. Apparemment, le pouvoir du sang de Rephaïm lui avait ôté des forces tout en la guérissant.

Rephaïm.

Lucie songea qu'elle n'oublierait jamais le moment où il avait affronté l'Obscurité pour elle. Il avait été si courageux, si bon ! Peu importait que Dallas, Lenobia et tout le monde pensent qu'il était du côté de l'Obscurité ; peu importait que son père soit un combattant déchu de Nyx qui avait choisi le mal. Elle avait vu la vérité. Il s'était sacrifié pour elle. Il n'avait peut-être pas choisi la Lumière, mais il avait bel et bien rejeté l'Obscurité.

Elle avait eu raison de le sauver ce jour-là, dans le parc de l'abbaye, et elle avait aussi eu raison de le défendre aujourd'hui face à Lenobia – quel que soit le prix qu'elle aurait à payer.

Rephaïm méritait d'être sauvé.

Ses paupières se refermèrent et le souvenir du taureau blanc et de la souffrance qu'il lui avait infligée revint. Alors qu'elle luttait contre l'épuisement, au milieu de ce cercle de terreur, Lucie entendit à nouveau la voix de Rephaïm : « Je suis là parce qu'elle m'appartient. »

Avant de s'endormir, elle se demanda s'il saurait jamais à quel point ce qu'il avait dit était devenu vrai…

CHAPITRE QUINZE

Stark

Quand il se réveilla, Stark ne se rappela pas tout de suite ce qui s'était passé. Constatant que Zoey était là, au lit, à côté de lui, il sourit, encore endormi, et tendit le bras pour l'attirer à lui.

Le contact de sa peau froide, sans vie, le propulsa en pleine réalité.

— Enfin ! Vous savez, vous êtes peut-être forts la nuit, vous les vampires rouges, mais le jour, vous dormez comme des morts. Qu'est-ce que c'est cliché !

Stark se redressa en faisant les gros yeux à Aphrodite, qui, assise dans l'un des fauteuils en velours crème, les jambes croisées avec élégance, sirotait une tasse de thé fumant.

— Aphrodite, qu'est-ce que tu fais là ?

Au lieu de lui répondre, elle regarda Zoey.

— Elle n'a pas du tout bougé, n'est-ce pas ?

Il se leva et replaça soigneusement la couverture sur le corps de Zoey. Il toucha sa joue du bout des doigts et embrassa la dernière Marque qui restait sur son corps, le croissant de lune ordinaire au milieu de son front. « Ce n'est pas grave si tu reviens en tant que simple novice.

L'important, c'est que tu reviennes », chuchota-t-il tout bas. Puis il se tourna vers Aphrodite.

— Non, elle n'a pas bougé. Elle ne peut pas. Elle n'est pas là. Et nous avons sept jours pour trouver un moyen de la ramener.

— Six, rectifia-t-elle.

Il avala sa salive.

— Oui, tu as raison. Plus que six.

— Bon ! Nous n'avons pas de temps à perdre, dit-elle en sautant sur ses pieds. Viens !

Elle se dirigea vers la porte.

— Où vas-tu ?

Stark hésitait, ses yeux fixés sur Zoey.

— Hé, qu'est-ce que tu fiches ? Tu l'as dit toi-même, Zoey n'est pas là. Alors, arrête de la regarder comme si tu étais un petit chiot perdu.

— Je l'aime ! Tu comprends ce que cela veut dire ?

Aphrodite pivota sur ses talons et le foudroya du regard.

— L'amour n'a rien à voir là-dedans ! Tu es son combattant. J'ai un combattant moi aussi, alors je sais ce que c'est ! Et voilà la vérité : si mon âme était brisée et que j'étais coincée dans l'au-delà, je ne voudrais pas que Darius passe son temps à larmoyer. J'attendrais de lui qu'il se mette au boulot, c'est-à-dire qu'il reste en vie et qu'il me protège pendant que je m'efforce de rentrer chez moi ! Bon, tu viens ou non ?

Elle rejeta ses cheveux en arrière et quitta la chambre. Stark, qui était resté bouche bée, lui emboîta le pas. Ils descendirent en silence un escalier, longèrent des couloirs de plus en plus étroits, puis s'arrêtèrent en haut d'un autre escalier.

— Où va-t-on ? répéta Stark.

— Voyons voir... On se croirait dans un donjon, ça sent la pourriture et la transpiration, le décor conviendrait aussi bien à une prison qu'à un asile psychiatrique, et Damien se croit au paradis. Devine !

— Au lycée des humains ?

— Presque, dit-elle en esquissant un sourire. On va dans une très vieille bibliothèque où le troupeau de ringards étudie frénétiquement.

Stark retint un éclat de rire. Parfois, il appréciait presque Aphrodite – même s'il ne l'admettrait jamais.

Aphrodite avait raison – le sous-sol du palais rappelait la médiathèque minable d'un lycée, ce qui était surprenant, étant donné le luxe qui régnait sur l'île de San Clemente. Il n'y avait là que quelques tables en bois abîmées, des bancs, des murs en pierre blancs et des kilomètres d'étagères remplies de livres de toutes tailles et de tous styles.

Les amis de Zoey étaient regroupés autour d'une grande table débordant de vieux volumes, de canettes de soda, de paquets de chips froissés et de bonbons. Ils semblaient fatigués, mais énervés par le sucre et la caféine. Jack était en train de leur montrer une illustration.

— Regardez – c'est la reproduction d'un tableau représentant une grande prêtresse grecque. Elle s'appelait Calliope. Apparemment, elle a aussi été Poétesse Lauréate après Sapho. Vous ne trouvez pas qu'elle ressemble à Cher ?

— Waouh, c'est dingue ! On dirait exactement Cher jeune, acquiesça Érin.

— J'avais une poupée Barbie à l'effigie de Cher, fit Jack, l'air rêveur. Je l'adorais !

— Des Barbie, le troupeau de ringards ? J'y crois pas ! Vous êtes censés sauver Zoey, vous vous souvenez ! lança Aphrodite en secouant la tête, dégoûtée.

— C'est ce qu'on a fait toute la journée. Là, on s'accorde une petite pause, expliqua Damien. Thanatos et Darius sont allés chercher à manger. On a pas mal avancé, mais je vais attendre leur retour pour tout vous raconter.

Il salua Stark, imité par les autres.

— Oui, ne juge pas à l'emporte-pièce, Aphrodite, reprit Damien. On a travaillé dur, tu verras.

— Vous parliez de poupées !

— On a voulu se détendre, intervint Érin. Alors on a imaginé des trucs rigolos...

— Genre, une poupée Britney Spears chauve, enchaîna Shaunee, avec plein de perruques bizarres et, bien entendu, des petites culottes en option.

— Et pourquoi pas une poupée Paris Hilton avec un cerveau en option ! gloussa Jack.

Aphrodite haussa un sourcil.

— Ne dis pas de bêtises ! Il y a des choses que même cette nana ne peut pas acheter.

Ils éclatèrent tous de rire. Stark les regardait, ahuri :

— Mais vous êtes fous, ou quoi ? hurla-t-il. Comment pouvez-vous plaisanter alors que Zoey risque de mourir ?

La voix forte de Thanatos rompit le silence gêné qui avait suivi ses paroles.

— Non, combattant. Ils ne l'oublient pas ; ils s'accrochent à la vie !

Elle entra dans la pièce, suivie de Darius, qui portait un plateau chargé de sandwichs et de fruits. Il le posa sur la table et s'assit à côté d'Aphrodite.

— Et, crois-en une spécialiste de la mort, poursuivit Thanatos, s'accrocher à la vie est la meilleure chose à faire dans une telle situation.

Damien se racla la gorge, s'attirant un regard assassin de Stark. Il le soutint sans ciller.

— Oui, c'est l'une des choses que nous avons découvertes grâce à nos recherches.

— Pendant que toi, tu dormais, murmura Shaunee.

— Ce que nos recherches nous ont appris, dit Damien, devançant la riposte de Stark, c'est que chaque fois qu'une grande prêtresse a subi un choc assez fort pour briser son âme, son combattant n'a pas réussi à rester en vie.

— Tu veux dire que tous les combattants sont morts sur le coup ? s'étonna Stark.

— Certains se sont suicidés pour suivre leur prêtresse dans l'au-delà et continuer de la protéger, expliqua Thanatos.

— Mais ça n'a pas marché, car aucune prêtresse n'est revenue, c'est ça ?

— Exact. Nous croyons savoir qu'elles n'ont pas supporté la mort de leurs combattants. Certaines ont réussi à guérir leur âme, mais elles ont choisi de rester dans l'au-delà avec eux.

— Et celles qui n'ont pas guéri ? voulut savoir Stark.

Les amis de Zoey s'agitèrent sur leurs chaises, mal à l'aise, mais la voix de Thanatos resta ferme.

— Comme tu l'as appris hier, si une âme reste brisée, la personne devient une Caoinic Shi', un être qui ne trouvera jamais le repos.

— C'est comme un zombie, sauf qu'il ne mange pas les gens, dit doucement Jack.

— Ça ne peut pas arriver à Zoey ! s'écria Stark.

— Cependant, même si le résultat a été le même, tous les combattants ne se sont pas suicidés pour suivre leur prêtresse, reprit Damien.

— Parle-moi des autres, demanda Stark, qui faisait les cent pas devant la table.

— Nous avons découvert que ceux-là avaient tenté toutes sortes de choses pour se rendre dans l'au-delà.

— Certains étaient complètement fous, enchaîna Jack, comme celui qui s'est affamé jusqu'à ce qu'il se mette à délirer, et ensuite il a quitté son corps.

— Il est mort, précisa Shaunee.

— Certains ont pris de la drogue pour se mettre en état de transe, et ils ont réussi à envoyer leur esprit hors de ce monde, continua Damien. Mais ils n'ont pas pu entrer dans l'au-delà. Nous le savons, car ils sont revenus dans leurs corps suffisamment longtemps pour témoigner de leur échec.

Damien se tut et jeta un coup d'œil à Thanatos.

— Alors, ils sont morts. Tous, conclut-elle.

— Ne pas réussir à protéger leur grande prêtresse les a tués, dit Stark d'un ton neutre.

— Non, c'est tourner le dos à la vie qui les a tués, le corrigea Darius.

— Ce n'est pas ce que tu ferais, toi ? insista Stark. Si Aphrodite mourait par ta faute, tu ne choisirais pas la mort plutôt qu'une vie sans elle ?

Aphrodite ne lui laissa pas le temps de répondre.

— Ça m'aurait trop mise en rogne ! C'est ce que j'essayais de t'expliquer tout à l'heure. Arrête de regarder en arrière, de contempler Zoey, le passé, ton serment ! Tu dois aller de l'avant et trouver une autre façon de vivre, et de la protéger.

— Alors, dites-moi quelque chose, n'importe quoi, ce que vous avez déniché dans ces fichus bouquins et qui pourrait m'aider, plutôt que de me raconter comment d'autres combattants ont échoué !

— Je vais te dire quelque chose que je n'ai pas lu dans un livre, lança Aphrodite. Lucie a accidentellement appelé le taureau blanc hier.

Thanatos sursauta comme si Aphrodite venait de lâcher une bombe en plein milieu de la pièce.

— Une novice a appelé l'Obscurité en ce monde ?

— Lucie n'est pas une novice. C'est un vampire rouge, comme Stark, mais oui, elle l'a fait. À Tulsa. C'était une méprise.

Ignorant le regard choqué de Thanatos, Aphrodite sortit un bout de papier de sa poche.

— Le taureau a dit : « Le combattant doit regarder dans son sang pour découvrir le pont menant à l'île des Femmes, puis il lui faudra se vaincre lui-même pour entrer dans l'arène. Ce n'est que de cette façon qu'il pourra rejoindre sa prêtresse. Ensuite, ce sera son choix à elle de revenir ou non. » Quelqu'un a une idée de ce que ça veut dire ?

Damien lui prit la feuille des mains et relut le texte alors que Jack regardait par-dessus son épaule.

— Quel prix l'Obscurité a-t-elle exigé pour de telles informations ? lâcha Thanatos, le visage livide. Comment Lucie a-t-elle survécu sans perdre la tête – ou son âme ?

— C'est ce que je me suis demandé, quand elle m'a dit à quel point le taureau blanc était mauvais. D'après Lucie, personne ne pouvait le vaincre, à part le taureau noir, et c'est comme ça qu'elle s'en est sortie.

— Elle a aussi appelé le taureau noir ? souffla Thanatos. C'est incroyable !

— Lucie a une affinité très puissante avec la Terre, expliqua Jack.

— Oui, elle s'est servie du pouvoir de la Terre pour appeler la Lumière.

— Et tu as confiance en cette fille ?

— La plupart du temps, répondit Aphrodite après une hésitation.

Les autres restèrent silencieux.

— Pourquoi posez-vous cette question ? demanda finalement Damien.

— Parce que l'une des rares choses que je sais au sujet de ces taureaux qui symbolisent l'Obscurité et la Lumière, c'est qu'ils exigent toujours un prix pour leurs faveurs. Toujours.

— Mais Lucie a appelé le bon taureau, et il a chassé le mauvais. C'est ce qui lui a évité de payer, dit Jack.

— Alors, elle a une dette envers le taureau noir, déclara Thanatos.

Aphrodite se frappa le front.

— Voilà pourquoi elle a dit qu'elle n'appellerait plus jamais les taureaux !

— Vous devriez questionner votre amie pour apprendre quel service elle a rendu au taureau noir pour payer sa dette.

— Et pourquoi elle ne veut pas me le dire, ajouta Aphrodite, l'air vexé.

— On pourrait arrêter de parler de ce qui est arrivé à Lucie ? lança Stark. Je dois aller de l'avant ! À Skye, au pont de sang.

— Ho là, mon grand, on se calme ! fit Aphrodite. Tu ne peux pas te pointer devant l'île des Femmes et arpenter la rive à la recherche d'un pont de sang. Le sort protecteur de Sgiach t'enverra promener – en gros, il te tuera.

— Il ne faut pas que tu prennes les choses au pied de la lettre, Stark, dit Damien. D'après le message, tu es censé regarder dans ton sang pour découvrir le pont – pas de chercher un pont de sang.

— Beurk, une métaphore! grimaça Aphrodite. Une autre raison pour laquelle je déteste la poésie.

— Je suis bon en métaphores, dit Jack. Fais voir.

Damien lui tendit le bout de papier. Jack se mordilla la lèvre.

— Hum… Si tu avais imprimé avec quelqu'un, je dirais qu'il faudrait parler à cette personne, et qu'elle saurait sans doute quelque chose.

— Je n'ai imprimé avec personne, lui assura Stark en se remettant à faire les cent pas.

— Alors, il faut que tu cherches en toi – il y a peut-être quelque chose qui pourrait te permettre d'entrer sur l'île de Sgiach.

— Je ne sais pas comment chercher! éclata Stark. C'est ça, le problème!

— OK, OK! Bon, et si on regardait les notes qu'on a prises sur Sgiach pour voir si ça te dit quelque chose? proposa Jack.

— Mange, dit Thanatos en prenant un sandwich et en s'asseyant à côté de Jack. Concentre-toi sur la vie.

Stark réprima un grognement de frustration, attrapa le sandwich et se laissa tomber sur le banc.

— Damien, sors le graphique qu'on a fait, demanda Jack. Je suis sûr que quelque chose nous a échappé!

— Bonne idée! Le voilà.

Damien arracha une feuille du carnet jaune qu'il avait rempli de notes. En haut, il avait dessiné un grand parapluie ouvert. Sur un côté, il avait écrit LUMIÈRE, et sur l'autre OBSCURITÉ.

— C'est une bonne image, commenta Thanatos. Elle montre que les deux forces sont mêlées.

— Sous « Lumière », reprit Damien, j'ai listé : le bien, le taureau noir, Nyx, Zoey et nous. Sous « Obscurité » : le mal, le taureau blanc, Neferet / Tsi Sgili, Kalona et les Corbeaux Moqueurs.

— Et tu as placé Sgiach entre les deux, fit remarquer Thanatos.

— Oui, ainsi que des beignets aux oignons et mon nom, remarqua Aphrodite. Tu peux me dire pourquoi ?

— C'est parce que nous ne savons pas si Sgiach est une force du bien ou du mal, répondit Damien.

— Quant aux beignets, c'est moi qui les ai mis, dit Jack. Ils sont frits et font grossir, mais un oignon est un légume. Alors, c'est bon pour la santé ou pas ?

— Et c'est nous qui avons ajouté ton nom, dit Érin.

— Oui, parce que tu es super agaçante, mais parfois, tu as de bonnes idées et tu nous sauves la mise, expliqua Shaunee.

— Ce qui ne nous empêche pas de penser que tu es une sorcière, conclut Érin avec un sourire insolent.

— Allez, on avance ! fit Damien en gommant rapidement les beignets et le nom d'Aphrodite. Voilà les infos que nous avons sur Sgiach. Elle est considérée comme la reine des combattants. Nombre d'entre eux ont été formés sur son île ; alors il y a eu beaucoup d'allées et venues. Ceux qui sont restés avec elle, qui lui ont prêté serment...

— Attends ! l'interrompit Stark. Sgiach avait plus d'un combattant à son service ?

— Apparemment, elle avait tout un clan. Sauf qu'ils ne se faisaient pas appeler les Fils d'Érebus. Leur titre était…

Il tourna des pages.

— Ah, voilà ! C'étaient les gardiens de l'As.

— Pourquoi ?

— Encore une métaphore, soupira Aphrodite en levant les yeux au ciel. C'est comme ça qu'ils appelaient Sgiach, la reine de leur clan.

— Normal, ça se passe en Écosse, dit Jack. Je suppose qu'ils portent des jupes, comme tous les membres des clans ?

— Ce sont des kilts, pas des jupes, rectifia Stark.

— Comment tu le sais ? Je suppose que tu aimes en porter, railla Aphrodite.

— Pas moi, mon grand-père.

— Tu es écossais ? s'étonna Damien. Et tu ne nous le dis que maintenant ?

Stark haussa les épaules.

— Qu'est-ce que ma famille humaine a à voir là-dedans ? Je ne leur ai pas parlé depuis quatre ans.

— Il ne s'agit pas seulement d'une famille ! s'écria Damien, la voix montant dans les aigus.

Il se remit à feuilleter son carnet.

— Oh, punaise, Stark ! souffla Aphrodite. Ta famille, c'est ton sang, abruti ! Comment s'appelait ton grand-père ?

— MacUallis, répondirent en chœur Damien et Jack.

— Comment vous l'avez découvert ? demanda Stark, sidéré.

— Facile ! Ceux du clan MacUallis étaient les gardiens de l'As.

Damien brandit ses notes, avec un sourire victorieux. On y lisait : CLAN MACUALLIS = GARDIENS DE L'AS.

— On dirait qu'on vient de trouver notre pont de sang ! se réjouit Jack.

CHAPITRE SEIZE

Zoey

Heath remua et marmonna quelque chose au sujet de l'entraînement de foot qu'il allait rater s'il ne se levait pas. Je le regardais en retenant mon souffle.

Je n'avais pas envie de le réveiller et de lui dire qu'il était mort et qu'il ne rejouerait plus jamais au foot.

Oh non !

Je m'efforçais de me calmer, mais je ne tenais pas en place. Il fallait que je bouge.

Nous étions toujours dans le bois dans lequel nous nous étions cachés tout à l'heure. Quand, tout à l'heure ? Je ne me le rappelais pas vraiment. Autour de nous, il y avait des arbres rabougris et des rochers. Tout était recouvert de mousse, épaisse, douce et moelleuse. Je marchais pieds nus sur ce tapis vivant.

Vivant ?

Je soupirai. Non. J'avais beau le savoir, je n'arrêtais pas d'oublier que rien ici n'était vivant.

Les branches enchevêtrées au-dessus de nos têtes nous protégeaient du soleil. Soudain, un nuage qui passait dans le ciel me fit frissonner.

L'Obscurité !

Voilà pourquoi Heath et moi nous étions cachés dans ce bois ! Cette chose menaçante nous avait pourchassés, mais nous avions réussi à la semer.

Je frissonnai de nouveau. Je n'avais aucune idée de ce que c'était. Je n'avais qu'un vague souvenir de ténèbres, de cornes, d'ailes... Nous n'avions pas attendu d'en voir plus. Terrorisés, nous avions couru, couru... ce qui expliquait pourquoi Heath dormait aussi profondément.

Moi, je n'arrivais pas à trouver le repos. Alors, je faisais les cent pas, inquiète de constater que ma mémoire me jouait des tours. Quelque chose clochait chez moi ! Mon esprit était incomplet ; il y manquait des souvenirs, aussi bien récents qu'anciens.

Je ne me rappelais pas à quoi ressemblait ma mère, ni quelle était la couleur de mes yeux.

J'avais oublié pourquoi je n'avais plus confiance en Lucie.

En revanche, je me souvenais très bien des événements bouleversants : la mort de Lucie, le départ de mon père quand j'avais deux ans... Je me souvenais aussi que j'avais accordé crédit à Kalona, et que je m'étais terriblement trompée.

J'avais mal au ventre et, comme si cette douleur me poussait à bouger, je ne cessais de tourner en rond.

Comment avais-je pu me laisser embobiner comme ça par cet immortel ? Quelle idiote !

J'étais responsable de la mort de Heath !

Mon esprit chassa cette pensée coupable. C'était trop dur, trop horrible.

À cet instant, je crus apercevoir une ombre du coin de l'œil. Je me retournai et me retrouvai face à face avec elle. Je l'avais déjà vue, dans mes rêves et dans une vision.

— Bonjour, A-ya, fis-je doucement.

— Zoey, répondit-elle en inclinant la tête.

Sa voix, qui ressemblait beaucoup à la mienne, était pleine de tristesse.

— J'ai fait confiance à Kalona à cause de toi, dis-je.

— Tu avais de la compassion pour lui à cause de moi, corrigea-t-elle. Quand tu m'as perdue, tu as aussi perdu ta compassion.

— Ce n'est pas vrai. J'en ressens toujours vis-à-vis de Heath.

— Vraiment ? C'est pour ça que tu le retiens ici, au lieu de lui permettre d'avancer ?

— Heath refuse de partir, répliquai-je, surprise par la colère dans ma voix.

A-ya secoua la tête, et ses longs cheveux sombres remuèrent autour de sa taille.

— Tu n'as pas pris le temps de réfléchir à ce qu'il désirait – à ce que quiconque désire, à part toi. Et tu ne le feras pas tant que tu ne m'auras pas rappelée.

— Je ne veux pas de toi. C'est par toi que tout ça est arrivé.

— Non, Zoey, c'est faux. Ce qui est arrivé est dû à une série de choix faits par différentes personnes. Il ne s'agit pas que de toi, ou de moi.

Elle secoua encore tristement la tête et disparut.

— Bon débarras ! marmonnai-je en me remettant à marcher, encore plus agitée qu'auparavant.

Lorsqu'une ombre flotta de nouveau dans mon champ de vision, je fis volte-face, prête à envoyer promener A-ya une bonne fois pour toutes. Je me figeai bouche bée : j'avais sous les yeux la version de moi à neuf ans.

— Salut, dis-je.

— On a des seins ! s'exclama-t-elle en fixant ma poitrine. Je suis trop contente qu'ils aient enfin poussé !

— Oui, c'est ce que j'ai pensé : enfin.

— J'aurais préféré qu'ils soient plus gros.

Gênée, je croisai les bras sur ma poitrine. C'était ridicule, puisqu'il s'agissait de moi – ce qui était vraiment bizarre.

— Bon, ça pourrait être pire, déclara-t-elle. On aurait pu être plates comme une planche à pain, hi, hi, hi !

Sa voix était si joyeuse que je souris. Cela ne dura qu'un bref instant : je n'arrivais pas à garder cette joie qui la faisait rayonner. Je soupirai et me passai la main sur le visage, me demandant pourquoi je me sentais aussi triste.

— C'est parce que je ne suis plus avec toi, me dit-elle. Je suis ta joie. Sans moi, tu ne pourras plus jamais être heureuse.

Je la dévisageai, sachant que, comme A-ya, elle me disait la vérité.

Heath murmura de nouveau dans son sommeil. Je le regardai. Il avait l'air si fort, si normal, si jeune ! Et pourtant il ne poserait plus jamais le pied sur un terrain de football, il ne ferait pas de dérapages dans sa camionnette en hurlant comme un plouc. Il ne se marierait pas. Il n'aurait pas d'enfants. Mon regard passait de lui à celle que j'étais à neuf ans.

— Je ne pense pas que je mérite d'être heureuse.

— Je suis désolée pour toi, Zoey, fit-elle avant de disparaître.

Prise de vertige, je me remis à marcher.

Une autre version de moi apparut non pas dans un coin de mon champ de vision, mais frontalement, me barrant le passage. Elle ne me ressemblait pas. Elle était très grande. Elle avait des cheveux longs, fous, cuivrés. Je ne vis notre ressemblance qu'en la regardant dans les yeux – nous avions les mêmes. C'était une autre part de moi ; je la connaissais.

— Alors, qui es-tu ? demandai-je d'une voix lasse. Quelle partie de moi va me manquer si je ne te récupère pas ?

— Tu peux m'appeler Brighid. Sans moi, tu n'as pas de force.

Je soupirai.

— Je suis trop fatiguée pour y penser. Si on discutait quand j'aurai fait une sieste ?

— Tu ne comprends pas ! dit-elle en secouant la tête avec dédain. Sans nous, tu ne peux pas faire de sieste – tu n'iras pas mieux – tu ne te reposeras pas. Sans nous, tu seras de plus en plus incomplète, et tu erreras à jamais.

J'essayai de me concentrer malgré la migraine qui me serrait les tempes.

— Mais j'errerai avec Heath.

— Oui, peut-être.

— Et si je vous récupère toutes, je quitterai Heath.

— Oui, peut-être.

— Je ne peux pas faire ça. Je ne peux pas retourner dans un monde où il n'est plus.

Brighid me regarda longuement et disparut.

Mes jambes cédèrent, et je me laissai tomber dans la mousse en pleurant.

Je ne sais pas combien de temps je restai là, accablée de chagrin, de confusion et de lassitude. Un bruit se glissa enfin dans le brouillard de mon esprit : des ailes qui battaient dans le vent.

— Viens, Zo. Il faut qu'on s'enfonce plus encore dans les bois.

Je levai les yeux. Heath était accroupi à côté de moi.

— C'est ma faute, lâchai-je.

— Non, ce n'est pas vrai ! Et puis, quelle importance ? C'est fait, bébé. On ne peut rien y changer.

— Je ne veux pas te quitter, Heath ! sanglotai-je.

Il repoussa les cheveux qui tombaient sur mon visage et me tendit des Kleenex froissés.

— Je sais.

Le bruit des ailes s'amplifia ; derrière nous, des branches remuèrent.

— Zo, on parlera de ça plus tard, d'accord ? Il faut qu'on s'en aille !

Il m'aida à me lever et me guida dans les bois, où les ombres étaient plus profondes, et les arbres plus vieux.

Je le laissai faire. Bouger me faisait du bien.

— C'est lui, n'est-ce pas ? demandai-je avec apathie.

— Lui, qui ?

— Kalona. Il vient me chercher.

Heath me lança un regard perçant.

— Non ! Je ne le laisserai pas faire ! cria-t-il.

Lucie

— Non, je ne le laisserai pas faire ! cria Dragon.

Comme tous ceux qui étaient présents dans la salle du conseil, Lucie dévisagea le maître d'armes, qui semblait à deux doigts d'une crise de nerfs.

— Euh... qui ? demanda-t-elle.

— Ce Corbeau Moqueur qui a tué ma compagne ! Tu ne sortiras pas seule tant que je n'aurai pas détruit cette créature.

Lucie essaya d'ignorer l'horrible sentiment de culpabilité qu'elle éprouvait face à sa souffrance. Même si Rephaïm lui avait sauvé la vie à deux reprises, il avait aussi tué Anastasia Lankford.

« Il a changé ! Il est différent maintenant », se répétait-elle, regrettant de ne pouvoir dire ces mots à voix haute. Il n'était pas question qu'elle évoque Rephaïm devant Dragon. Alors elle entreprit, une fois de plus, de mêler mensonges et vérité, tissant une terrible tapisserie de traîtrise.

— Dragon, je ne sais pas quel Corbeau Moqueur était dans le parc. Il ne m'a pas donné son nom...

— Je pense que c'était le chef, le Ref... machin, dit Dallas, malgré le regard assassin de Lucie.

— Rephaïm, fit Dragon d'une voix froide comme la mort.

— Oui, c'est ça. Il était énorme, exactement comme vous l'avez décrit, et ses yeux paraissaient vraiment humains. Et puis, il y avait quelque chose chez lui... On voyait bien qu'il ne se prenait pas pour de la merde.

Lucie réprima son envie de lui plaquer la main sur la bouche – et peut-être même sur le nez. L'étouffer serait le meilleur moyen de l'empêcher de parler.

— Oh, Dallas, arrête. Tu n'en sais rien ! Dragon, je comprends votre inquiétude, mais je veux seulement aller à l'abbaye bénédictine pour parler de Zoey à Grand-Mère Redbird. Je ne pars pas toute seule à l'aventure !

— Dragon n'a pas tort, intervint Lenobia.

Érik et le professeur Penthésilée hochèrent la tête, leur désaccord sur Neferet et Kalona temporairement oublié.

— Ce Corbeau Moqueur est apparu alors que tu communiais avec la Terre.

— Ce serait trop simple de dire qu'elle communiait avec la Terre, objecta Dragon. Comme Lucie nous l'a expliqué, elle dialoguait avec les pouvoirs du bien et du mal. Le fait que cette créature soit apparue pendant la manifestation du mal n'est sûrement pas une coïncidence.

— Mais le Corbeau Moqueur ne m'a pas attaquée, protesta Lucie. Il...

Dragon la fit taire d'un geste impatient.

— Il a sans aucun doute été attiré par l'Obscurité, qui s'est ensuite retournée contre lui, même s'il fait partie des siens. Cela n'a rien d'inhabituel ! Tu ne peux pas être certaine que cette créature n'en a pas après toi.

— Nous ne pouvons pas non plus être certains qu'il s'agit du seul Corbeau Moqueur resté à Tulsa, fit remarquer Lenobia.

Lucie sentit la panique monter en elle. Et si tout le monde flippait tellement à l'idée que des Corbeaux Moqueurs rôdent toujours à Tulsa qu'on l'empêche de sortir et d'aller voir Rephaïm ?

— Je vais à l'abbaye voir Grand-Mère Redbird, déclara-t-elle d'un ton ferme. Et ça m'étonnerait qu'il y ait une bande de Corbeaux Moqueurs dehors. L'un d'eux a dû être abandonné ici, et traînait au parc quand il a senti la présence de l'Obscurité. Comme je ne la rappellerai pas, il n'y a aucune raison pour que cet oiseau m'attaque.

— Ne sous-estime pas le danger que représente cette créature, dit Dragon d'une voix sombre.

— Non. Mais je ne la laisserai pas non plus me retenir sur le campus. On peut être prudents, mais on ne peut pas accepter que la peur et le mal contrôlent notre vie.

— Lucie a raison, affirma Lenobia. À vrai dire, je crois que nous devrions reprendre les cours et intégrer les novices rouges à nos classes.

Kramisha, qui jusque-là était restée silencieuse, assise à la gauche de Lucie, renifla doucement. Dallas, installé de l'autre côté, poussa un gros soupir. Lucie réprima un sourire.

— C'est une très bonne idée !

— En attendant, il faut garder le secret concernant l'état de Zoey, intervint Érik. Du moins, jusqu'à ce que quelque chose de plus... euh... de plus permanent se produise.

— Elle ne va pas mourir ! déclara Lucie avec force.

— Je ne veux pas qu'elle meure ! s'écria Érik, l'air bouleversé. Mais après tout ce qui s'est passé, plus l'apparition d'un Corbeau Moqueur, la dernière chose dont nous avons besoin, c'est que les gens commencent à parler.

— Je ne pense pas qu'on doive garder le secret, dit Lucie.

— Et si on faisait un compromis ? proposa Lenobia. Répondez aux questions sur Zoey si on vous en pose, en vous concentrant sur la vérité – à savoir que nous faisons de notre mieux pour la ramener à la vie.

— Et lançons un avertissement général, recommandant aux novices de rester vigilants, et de nous rapporter tout ce qui leur paraît suspect, ajouta Dragon.

— Cela me paraît raisonnable, dit Penthésilée.

— Moi aussi ça me va, fit Lucie. Euh... je me demandais, est-ce que je dois suivre les mêmes cours qu'avant ?

— Moi aussi, j'aimerais le savoir, dit Kramisha.
— Et moi, lui fit écho Dallas.
— Les novices sont censés reprendre les cours là où ils les ont laissés, dit Lenobia en souriant à Dallas et à Kramisha, comme s'ils étaient simplement partis en vacances.

Elle se tourna vers Lucie.

— En tant que vampire, tu peux choisir les matières que tu souhaites étudier en dehors de tes cours. Quelle est ta préférence ?

— Nyx, répondit Lucie sans hésiter un instant. Je veux devenir une grande prêtresse. Je le veux parce que je l'ai mérité, pas seulement parce que je suis la seule vampire rouge connue de l'univers.

— Mais nous n'avons pas de grande prêtresse pour te former, depuis que Neferet a été chassée, objecta Penthésilée avant de jeter un regard lourd de sous-entendus à Lenobia.

— Dans ce cas, je vais travailler seule en attendant que notre grande prêtresse revienne, dit Lucie en regardant Penthésilée dans les yeux. Et je vous assure que ce ne sera pas Neferet.

Elle se leva.

— Bon, je pars à l'abbaye. À mon retour, j'annoncerai aux autres novices rouges que les cours reprendront demain.

Pendant que l'assemblée quittait la pièce, Dragon prit la novice à part.

— Je veux que tu me promettes d'être prudente. Tes pouvoirs de guérison sont presque miraculeux, mais tu n'es pas immortelle, Lucie. Ne l'oublie pas.

— Je serai prudente. Je le promets.

— Je vais avec elle, annonça Kramisha. Je surveillerai le ciel. Et je sais pousser des cris hyper forts ! Si un Corbeau Moqueur se ramène, je ferai en sorte que toute la ville le sache !

Dragon hocha la tête, l'air à moitié convaincu, et Lucie fut soulagée quand Lenobia l'appela pour discuter avec lui de la nécessité de rendre son cours d'arts martiaux obligatoire pour tous les novices. Elle sortit discrètement et cherchait un moyen de se débarrasser de Kramisha, qui devenait beaucoup trop collante, quand Dallas les rattrapa.

— Je peux te parler une seconde avant que tu t'en ailles ?

— Je t'attends dans la voiture de Zoey ! lança Kramisha. Eh oui, quoi que tu en dises, je viens avec toi.

Lucie la regarda s'éloigner dans le couloir avant de se tourner vers Dallas, à contrecœur.

— On peut aller là ? demanda-t-il en désignant la médiathèque déserte.

— Oui, mais en vitesse. Je dois partir.

Dallas ouvrit la porte et la tint pour elle. Ils entrèrent dans la salle fraîche et obscure qui sentait les livres et la cire à bois.

— Nous ne sommes pas obligés de rester ensemble, toi et moi, dit-il à toute allure.

— Quoi ? Pas obligés d'être ensemble ? Qu'est-ce que tu racontes ?

Dallas croisa les bras sur sa poitrine, l'air mal à l'aise.

— Eh bien, on sortait ensemble ; tu étais ma petite amie, quoi. Tu n'en as plus envie, et je le comprends. Tu avais raison, je n'ai rien fait pour te protéger de cette espèce d'oiseau. Je veux juste que tu saches que je ne vais pas te casser les pieds. Je serai toujours là pour toi quand tu en auras besoin, petite, parce que tu seras toujours ma grande prêtresse.

— Mais… je ne veux pas qu'on se sépare !

— Non ?

— Non.

C'était la vérité. Le dévouement et la bonté de Dallas étaient si évidents que Lucie avait l'impression que le perdre serait comme recevoir un gros coup de poing dans le ventre.

— Dallas, je suis vraiment désolée de ce que j'ai dit tout à l'heure. Je ne le pensais pas ; j'étais blessée et en colère. Personne, pas même un combattant, n'aurait pu y entrer. Je ne pouvais même pas sortir du cercle, et pourtant c'est moi qui l'ai formé !

Dallas chercha son regard.

— Le Corbeau Moqueur a réussi, lui.

— Ce n'est pas pareil ; il est du côté de l'Obscurité, dit-elle, même si parler de Rephaïm lui faisait l'effet d'une douche froide.

— Il y a plein de trucs qui sont du côté de l'Obscurité dehors. Et, apparemment, beaucoup croisent ton chemin… Alors, fais attention, d'accord, petite ? Je ne supporterais pas qu'il t'arrive quelque chose.

Il lui ôta une mèche blonde du visage et posa la main sur son épaule, caressant son cou avec le pouce.

— Je serai prudente, promit-elle.

— C'est vrai que tu ne veux pas qu'on se sépare ?

Elle secoua la tête.

— Tant mieux, parce que moi non plus.

Il l'attira contre lui et posa ses lèvres sur les siennes dans un baiser hésitant. Elle se força à se détendre et se laissa aller contre lui. Dallas était plus grand qu'elle, ce qui lui plaisait, mais pas trop grand non plus. Il avait bon goût. Et savait ce qu'elle aimait : il passa la main sous son tee-shirt, pas pour lui tripoter les seins, comme l'auraient fait la plupart des mecs, mais pour lui caresser le dos, la serrant très fort.

Lucie lui rendit son baiser. Elle se sentait bien avec lui, oubliant Rephaïm et tout le reste, en particulier la dette qu'elle avait accepté de payer et...

Elle s'écarta. Ils étaient tous les deux essoufflés.

— Je dois vraiment y aller, Dallas, dit-elle en lui souriant pour dissimuler sa gêne.

— J'avais oublié...

Il repoussa de nouveau sa mèche têtue.

— Viens, je t'accompagne à la voiture.

Avec le sentiment d'être une traîtresse, une menteuse et une prisonnière, Lucie lui prit la main et le suivit à la Coccinelle de Zoey, comme s'ils pouvaient réellement rester ensemble.

CHAPITRE DIX-SEPT

Lucie

— Ce garçon est dingue de toi, dit Kramisha alors que Lucie démarrait, laissant Dallas sur le parking. Tu sais ce que tu vas faire avec l'autre ?

Lucie freina brutalement.

— Je suis trop stressée pour m'occuper des histoires de mecs. Alors, si tu as l'intention d'en parler, tu peux descendre tout de suite.

— Ignorer ces problèmes ne t'aidera pas à les résoudre.

— Au revoir, Kramisha.

— D'accord, d'accord, je me tais. Pour l'instant. De toute façon, il y a des choses plus importantes dont tu dois t'occuper.

Lucie passa la première et s'éloigna du campus. Elle regrettait que Kramisha n'ait pas insisté : comme ça elle aurait eu une bonne excuse pour la laisser là.

— Tu te souviens quand tu m'as demandé de réfléchir à mes poèmes pour essayer de trouver quelque chose qui pourrait aider Zoey ? demanda sa camarade.

— Bien sûr que je m'en souviens.

— Eh bien, c'est ce que j'ai fait. Et j'ai trouvé un truc, déclara Kramisha.

Elle fouilla dans son grand sac et en sortit un carnet usé, dont les pages étaient remplies de son écriture à l'encre violette.

— Je pense que tout le monde, moi y compris, avait oublié ça.

Elle ouvrit le carnet et montra une page à Lucie.

— Comment veux-tu que je lise en conduisant ? s'impatienta Lucie. Dis-moi ce que c'est.

— Le poème que j'ai écrit juste avant que Zoey et les autres ne partent à Venise. Celui qui semble être adressé à Zoey par Kalona. Écoute !

Une épée à double tranchant
Un côté détruit
L'autre libère
Je suis ton nœud gordien
Me libéreras-tu, ou me détruiras-tu ?
Suis la vérité, et tu
Me trouveras sur l'eau,
Me purifieras par le feu
Plus jamais emprisonné par la Terre
L'air te chuchotera
Ce que l'esprit sait déjà :
Que, même brisé,
Tout est possible
Si tu as la foi
Alors tous deux serons libres.

— Oh déesse ! s'écria Lucie. Je l'avais complètement oublié ! Relis-le, mais plus lentement.

Elle l'écouta avec attention jusqu'au bout.

— Ça vient de Kalona, commenta-t-elle ensuite. Le passage où il parle d'être piégé sous terre ne laisse pas de doute.

— J'en suis sûre.

— Le début est un peu effrayant, avec l'épée à double tranchant, mais la fin a l'air positive.

— « *Alors tous deux serons libres* », cita Kramisha.

— On dirait que Zoey va s'échapper de l'au-delà.

— Et Kalona aussi.

— On verra ça le moment venu. Le plus important, c'est de libérer Zoey. Attends ! Je pense qu'une partie du poème s'est déjà réalisée ! Qu'est-ce qu'il disait déjà au sujet de l'eau ?

— « *Tu me trouveras sur l'eau.* »

— C'est ce qu'elle a fait ! L'île de San Clemente est bien sur l'eau.

— Il dit aussi que Zoey doit suivre la vérité. Qu'est-ce que ça signifie, à ton avis ?

— J'ai peut-être une idée... La dernière fois que j'ai parlé à Zoey, je lui ai conseillé de suivre son cœur, sans se préoccuper de ce qu'on pense d'elle, de faire ce que son instinct lui soufflait. Je m'en veux tellement de lui avoir dit ça, vu ce qui s'est passé ensuite !

— Non, tu avais raison. Je suis persuadée qu'écouter son cœur et ne pas trahir ce à quoi l'on croit, c'est bien, même quand tout le monde pense qu'on a tort.

Lucie eut une bouffée d'espoir.

— Et si elle continue de s'accrocher à la vérité de son cœur, dit-elle, la prophétie se réalisera, et elle sera libre !

— C'est possible, oui. Je le sens tout au fond de moi.

— Moi aussi, dit Lucie en souriant.

— Le poème est comme une carte, reprit Kramisha. Le premier pas – le trouver sur l'Eau – a déjà été fait. Ensuite, elle doit…

— Le purifier par le Feu. Et il n'est pas aussi question de Terre et d'Air ?

— Si, et d'esprit. Les cinq éléments sont mentionnés.

— Toutes les affinités de Zoey, en gardant pour la fin l'esprit, la plus puissante.

— Et celle qui règne dans l'au-delà, enchaîna Kramisha. Écoute, Zoey doit absolument savoir tout ça ! C'est ce qui lui permettra de revenir et d'intégrer son corps.

— Je pense comme toi.

— Alors, comment vas-tu faire ?

— Moi ? Ce n'est pas moi qui vais le faire. Mon truc, c'est la Terre. Mon esprit ne peut pas aller dans l'au-delà. C'est Stark qui va y aller. Il le faut – c'est ce qu'a dit le taureau blanc.

— Tu veux que j'appelle Stark et que je lui lise le poème ? Tu as son numéro ?

Lucie réfléchit un moment.

— Non. D'après Aphrodite il est dans tous ses états. Il risquerait de ne pas lui prêter attention.

— Il aurait tort.

— Je suis d'accord avec toi. Alors, il faut qu'on le transmette à Aphrodite. Même si c'est une vraie garce, elle comprendra à quel point c'est important.

— Et, vu que c'est une garce, elle forcera Stark à le prendre en compte.

— Exactement. Envoie-le-lui par texto. Stark doit l'apprendre par cœur pour le réciter à Zoey. Et il ne faut pas qu'elle oublie qu'il ne s'agit pas d'un simple poème, mais d'une prophétie.

— Tu sais, je me pose vraiment des questions sur sa santé mentale. Ne pas aimer la poésie, ce n'est pas normal.

— Ma petite, tu prêches une convertie.

Pendant que Lucie se garait dans le parking de l'abbaye bénédictine, Kramisha tapa son message sur son téléphone.

Lucie découvrit avec plaisir que Grand-Mère Redbird allait mieux. Les horribles hématomes sur son visage avaient disparu, et elle n'était plus au lit, mais assise dans un fauteuil à bascule près de la cheminée du salon principal de l'abbaye, tellement absorbée par le livre qu'elle lisait qu'elle ne remarqua pas tout de suite Lucie.

— *Le Diable aux yeux bleus ?* demanda la jeune fille, qui ne put réprimer un sourire, malgré la terrible nouvelle qu'elle était venue annoncer. Grand-Mère, ça m'a tout l'air d'un roman sentimental.

Grand-Mère Redbird porta la main à sa gorge.

— Lucie ! Tu m'as fait peur, mon enfant. Eh oui, c'est un roman sentimental, et très bon, avec ça. Le héros est absolument magnifique.

— Magnifique ?

Grand-Mère Redbird haussa un sourcil.

— Je suis vieille, mon enfant, pas morte. Je peux encore apprécier un bel homme.

Elle désigna un fauteuil rembourré.

— Approche-le, chérie, et bavardons un moment. Je suppose que tu as des nouvelles de Zoey. Imagine, Venise ! J'adorerais visiter…

La vieille femme se tut en voyant l'expression de Lucie.

— Je le savais ! Je savais que quelque chose n'allait pas, mais mon esprit est tellement embrouillé depuis l'accident…

Elle se figea, puis reprit la parole d'une voix que la peur rendait rauque.

— Dis-moi vite !

Lucie soupira tristement et s'assit, prenant la main de la Cherokee.

— Elle n'est pas morte, mais c'est grave.

— Tout ! Je veux tout savoir. Ne t'arrête pas, et n'omets aucun détail.

La grand-mère de Zoey serra la main de Lucie comme si c'était une bouée de sauvetage alors que la novice lui racontait ce qui était arrivé, de la mort de Heath aux taureaux, en passant par le poème prophétique de Kramisha. Elle n'omit qu'une seule chose : Rephaïm. Lorsqu'elle eut terminé, le visage de la vieille dame était aussi pâle que lorsqu'elle était dans le coma.

— Brisée… L'âme de ma petite-fille est brisée, lâcha-t-elle.

— Stark va aller la chercher, Grand-Mère, dit Lucie en la regardant dans les yeux. Et ensuite, il la protégera pendant qu'elle se rassemble.

— Du cèdre, fit Grand-Mère comme si elle répondait à une question.

— Du cèdre ? répéta Lucie, craignant que ces terribles nouvelles lui aient fait perdre la tête.

— Des aiguilles de cèdre. La personne qui veillera sur le corps de Stark quand il sera en transe doit en brûler en continu.

— Je ne vous suis plus, Grand-Mère.

— Les aiguilles de cèdre sont un remède puissant. Elles repoussent les *asginas*, les esprits les plus malveillants. On ne les utilise que dans des situations extrêmes.

— C'en est une, affirma Lucie, soulagée de voir que la vieille dame reprenait des couleurs.

— Dis à Stark d'inspirer profondément la fumée, et de penser à l'emporter avec lui dans l'au-delà. S'il croit très fort qu'elle suivra son esprit jusque là-bas, elle le fera et le protégera pendant sa quête.

— Je lui dirai, promit Lucie.

Grand-Mère Redbird serra sa main encore plus fort.

— Parfois, des choses qui paraissent insignifiantes peuvent nous aider, même dans nos moments les plus difficiles. Ne les sous-estime pas, et ne laisse pas Stark les sous-estimer non plus.

— Oui, Grand-Mère. Je m'en assurerai.

Lucie fut interrompue par sœur Marie Angela, qui fit irruption dans la chambre l'air bouleversé.

— Sylvia, je viens de parler avec Kramisha. Il paraît que...

Elle se tut en voyant l'expression de la vieille dame.

— Oh, Marie ! souffla-t-elle. Alors, c'est vrai...

Elle inclina la tête, luttant manifestement contre les larmes, mais lorsqu'elle la releva, ses yeux étaient secs, et son visage résolu. Elle pivota sur ses talons.

— Sœur, où allez-vous ? demanda Grand-Mère Redbird.

— Je vais convoquer les nonnes dans la chapelle. Nous allons prier. Nous allons toutes prier !

— Prier Marie ? demanda Lucie, incapable de dissimuler son scepticisme.

La nonne hocha la tête.

— Oui, Lucie, Marie, celle que nous considérons comme notre mère spirituelle, répondit-elle d'une voix ferme et sage. Peut-être qu'elle n'est pas la même divinité que votre Nyx ; peut-être que si. Mais est-ce vraiment important ? Dis-moi, grande prêtresse des novices rouges, crois-tu que demander de l'aide au nom de l'amour puisse être une erreur, quel que soit celui ou celle à qui on s'adresse ?

Lucie revit alors le visage de Rephaïm et ses yeux humains quand il avait affronté l'Obscurité et payé sa dette à sa place, et sa bouche s'assécha.

— Je suis désolée, ma sœur, murmura-t-elle. J'avais tort. Priez Marie. Parfois, le secours vient de là où on ne l'attendait pas.

— Non, je ne vais pas mentir pour toi ! s'écria Kramisha.

— Je ne te demande pas de mentir.

— Oh que si ! Ne compte pas sur moi pour prétendre que tu inspectes les souterrains avec sœur Marie Angela ! Tout le monde sait que tu les as scellés la dernière fois. En plus, toutes les nonnes prient pour Zoey, et ce n'est pas bien, de mêler une nonne en prière à ton mensonge.

Lucie serra les poings : Kramisha lui faisait perdre du temps — le temps qu'elle aurait pu passer avec Rephaïm, qui devait être blessé à cause de cette vache répugnante. Elle se rappelait l'atroce souffrance qu'elle avait ressentie quand l'Obscurité avait bu son sang, et elle se doutait que cela avait été encore pire pour Rephaïm. Cette fois, elle allait devoir trouver mieux que le bander et le nourrir pour le remettre sur pied. Quelle était la gravité de ses blessures ? Elle voyait encore cette créature penchée sur lui, la langue rouge de sang...

Soudain, elle se rendit compte que Kramisha l'observait sans rien dire. Elle lui servit la première excuse qui lui vint à l'esprit.

— Écoute, je ne tiens pas à gérer l'ouragan qui va se déchaîner si tout le monde à la Maison de la Nuit apprend que je suis restée seule pendant deux secondes. C'est tout.

— Tu mens.

— Je suis ta grande prêtresse !

— Alors, conduis-toi comme telle ! Dis-moi la vérité !

— Je vais aller voir l'autre garçon, et je ne veux pas que quelqu'un le sache ! lâcha Lucie.

Kramisha pencha la tête sur le côté.

— Je préfère ça. Ce n'est pas un novice ou un vampire, hein ?

— Non, répondit Lucie en toute honnêteté. C'est quelqu'un que personne n'aimerait.

— Il ne te maltraite pas, j'espère ? Tu sais, c'est très grave ! Je connais des femmes prises là-dedans qui n'arrivent pas à s'en sortir.

— Kramisha, j'ai la Terre pour alliée. Aucun homme ne me frappera jamais.

— Alors, ça veut dire que c'est un humain, et qu'il est marié.

— Je te promets qu'il n'est pas marié.

— Hum... C'est un abruti ?

— Je ne crois pas, non.

— Ça craint, l'amour !

— Oui. Mais je ne dis pas que je suis amoureuse de lui, ajouta-t-elle rapidement. Tout ce que je dis, c'est que...

— C'est qu'il t'embrouille l'esprit, et que tu n'as pas besoin de ça en ce moment. Bon, écoute : je vais demander à une nonne de me ramener à la Maison de la Nuit, et si là-bas, ils flippent à l'idée que tu es toute seule, je leur dirai que tu devais rendre visite à un

humain, si bien que, techniquement, tu n'es pas seule
– comme ça, je ne mentirai pas.

Lucie réfléchit.

— Tu n'es pas obligée de leur parler d'un garçon ?

— Je leur dirai simplement que c'est un humain, et qu'ils s'occupent de leurs affaires.

— Marché conclu.

— Lucie, tu vas devoir avouer la vérité à son sujet un de ces jours. Et s'il n'est pas marié, il n'y a aucun problème. Tu es une grande prêtresse ; tu as le droit d'avoir un compagnon humain et un consort vampire en même temps.

— Et tu crois que Dallas acceptera ça ?

— Il le faudra bien s'il veut être avec une grande prêtresse. Tous les vampires le savent.

— Dallas n'est pas encore un vampire, alors ce serait peut-être trop lui demander. Ça lui ferait de la peine, et je n'en ai pas envie.

— Arrête de te prendre la tête. Dallas devra apprendre à accepter ces choses-là. À toi de voir si cet humain en vaut la peine.

— C'est ce que j'essaie de faire. Bon, au revoir. On se voit à la Maison de la Nuit, lança Lucie en se dirigeant vers la Coccinelle.

— Hé ! Il n'est pas noir, hein ?

Pensant aux ailes noires comme la nuit de Rephaïm, Lucie la regarda par-dessus son épaule.

— Qu'est-ce que ça changerait ?

— Ça changerait beaucoup de choses si tu avais honte de lui.

— Kramisha, c'est ridicule. Non. Il n'est pas noir. Et, non, je n'aurais pas honte de lui s'il l'était. Au revoir.

— Je vérifiais, c'est tout.

— Tu es folle, marmonna Lucie.
— Je t'ai entendue !
— Tant mieux !

Elle grimpa dans la voiture de Zoey et partit en direction du Gilcrease Museum en parlant à voix haute.

— Non, Kramisha, il n'est pas noir. C'est un oiseau tueur, fils d'un immortel maléfique, et tout le monde, les Noirs comme les Blancs, m'en voudrait s'il savait que je suis avec lui.

Alors, à sa grande surprise, elle éclata de rire.

CHAPITRE DIX-HUIT

Rephaïm

Quand Rephaïm ouvrit les yeux, Lucie était accroupie devant le placard où il avait fait son nid et l'examinait avec attention, le front plissé, ce qui déformait son tatouage. Des boucles blondes tombaient en cascade autour de son visage, et elle paraissait si juvénile qu'il en fut choqué. Il avait oublié qu'elle était aussi jeune, et à quel point sa jeunesse la rendait vulnérable, malgré l'étendue de ses pouvoirs élémentaires. La peur le poignarda en plein cœur.

— Hé, tu es réveillé ! fit-elle.

— Pourquoi tu me dévisages comme ça ? demanda-t-il d'un ton volontairement grincheux, agacé par son inquiétude.

— J'essaie de voir à quel point tu t'es approché de la mort, cette fois-ci.

— Mon père est immortel. Il n'est pas facile de me tuer.

Il s'efforça de s'asseoir sans grimacer.

— Oui, je suis au courant pour ton père, et tout ça, mais l'Obscurité a bu ton sang. Beaucoup. Ce n'est pas bon pour toi. Et puis, pour être honnête, tu as vraiment mauvaise mine.

— Pas toi. Et pourtant l'Obscurité a bu ton sang à toi aussi.

— Je ne suis pas aussi mal en point que toi parce que tu as débarqué comme Batman, et que tu m'as sauvé la mise. Et ensuite, j'ai eu une injection de Lumière, ce qui était carrément cool, d'ailleurs. Et puis, ton sang immortel me donne toujours de l'énergie.

— Je ne suis pas un héros.

— Pour moi, tu l'as été. Par deux fois.

Rephaïm se tut, confus. Quand elle lui parlait ainsi, cela touchait quelque chose au plus profond de lui, et ce quelque chose rendait sa souffrance et son inquiétude pour elle moins difficiles à supporter.

— Allez, viens. On va voir si je peux te rendre la pareille.

Elle se leva et lui tendit la main.

— Je ne pourrais rien avaler, Lucie. Mais j'aimerais bien un peu d'eau. J'ai bu toute celle que tu m'avais laissée.

— Je ne t'emmène pas dans la cuisine. Du moins, pas tout de suite. On va dehors, près des arbres. Plus précisément, près de ce très gros chêne, à côté du vieux belvédère.

— Pourquoi ?

— Je te l'ai déjà dit, tu m'as aidée, et je pense pouvoir t'aider, à mon tour. Seulement, pour cela je dois être plus proche de la nature. Les arbres possèdent un grand pouvoir ; je l'ai déjà utilisé auparavant. C'est grâce à ça que j'ai réussi à appeler cette chose.

Elle frémit, ce que Rephaïm ne comprenait que trop bien. Il souffrait, lui aussi, terriblement. Il avait l'impression que son sang était brûlant. À chaque battement de cœur, une douleur cuisante se déversait en lui, se concentrant à la base de ses ailes, là où l'Obscurité l'avait blessé. Il ressentait une souffrance déchirante.

Comment un arbre pourrait-il guérir une telle souffrance ?

— Je vais rester ici, dit-il. Me reposer me fera du bien. Si tu veux me rendre service, va me chercher de l'eau.

— Non.

Lucie se pencha vers lui et, avec cette force qui l'étonnait toujours, le prit par les mains et le redressa. Elle le soutint alors que la pièce tournait autour de lui ; il crut pendant un terrible moment qu'il allait s'écrouler comme une fillette.

Heureusement, le vertige passa, et il réussit à ouvrir les yeux sans craindre de se ridiculiser. Il regarda Lucie qui lui tenait encore les mains. « Elle ne s'écarte pas de moi, ne grimace pas de dégoût. Elle ne l'a jamais fait, depuis le début », songea-t-il.

— Tu n'as pas peur de me toucher ? s'entendit-il demander.

Elle rit doucement.

— Rephaïm, dans cet état, je crois que tu ne pourrais pas faire de mal à une mouche ! En plus de ça, tu m'as sauvé deux fois la vie, et nous avons imprimé. Tu ne m'impressionnes absolument pas !

— Ce qui m'étonne, c'est que tu me touches sans répulsion.

Une fois encore, ses mots lui échappèrent malgré lui. Elle fronça les sourcils, et il se dit qu'il aimait la regarder réfléchir. Elle haussa les épaules.

— Je ne pense pas qu'un vampire puisse être dégoûté par la personne avec laquelle il a imprimé. Avant de boire ton sang, j'avais imprimé avec Aphrodite, qui me dégoûtait. Elle était horrible ! Elle n'était pas très gentille. À vrai dire, elle n'est toujours pas gentille. Mais après mon Empreinte, elle a commencé à me plaire, pas sexuellement, bien sûr, mais elle ne me dégoûtait plus.

Alors, elle écarquilla les yeux en se rendant compte de ce qu'elle venait de dire, et le mot « sexuellement » resta suspendu entre eux deux. Elle relâcha ses mains comme si elles la brûlaient.

— Tu peux descendre tout seul ? demanda-t-elle d'une voix étrange.

— Oui. Si tu crois vraiment qu'un arbre peut m'aider...

— On ne va pas tarder à être fixés, lâcha-t-elle en lui tournant le dos. Oh, merci de m'avoir sauvée. Une fois de plus. Même si, cette fois, tu n'y étais pas obligé. Il a dit qu'il n'allait pas me tuer.

— Il y a des choses pires que la mort. Ce que l'Obscurité peut prendre à quelqu'un qui est du côté de la Lumière risque de changer son âme.

— Et toi, alors ? Qu'est-ce qu'elle t'a pris ? demanda Lucie sans le regarder, alors qu'ils arrivaient au rez-de-chaussée.

Elle ralentit pour qu'il puisse la suivre.

— Elle ne m'a rien pris. Elle m'a seulement rempli de douleur, puis s'est nourrie de cette douleur mêlée à mon sang.

Devant la porte d'entrée, Lucie se tourna vers lui.

— C'est parce que l'Obscurité se nourrit de douleur, et la Lumière d'amour.

Ses mots firent un déclic en lui, et il dévisagea la Rouge avec attention. « Elle me cache quelque chose », se dit-il.

— Quel prix a exigé la Lumière pour me sauver ? demanda-t-il.

Lucie évitait son regard, ce qui le fit paniquer. Il crut qu'elle n'allait pas lui répondre, mais elle le fit, presque avec colère.

— Veux-tu me dire ce que le taureau a exigé de toi alors qu'il buvait ton sang et te maltraitait ?

— Non, répondit-il. Mais l'autre taureau...

— Eh bien, moi non plus, je ne veux pas en parler. Alors oublions tout ça, et espérons que je pourrai apaiser un peu la douleur que l'Obscurité a laissée en toi.

Ils sortirent et s'engagèrent tous les deux sur la pelouse gelée. Rephaïm se déplaçait lentement pour ne pas raviver sa douleur, tout en se demandant ce que la Lumière pouvait bien avoir demandé à Lucie. De toute évidence, c'était un sujet sensible...

Elle avait l'air en pleine forme, complètement remise de sa rencontre avec l'Obscurité. Cependant les apparences sont souvent trompeuses, il ne le savait que trop bien.

Quelque chose n'allait pas. Était-ce la dette qu'elle avait payée à la Lumière qui la mettait mal à l'aise ?

Comme il ne cessait de l'observer, il faillit heurter l'arbre sous lequel elle s'était immobilisée. Elle le regarda en secouant la tête.

— On ne me la fait pas ! Arrête de me regarder, d'accord ? Je vais bien. Ma parole, tu es pire que ma mère.

— Tu lui as parlé ?

— Je n'ai pas vraiment eu de temps libre, ces derniers jours. Alors, non, je ne lui ai pas parlé.

— Tu devrais.

— Je ne veux pas discuter de ça maintenant.

— Comme tu voudras.

— Assieds-toi et reste tranquille, pour changer. Laisse-moi réfléchir à ce que je peux faire pour t'aider.

Lui montrant l'exemple, elle s'assit en tailleur, le dos contre le vieux cèdre. Il l'imita.

— Et maintenant ?

— Donne-moi une minute. Je ne sais pas trop comment m'y prendre.

Il la regarda entortiller ses boucles blondes autour de son doigt en plissant le front.

— Et si tu essayais de te rappeler ce que tu as fait quand tu as fait trébucher ce gamin qui voulait se jeter sur moi ? suggéra-t-il.

— Dallas n'est pas un gamin, et il pensait que tu m'attaquais.

— Heureusement que ce n'était pas le cas.

— Et pourquoi ça ? lança Lucie.

Rephaïm sourit : elle savait très bien que ce petit n'avait représenté aucune menace pour lui. Cependant ce novice avait un tatouage rouge sur le front, ce qui signifiait qu'il était l'un de ses sujets, et Lucie était d'une loyauté féroce.

— Parce que cela aurait été gênant si j'avais dû me défendre, dit-il en inclinant la tête.

Lucie esquissa un sourire.

— Dallas voulait vraiment me protéger.

— Tu n'as pas besoin de lui, dit Rephaïm sans réfléchir.

Lucie soutint son regard. Il crut lire dans ses yeux de la surprise et peut-être une pointe d'espoir, mais aussi de la peur – il en était sûr. Peur de lui ? Non, elle avait déjà prouvé le contraire. Alors, elle devait craindre quelque chose en elle, quelque chose qu'il avait déclenché.

Elle cligna des yeux à plusieurs reprises, comme pour chasser des pensées trop embarrassantes, puis elle haussa les épaules.

— Tu sais, j'ai eu du mal à convaincre les vampires de la Maison de la Nuit que ce n'était qu'une étrange coïncidence si tu étais tombé du ciel au moment où l'Obscurité s'était manifestée, et que tu ne m'attaquais pas. Maintenant qu'ils savent qu'il y a un Corbeau Moqueur en ville, ils ne veulent pas que je sorte de l'école toute seule.

— Je devrais partir, déclara Rephaïm.

Dès qu'il eut prononcé ces mots, il ressentit un grand vide en lui.

— Où irais-tu ?

— À l'est.

— À l'est ? Tu veux dire jusqu'à Venise ? Rephaïm, ton père a quitté son corps ! Tu ne peux rien pour lui. Je pense que tu serais plus utile en restant ici et en m'aidant à les ramener, lui et Zoey.

— Tu ne veux pas que je parte ?

Lucie baissa la tête, comme pour examiner le sol.

— C'est dur, pour un vampire, quand la personne avec laquelle il a imprimé est loin, finit-elle par répondre.

— Je ne suis pas une personne.

— Oui, mais on a imprimé quand même, alors cela s'applique à nous deux aussi.

— Alors, je resterai jusqu'à ce que tu me demandes de partir.

Elle ferma les yeux, comme si ces paroles lui faisaient mal, et Rephaïm dut se retenir de la toucher pour la réconforter.

« La toucher ? Je veux la toucher ? »

Il croisa les bras sur sa poitrine, comme pour nier physiquement cette pensée choquante.

— La Terre ! dit-il, rompant le silence qui s'était installé entre eux.

Elle le regarda d'un air interrogateur.

— Tu l'as appelée pour faire trébucher le novice rouge. Le jour où tu as failli mourir sur le toit de la gare, tu lui as demandé de s'ouvrir pour pouvoir échapper à la lumière du soleil. Avant, tu lui avais demandé de refermer le tunnel sous l'abbaye derrière moi. Tu ne peux pas l'appeler maintenant, et lui dire ce que tu veux ?

Elle écarquilla les yeux.

— Tu as raison ! Pourquoi est-ce que je me complique la vie ? Je l'ai fait un million de fois pour d'autres trucs, alors pourquoi pas maintenant ?

Elle tendit les mains, paumes levées vers le ciel.

— Tiens, prends-les.

Il posa ses paumes sur les siennes. Il regarda leurs mains jointes, et il se rendit soudain compte que, à part Lucie, il n'avait jamais touché d'humains, excepté dans un contexte de violence.

Sa peau était chaude, et douce. Ses mots lui parvinrent alors, et ce qu'elle disait se nicha en lui, à un endroit dont il ne connaissait pas l'existence.

— Terre, j'ai une grande faveur à te demander. Rephaïm souffre, et il a du mal à se remettre. Terre, je t'ai déjà emprunté ta force, pour me sauver, pour sauver ceux auxquels je tiens. Cette fois, je voudrais que tu me la prêtes pour aider Rephaïm. Ce n'est que justice. Il est blessé à cause de moi. Soigne-le, s'il te plaît.

À cet instant, le sol se mit à trembler. Lucie émit un petit cri et sursauta. Rephaïm voulut s'écarter, mais elle serra ses mains.

— Non, ne lâche pas. Tout va bien.

Soudain, de la chaleur irradia dans sa paume. Cela lui rappela la dernière fois qu'il avait appelé le pouvoir immortel du sang de son père, et que l'Obscurité avait répondu à sa place – palpitant dans son corps, soignant son bras et son aile brisés. Il comprit cependant qu'être touché par l'Obscurité et être touché par la Terre étaient deux choses très différentes. Alors que le pouvoir de la première était brut, dévorant, ce qui l'emplissait à présent était comme un vent d'été sous ses ailes. Sa force dans son corps n'en était pas moins impérieuse, mais elle était tempérée par de la compassion – son flux était vivant, sain, ni froid ni violent. C'était comme un baume se déversant dans ses veines brûlantes et apaisant sa souffrance. Lorsque la chaleur de la Terre atteignit son dos blessé, à la base de ses ailes, son soulagement fut si instantané qu'il ferma les yeux et poussa un long soupir, libéré de sa torture.

L'air était rempli du parfum grisant et réconfortant des aiguilles de cèdre et de l'herbe fraîche.

— Pense à renvoyer l'énergie dans la Terre, dit Lucie d'une voix douce mais insistante.

Il ouvrit les yeux et voulut retirer ses mains, mais elle les serra à nouveau.

— Non, garde les yeux fermés. Reste comme ça, et visualise le pouvoir de la Terre comme une lumière verte qui passe du sol en moi, puis de mes mains aux tiennes. Quand tu sentiras qu'elle a fait son travail, imagine qu'elle quitte ton corps pour retourner dans le sol.

— Pourquoi ? Pourquoi la laisser me quitter ?

— Parce que le pouvoir n'est pas à toi, imbécile ! répondit-elle, et il entendit le sourire dans sa voix. Tu ne peux pas le posséder, il appartient à la Terre.

Rephaïm faillit lui dire que c'était ridicule – qu'il ne fallait jamais relâcher le pouvoir qu'on recevait. Qu'il fallait le garder et l'utiliser. Il n'y parvint pas. Ces mots ne lui paraissaient pas appropriés au moment même où l'énergie de la Terre le remplissait tout entier.

Alors, il suivit le conseil de Lucie. Il imagina l'énergie qui le remplissait comme un trait de lumière verte qui descendait le long de sa colonne vertébrale et pénétrait dans le sol d'où elle était issue. Et, pendant que la chaleur de la Terre le quittait, il dit d'une voix douce : « Merci. »

Il ouvrit les yeux.

— Tu te sens mieux ? demanda Lucie.

— Oui, beaucoup mieux.

Il desserra les doigts, et, cette fois, elle retira ses mains.

— C'est vrai que tu as meilleure mine ! Il n'y a plus de souffrance dans tes yeux.

Il se leva et déplia ses ailes.

— Tu vois ? Je peux faire ça sans que ça me fasse mal.

Toujours assise par terre, elle le regardait, les yeux écarquillés. Elle avait une expression tellement bizarre qu'il baissa automatiquement les bras et replia ses ailes.

— Qu'y a-t-il ? Qu'est-ce qui ne va pas ?

— Je... j'avais oublié que tu avais volé jusqu'au parc, et puis jusqu'au Museum.

Elle fit un bruit qui aurait pu passer pour un rire si elle ne semblait pas aussi choquée.

— C'est stupide, non ? Comment ai-je pu oublier quelque chose comme ça ?

— C'est parce que tu avais pris l'habitude de me voir brisé, dit Rephaïm, essayant de comprendre pourquoi elle paraissait soudain aussi distante.

— Qu'est-ce qui a guéri ton aile ?

— La Terre.

— Non, pas maintenant. Elle n'était plus cassée quand nous sommes venus ici. La douleur que tu ressentais n'avait rien à voir avec ça.

— Ah, oui. Mon bras et mon aile ont été réparés hier soir.

— Comment ça ?

— J'ai appelé les pouvoirs qui me reviennent par le sang de mon père. Il le fallait, car je t'ai entendue crier mon nom.

Elle cligna des yeux, comprenant enfin.

— Mais, d'après le taureau, tu étais empli de son pouvoir, pas de celui de ton père.

— J'ai fini par comprendre que c'était vrai : je recevais de l'énergie de l'Obscurité.

— Alors, c'est elle qui t'a guéri.

— Oui, et ensuite la Terre a soigné la blessure que l'Obscurité avait laissée dans mon corps.

— OK, bon, d'accord.

Lucie se leva brusquement et épousseta son jean.

— Puisque tu vas mieux je vais y aller. Comme je te l'ai dit, je ne peux pas quitter trop longtemps la Maison de la Nuit, vu que tout le monde flippe à l'idée qu'il y a un Corbeau Moqueur en ville.

Elle fit un pas en arrière, mais il l'attrapa par le poignet. Elle se dégagea.

— Je dois partir ! lança-t-elle.

— Mais tu reviendras ?

— Il le faut bien ! Je l'ai promis ! hurla-t-elle, et il eut l'impression qu'elle l'avait giflé.

— Je te libère de ta promesse ! cria-t-il à son tour, furieux que ce petit bout de femme puisse causer un tel tourment en lui.

— Ce n'est pas à toi que j'ai fait cette promesse, alors tu ne peux pas m'en libérer, répliqua-t-elle, les yeux brillants.

Sur ce, elle s'éloigna pour qu'il ne puisse pas voir son visage.

— Ne reviens pas parce que tu t'y sens obligée ! Reviens seulement si tu as envie.

Elle ne se retourna pas.

Rephaïm resta là un long moment. Lorsque le bruit de la voiture de Lucie s'évanouit au bout de la rue, il bougea enfin et, avec un cri de frustration, il s'élança dans le ciel nocturne. Il battait l'air froid de ses ailes massives, s'élevant pour trouver les courants qui le porteraient loin de là.

Le Corbeau Moqueur vira vers l'est, dans la direction opposée à celle qu'avait prise la voiture de Lucie – loin de Tulsa et de la confusion qui régnait dans sa vie depuis qu'*elle* en faisait partie. Puis il ferma son esprit à tout ce qui n'était pas la joie familière du ciel, et vola.

CHAPITRE DIX-NEUF

Stark

— Mais oui, je t'écoute, Aphrodite ! Tu veux que j'apprenne ce poème par cœur, dit Stark dans le micro de son casque d'hélicoptère, qu'il aurait aimé éteindre.

Il ne voulait pas l'entendre ; il ne voulait parler à personne. Il était trop occupé à retourner dans son esprit sa stratégie pour entrer au royaume de Sgiach avec Zoey. Il regarda par la vitre, essayant d'apercevoir l'île de Skye, où, d'après Duantia et la quasi-totalité du conseil supérieur, il allait mourir dans les cinq prochains jours.

— Pas ce poème, idiot. Cette prophétie. Je ne demanderais à personne de mémoriser un poème. Les métaphores, les comparaisons, les allusions, le symbolisme… Ça me donne la migraine ! Non pas qu'une prophétie soit beaucoup mieux, mais, malheureusement, celle-ci est importante. Lucie avait raison sur ce point.

— Je suis d'accord avec Aphrodite et Lucie, intervint Darius. Les poèmes prophétiques de Kramisha ont guidé Zoey par le passé. Celui-ci pourrait l'aider à revenir sur Terre.

— Oui, ça a l'air de marcher, dit Stark en regardant le corps sans vie de Zoey, attaché sur une civière. Elle a trouvé Kalona sur l'Eau. Maintenant elle doit le purifier par le Feu. L'Air va lui murmurer quelque chose qu'elle sait déjà et, si elle continue de suivre la vérité, elle sera libre. Vous voyez, j'ai retenu ce texte ! Je me fiche bien de savoir s'il s'agit d'un poème ou d'une prophétie. S'il peut sauver Zoey, alors je le lui dirai.

La voix du pilote retentit dans leurs écouteurs.

— Je vais entamer ma descente. Je ne peux que vous laisser débarquer ; après, ce sera à vous de jouer. Sachez seulement que, si vous posez un pied sur l'île sans la permission de Sgiach, vous mourrez.

— Ça fait douze fois que vous le répétez ! marmonna Stark, se moquant bien du regard noir que le pilote lui lança par-dessus son épaule.

Dès que l'hélicoptère se posa, Darius l'aida à détacher Zoey. Puis Stark sauta à terre, et Darius et Aphrodite la lui passèrent. Il la serra contre lui, essayant de la protéger du froid et du vent humide qui les fouettait sans pitié. Darius et Aphrodite le rejoignirent et ils s'éloignèrent de l'hélicoptère en courant. Le pilote n'avait pas exagéré : il n'avait pas passé une minute au sol qu'il décollait déjà.

— Mauviette ! lâcha Stark.

— Il suit simplement son instinct, dit Darius, qui regardait autour d'eux comme s'il s'attendait à ce que le croquemitaine surgisse du brouillard.

— Tu m'étonnes ! Cet endroit est hyper sinistre, commenta Aphrodite en se collant contre Darius, qui glissa sa main sous son bras.

Stark les regarda en fronçant les sourcils.

— Qu'est-ce qu'il y a ? Ne me dites pas que les vampires ont réussi à vous faire peur !

Darius échangea un coup d'œil avec Aphrodite.

— Pas à toi, Stark ?

— Non ! J'ai juste froid, et je suis en rogne de ne pas pouvoir aider Zoey, et agacé à l'idée que l'aube arrivera bientôt, et qu'il n'y a aucun endroit où s'abriter.

— Eh bien, nous, on a carrément envie de nous enfuir, dit Aphrodite.

— C'est ce que nous souffle notre instinct, conclut Darius.

— Tu n'as pas envie d'emmener Zoey loin d'ici ? demanda Aphrodite.

— Non.

— C'est bon signe, commenta Darius. L'avertissement que nous lance cet endroit ne le touche pas.

— Ou alors il est trop abruti pour le capter, dit Aphrodite.

— Sur cette pensée optimiste, allons-y, lança Stark. Je n'ai pas le temps de jouer les mauviettes.

Zoey dans ses bras, il se dirigea vers le pont, long et étroit, qui reliait la terre ferme à l'île. Les torches qui l'éclairaient se voyaient à peine dans la nuit et le brouillard.

— Vous venez, ou vous allez vous sauver en hurlant comme des fillettes ?

— On vient avec toi, répondit Darius en le rattrapant en deux grandes enjambées.

— Oui, et j'ai dit que je voulais m'enfuir, pas que je voulais m'enfuir en hurlant. Ce n'est pas mon genre.

Ils avaient parlé d'un ton déterminé ; pourtant Stark n'était pas encore au milieu du pont quand il entendit Aphrodite murmurer quelque chose à Darius. Il leur jeta un coup d'œil. Malgré la faible lueur des torches, il distingua la pâleur du combattant et de la prophétesse.

— Vous n'êtes pas obligés de m'accompagner, lança-t-il. Thanatos prétend qu'il est impossible que Sgiach vous laisse entrer sur son île. Et même si elle se trompe, vous ne pourrez pas faire grand-chose. Je dois trouver un moyen de rejoindre Zoey dans l'au-delà. Seul.

— On va surveiller tes arrières, dit Aphrodite, que tu le veuilles ou non. Zoey serait furieuse contre moi si elle apprenait à son retour que Darius et moi t'avons abandonné. Tu sais comment elle est, avec sa mentalité « un pour tous et tous pour un » ! Les vampires ne voulaient pas qu'on vienne avec son troupeau de ringards au complet – ce qui m'arrange plutôt – alors Darius et moi allons prendre leur place. Vas-y, avance ! Je vais juste ignorer les vagues noires sous nos pieds et le fait que je suis certaine que ce pont va s'effondrer et que nous allons tomber dans l'eau, où des monstres marins vont nous entraîner dans les profondeurs et nous dévorer.

Stark regarda Darius, qui acquiesça de la tête, les dents serrées, tout en jetant des coups d'œil sur la surface de l'eau.

— Hé ben…, fit le garçon, l'air amusé. Pour moi, ce n'est qu'un pont et de la flotte. Je ne vois pas ce qui vous fait flipper à ce point !

— Marche, lui ordonna Aphrodite, avant que j'oublie que tu tiens Zoey dans les bras et que je te pousse dans « la flotte », pour que nous puissions nous enfuir, en hurlant ou pas.

Stark retrouva son sérieux. « Il ne faut pas que je me dispute avec Aphrodite, pensa-t-il. Je dois me concentrer sur ma mission. S'il vous plaît, Nyx, faites que je réussisse à entrer sur l'île. » Sombre et résolu, il traversa le pont et s'arrêta devant une arche imposante en pierre blanche d'une beauté éthérée. La lueur des torches se reflétait sur les veines argentées d'un marbre rare, le faisant scintiller.

— Oh, bon sang, je peux à peine le regarder, dit Aphrodite en détournant les yeux. Et pourtant, normalement j'aime ce qui brille.

— C'est un sort de protection, lâcha Darius d'une voix tendue. Son but est de nous repousser. Ça non plus, tu ne le sens pas ?

Stark haussa les épaules.

— C'est impressionnant, et luxueux, mais je ne perçois rien de bizarre.

Il s'approcha de l'arche pour l'examiner.

— Alors, où est la sonnette ? Comment appelle-t-on ? Il y a un interphone, ou bien il faut que je crie ?

— *Ha Gaelic akiv* ? demanda une voix masculine qui semblait sortir de l'arche elle-même, comme si le portail était vivant. Ce sera en anglais, alors, reprit-elle devant l'air stupéfait de Stark. Votre présence, qui n'est pas souhaitée, suffit à m'appeler.

— Je dois voir Sgiach, déclara Stark. C'est une question de vie ou de mort.

— Sgiach s'fiche bien d'vous, les chtiots, même si c'est une question de vie ou de mort.

La voix au fort accent écossais s'amplifiait.

— Qu'est-ce que c'est qu'un chtiot ? murmura Aphrodite.

— Chut ! fit Stark. Zoey n'est pas une enfant, reprit-il. C'est une grande prêtresse, et elle a besoin d'aide.

Un homme sortit alors de l'ombre. Il portait un kilt aux couleurs de la Terre, mais qui ne ressemblait en rien à ceux qu'ils avaient vus jusque-là. Ce n'était pas un vêtement d'apparat : le vampire n'avait pas de veste en tweed avec une chemise à fanfreluches. Un gilet en cuir clouté laissait le haut de sa poitrine et ses bras musclés nus. La poignée d'une dague luisait à sa taille. À part une bande de cheveux au milieu du crâne, sa tête était rasée. Deux anneaux en or pendaient à une de ses oreilles. La lueur des flammes se reflétait sur le torque en or qui entourait son poignet. Son visage était très ridé, et sa barbe courte, totalement blanche. Les monstres ailés tatoués sur son front étendaient leurs griffes sur ses pommettes. La première impression qu'il fit à Stark, c'était celle d'un être capable de traverser un mur de feu et d'en sortir non seulement indemne, mais victorieux.

— Cette gamine est une novice, pas une grande prêtresse, dit-il.

— Zoey n'est pas comme les autres novices, répliqua Stark à toute vitesse, craignant que cet homme qui semblait tout droit sorti du passé ne disparaisse. Il y a deux jours, elle avait encore des tatouages de vampires sur le visage et sur tout le corps. Elle possède une affinité avec les cinq éléments.

— Pourtant, aujourd'hui, je ne vois qu'une novice inconsciente, fit le vampire en fixant Stark dans les yeux.

— Son âme s'est brisée alors qu'elle combattait un immortel déchu. C'est à ce moment-là que ses tatouages ont disparu.

— Alors, elle va mourir, conclut le vampire avant de se détourner.

— Non ! cria Stark en avançant d'un pas.

— *Stad anis !* ordonna le gardien en bondissant devant Stark avec une rapidité surnaturelle. Tu es stupide ou complètement fou, mon gars ? Tu n'as pas la permission de pénétrer sur l'île de Sgiach, l'île des Femmes. Si tu essaies, tu vas mourir, tu peux en être sûr.

Stark soutint son regard sans flancher.

— Je ne suis ni fou ni stupide. Je suis le combattant de Zoey, et si je pense que la meilleure façon de la protéger est de l'emmener sur cette île, alors c'est mon droit de la conduire jusqu'à Sgiach.

— Tu as été mal informé, combattant, déclara le vampire. Sgiach n'a rien à faire de votre conseil supérieur et de ses règles. Je ne suis pas un Fils d'Érebus et *mo bann ri*, ma reine, n'est pas en Italie. Tu n'entreras pas ici !

Sans plus argumenter, Stark se tourna vers Darius.

— Prends Zoey.

Il lui confia sa grande prêtresse puis s'approcha du vampire. Il tendit la main, paume vers le haut, et alors que le gardien de l'île le regardait avec une curiosité non dissimulée, il se coupa le poignet avec son ongle.

— Je ne demande pas à entrer en tant que Fils d'Érebus ; les règles du conseil supérieur ne veulent rien dire pour moi. Je ne demande pas la permission de pénétrer sur l'île ! J'évoque le droit dont j'ai hérité par le sang pour exiger de voir Sgiach.

L'autre ne le quittait pas des yeux ; ses narines se dilatèrent alors qu'il humait l'air.

— Quel est ton nom ?

— Aujourd'hui, on m'appelle Stark, mais je pense que le nom qui vous intéresse est celui que je portais avant d'être marqué : MacUallis.

— Reste là, MacUallis, dit le vampire avant de disparaître dans la nuit.

Stark essuya son poignet en sang et reprit Zoey dans ses bras.

— Je ne la laisserai pas mourir.

Inspirant profondément, il ferma les yeux et se prépara à passer sous l'arche.

Darius le retint par le bras avant qu'il ne puisse franchir le seuil.

— Ne bouge pas ! Il t'a dit de rester là parce qu'il va revenir.

Stark se contenta de lever les yeux au ciel.

— Patiente quelques minutes ! insista Aphrodite.

Stark grommela et fit un pas en arrière pour s'appuyer contre l'arche.

— D'accord, je vais attendre. Mais pas longtemps ! Il faut que je passe à l'étape suivante.

— L'humaine a raison, dit une voix de femme dans l'obscurité. Tu dois apprendre la patience, jeune combattant.

Stark se redressa.

— Je n'ai que cinq jours pour la sauver. Sinon, elle mourra. Je n'ai pas le temps d'apprendre quoi que ce soit !

La femme rit, et Stark en eut la chair de poule.

— Impétueux, arrogant et impertinent, commenta-t-elle. Il me fait penser à toi il y a plusieurs siècles, Seoras.

— Ah, mais je n'ai jamais été aussi jeune, répondit le combattant vampire.

Stark allait leur crier de sortir de l'ombre et de lui faire face quand ils se matérialisèrent dans le brouillard de l'autre côté de l'arche. Il se figea, captivé par la femme.

Elle était grande, avec de larges épaules, musclée mais féminine. Il y avait des rides au coin de ses beaux yeux d'une teinte dorée mêlée de vert, de la couleur exacte du morceau d'ambre de la taille d'un poing qui pendait à son cou. À part une mèche rousse, sa chevelure, qui lui arrivait à la taille, était parfaitement blanche ; cependant elle ne paraissait pas âgée. Elle n'avait pas l'air jeune non plus. Alors qu'il l'observait, Stark se rendit compte qu'elle lui faisait penser à Kalona, qui semblait ne pas avoir pas d'âge, tout en étant très vieux. Ses tatouages étaient incroyables : des épées, poignées et lames sculptées, encadraient son visage fort et sensuel.

Réalisant que personne n'avait dit un mot, il se racla la gorge, serra Zoey contre lui et s'inclina respectueusement.

— Bonjour, Sgiach.

— Pourquoi devrais-je te permettre d'entrer sur mon île ? demanda-t-elle sans préambule.

Stark releva le menton, la regardant droit dans les yeux.

— C'est mon droit par le sang. Je suis un MacUallis. Cela signifie que je fais partie de votre clan.

— Pas du sien, mon garçon. Du mien, dit le vampire avec un sourire menaçant.

Pris de court, Stark se tourna vers lui.

— Dans mes souvenirs, tu étais plus malin que ça quand tu avais son âge, dit Sgiach à son combattant.

— Oui. Jeune ou non, j'ai toujours été très malin.

— Je le suis suffisamment pour savoir que l'histoire de mon sang humain me lie encore à vous et à cette île ! lança Stark.

— Tu viens juste de sortir de tes couches, mon garçon, railla le vampire. Tu n'as rien à faire sur cette île.

— Oh que si ! s'écria Stark. Je ne sais rien de ce que je dois faire pour sauver Zoey, mais je peux vous dire qu'elle est plus qu'une grande prêtresse. Avant qu'elle ne soit brisée, elle se transformait en quelque chose que les vampires n'avaient jamais vu.

À mesure qu'il parlait, il voyait de l'étonnement se peindre sur le visage de la Sgiach, comme si elle assemblait les pièces du puzzle, et son instinct lui soufflait qu'il était sur la bonne voie.

— Zoey devenait la reine des éléments. Je suis son combattant – son gardien – et elle est mon As. Je suis là pour apprendre à la protéger. N'est-ce pas votre rôle, former les combattants pour qu'ils puissent protéger leurs As ?

— Ils ont cessé de venir me voir, dit Sgiach avec une note de tristesse dans la voix.

Stark sut alors qu'il avait trouvé la bonne réponse, et il remercia en silence la déesse.

— Non, nous n'avons pas cessé de venir ! Je suis là. Je suis un combattant, de sang des MacUallis, et je vous demande de l'aide. S'il vous plaît, Sgiach, laissez-moi entrer sur votre île. Apprenez-moi comment sauver la vie de ma reine.

Sgiach hésita un instant, échangea un regard avec son combattant, puis leva la main.

— *Failte gu ant Eilean nan Sgiath...* Bienvenue sur l'île de Sgiach.

— Votre Majesté... dit Darius, qui s'était agenouillé devant la reine.

— Tu peux parler, combattant !

— Je ne suis pas un MacUallis, mais je protège un As ; je demande donc à entrer moi aussi sur votre île. Même si je ne suis plus un débutant, il y a encore beaucoup de choses que j'ignore et que j'aimerais apprendre en restant aux côtés de mon frère combattant pendant qu'il essaie de sauver la vie de sa prêtresse.

— Ton As est une humaine, pas une grande prêtresse. Comment peux-tu lui être lié par un serment ? demanda le vampire.

— Je suis désolée, je n'ai pas retenu votre nom. Shawnus ? demanda Aphrodite en posant la main sur l'épaule de Darius.

— *Seoras !* rectifia le gardien. Tu es sourde ou quoi ?

Stark avec surprise vit qu'il esquissait un sourire, amusé par le ton d'Aphrodite.

— OK, *Seoras,* dit celle-ci, imitant son accent avec une précision étonnante. Je ne suis pas une simple humaine. J'étais une novice qui avait des visions. Et lorsque mes tatouages ont disparu, la déesse, pour des raisons qui m'échappent toujours, a décidé de me laisser ce don. Alors, maintenant, je suis la prophétesse de Nyx. J'espère que, malgré le stress que mes visions provoquent, je vieillirai avec grâce, comme ta reine.

Elle inclina la tête devant Sgiach, qui haussa les sourcils, mais ne la punit pas pour son insolence, ce qu'elle aurait bien mérité, selon Stark.

— Bref, Darius est mon combattant, il m'a prêté serment. Si j'ai bien compris l'allusion, ce qui serait miraculeux, vu que je suis nulle quand il s'agit de langage figuratif, je suis un As, à ma manière. Du coup, Darius a sa place parmi vous.

Stark crut entendre Seoras murmurer : « Petite arrogante ! » au moment où Sgiach chuchotait : « Intéressant... »

— *Failte gu ant Eilean nan Sgiath*, prophétesse et combattant, dit la reine.

Sans se faire répéter l'invitation, Stark passa sous l'arche en marbre et entra sur l'île des Femmes suivi de Darius et Aphrodite.

CHAPITRE VINGT

Stark

Seoras les conduisit à une Range Rover noire, garée non loin de là. Stark s'arrêta devant le véhicule, l'air surpris. Le vampire éclata de rire.

— Tu t'attendais à voir un petit chariot et un poney des Highlands ?

— Lui, je ne sais pas, mais moi, oui, répondit Aphrodite en montant sur le siège arrière avec Darius. Et, pour une fois, je suis super contente de m'être trompée.

Seoras ouvrit la porte du passager, et Stark grimpa à bord, Zoey dans les bras. Le combattant avait déjà démarré quand Stark se rendit compte que Sgiach n'était pas avec eux.

— Hé ! Où est ta reine ?

— Sgiach n'a pas besoin de moteur pour se déplacer sur son île.

Stark réfléchissait à la façon de formuler sa question, mais Aphrodite le devança.

— Qu'est-ce que ça veut dire, ça ?

— Cela veut dire que l'affinité de Sgiach ne se limite pas à un seul élément. Elle a une affinité avec cette île. Elle commande tout et tout le monde sur son territoire.

— Ben, ça alors ! souffla Aphrodite. Tu veux dire qu'elle peut se téléporter, comme dans *Star Trek* ?

Stark cherchait désespérément un moyen de la bâillonner sans que Darius se mette en colère. Par chance, le vieux combattant, imperturbable, haussa les épaules.

— Oui, on peut dire ça.

— Vous connaissez *Stark Trek* ? lâcha Stark, incapable de se retenir.

— Nous avons le satellite, répondit Seoras.

— Et Internet ? demanda Aphrodite d'une voix pleine d'espoir.

— Bien sûr.

— Alors, vous êtes ouverts sur le monde extérieur, résuma Stark.

— Oui, quand ça sert les intérêts de Sgiach.

— Ce n'est pas étonnant, commenta Aphrodite. C'est une reine. Elle doit aimer faire du shopping, d'où Internet.

Ils roulèrent en silence jusqu'à ce que Stark commence à s'inquiéter du ciel, qui devenait plus clair à l'est. Il s'apprêtait à prévenir Seoras de ce qui allait se passer s'il n'était pas à l'abri au lever du soleil, lorsque le combattant désigna un point devant eux.

— Le Craobh – le Bosquet sacré. Le château est juste derrière, sur le rivage.

Fasciné, Stark regardait deux arbres entremêlés au point de n'en faire plus qu'un qui poussaient à l'orée du petit bois. Des morceaux de tissu aux couleurs vives étaient attachés à leurs branches.

— Je n'ai jamais vu un arbre comme ça ! dit-il. À quoi servent ces bouts de tissu ?

Seoras arrêta la voiture.

— C'est une aubépine et un sorbier, qui forment un arbre à souhaits.

Comme il n'ajoutait rien, Stark lui lança un regard interrogateur.

— Un arbre à souhaits ?

— Ton éducation laisse à désirer, gamin ! Les nœuds sur les morceaux de tissu représentent des vœux de bonheur et de réussite. Le plus souvent, ce sont des amoureux qui les laissent ici. Ces arbres ont été plantés par le Bon Peuple. Leurs racines se nourrissent des souhaits qui passent de leur monde au nôtre.

— Le Bon Peuple ? répéta Stark, perdu.

— Les fées.

— C'est romantique, commenta Aphrodite sans aucune trace de sarcasme dans la voix.

— Normal, c'est écossais, dit le combattant en redémarrant.

Stark, qui réfléchissait à un vœu concernant Zoey, ne remarqua le château que lorsque Seoras s'arrêta devant. Il leva les yeux, et la lueur qui se reflétait sur la pierre et l'eau l'éblouit. La demeure royale se dressait à une centaine de mètres de la route, au bout d'une digue en pierre qui traversait un champ marécageux. De nombreuses torches éclairaient la jetée et l'édifice.

Entre les torches s'élevaient des pieux, aussi épais que le bras d'un homme. Sur chaque pieu, une tête : peau tannée, bouche grimaçante, yeux exorbités. Stark eut l'impression qu'elles bougeaient, mais ce n'était que leurs longs cheveux qui flottaient, fantomatiques, dans le vent froid.

— Beurk, fit Aphrodite.

— La Grande Coupeuse de têtes, dit Darius d'une voix étouffée, impressionné.

— Oui, Sgiach, confirma Seoras, dont le sourire disait toute la fierté.

Stark se taisait, le regard attiré par la forteresse, perchée au sommet d'une falaise surplombant l'océan, en pierre grise et en marbre blanc scintillant. Devant l'épaisse double porte en bois s'élevait une arche imposante.

Illuminé par un cercle de torches, un drapeau s'agitait au sommet de la plus haute tour du château. Stark distingua un puissant taureau noir et l'image d'une déesse, ou peut-être d'une reine, peinte sur son corps musclé.

Alors, le portail s'ouvrit et des combattants, hommes et femmes, en sortirent et s'engagèrent sur le pont au pas de course. Stark, serrant Zoey contre lui, recula automatiquement. Darius se posta à côté en position défensive.

— Calmez-vous, dit Seoras en faisant un geste apaisant de sa main calleuse. Ils veulent seulement saluer leur reine.

Les vampires, tous vêtus comme Seoras, se dirigeaient vers Stark sans agressivité. Douze hommes portaient une civière en cuir, six de chaque côté.

— La tradition veut qu'on montre du respect à ceux qui tombent. Le clan doit les ramener au Tir na nOg, sur la Terre de notre jeunesse, expliqua Seoras. Nous n'abandonnons jamais l'un des nôtres.

Stark hésita.

— Je ne peux pas me séparer d'elle, dit-il en croisant le regard du combattant.

Celui-ci hocha la tête.

— Je comprends. Tu n'y es pas obligé. Tu prendras la tête de la procession ; le clan fera le reste.

Comme Stark restait planté là, immobile, Seoras tendit les bras. Le garçon fit un pas en arrière : il n'allait pas laisser Zoey ; il ne pourrait pas le supporter ! À cet instant, il vit le torque en or de chef de clan scintiller à son poignet, et, surpris, se rendit compte qu'il faisait confiance à Seoras. Il déposa Zoey au creux de ses bras dans un geste non pas d'abandon, mais de partage.

Seoras allongea le corps sur la civière avec précaution. Les combattants inclinèrent la tête avec respect. Alors leur chef, une grande femme aux cheveux noirs de jais, qui se tenait à l'avant du groupe, fit un signe à Stark.

— Combattant, ma place te revient.

Suivant son instinct, il s'avança et le cortège se mit en marche.

L'intérieur du château était splendide. Étant donné les « décorations » macabres de l'extérieur, Stark s'était attendu à une demeure de combattants : masculine, spartiate, à mi-chemin entre un donjon et un vestiaire.

Ils regardaient avec étonnement le sol en marbre blanc et lisse, veiné d'argent, les murs couverts de tapisseries aux couleurs vives qui représentaient des images insulaires et des scènes de combat, aussi belles que sanguinolentes. Ils traversèrent le vestibule, puis longèrent un couloir qui les mena au pied d'un immense escalier en pierre.

— En tant que gardien d'un As, tu dois prendre une décision, déclara Seoras. Alors, veux-tu emmener ta reine à l'étage et te reposer et te préparer, ou préfères-tu commencer ta quête dès maintenant ?

Stark n'eut aucune hésitation.

— Je n'ai pas le temps de me reposer, et je me prépare depuis le jour où Zoey a accepté mon serment de combattant. Je choisis l'action.

Seoras hocha la tête.

— Dans ce cas, allons dans la chambre du Fianna Foil.

Le cortège se remit en branle. Aphrodite accéléra pour rejoindre Stark, à la grande irritation de ce dernier.

— Seoras, lança-t-elle, que vouliez-vous dire, au juste, quand vous avez parlé de quête ?

Seoras ne prit pas la peine de la regarder.

— J'ai appelé sa tâche une quête, car c'en est une.

— J'ai bien entendu le mot, dit-elle. Je ne suis pas sûre de son sens, c'est tout.

Seoras arriva devant une massive porte à double battant. Tandis que Stark songeait qu'il faudrait une armée pour l'ouvrir, le combattant murmura :

— Votre gardien vous demande la permission d'entrer, mon As.

Avec un bruit évoquant un soupir amoureux, la porte s'ouvrit toute seule, et Seoras les précéda dans la pièce la plus incroyable que Stark avait jamais vue.

Sgiach était assise sur un trône en marbre blanc, posé sur une estrade à trois niveaux au milieu de la salle, immense. Le trône était impressionnant, sculpté de motifs qui semblaient raconter une histoire. Stark s'immobilisa sur le seuil : le vitrail derrière Sgiach révélait déjà l'aube. Le cortège s'immobilisa derrière lui, et les vampires le fixaient, surpris. Les yeux plissés, l'esprit embrumé par la lumière vive, il cherchait les mots appropriés, quand Aphrodite s'avança et fit une petite révérence, puis s'adressa à Seoras.

— Stark est un vampire rouge. Il est différent de vous. Il brûle à la lumière directe du soleil.

— Couvrez les fenêtres ! ordonna Seoras.

Des vampires lui obéirent immédiatement, tirant des rideaux rouges en velours que Stark n'avait pas remarqués. Ses yeux s'adaptèrent aussitôt à l'obscurité, si bien qu'il vit Seoras aller se placer à gauche du trône de sa reine avant même que d'autres combattants allument les torches sur les murs et les chandeliers de la taille d'un arbre. Seoras se tenait au sommet de l'estrade avec une assurance presque tangible. Stark sut, sans le moindre doute, que rien ni personne en ce monde, tout comme dans le suivant, ne pourrait faire de mal à sa reine, et l'espace d'un instant il ressentit une terrible bouffée d'envie. « C'est ce que je veux ! Je veux que Zoey revienne pour la protéger de la même façon ! » Sgiach effleura le bras de son combattant sans le regarder. Seoras la contemplait avec une expression que Stark mieux que quiconque comprenait. « Il n'est pas seulement un gardien. Il est LE gardien. Et il l'aime. »

— Approchez, ordonna la reine. Déposez la jeune prêtresse devant moi.

La colonne s'avança et la civière de Zoey fut posée au pied de l'estrade.

— Tu ne supportes pas du tout la lumière du jour. Quelles sont tes autres particularités ? demanda la reine pendant que, la dernière torche allumée, la pièce prenait une chaude teinte jaune.

Les combattants se dispersèrent dans les coins sombres de la pièce. Stark répondit, sans détour ni préambule.

— Généralement, je dors toute la journée. Je ne suis pas en pleine possession de mes moyens tant que le soleil n'est pas couché. Ma soif de sang est plus grande que celle des autres vampires. Je ne peux pas entrer chez quelqu'un sans y être invité. Il y a peut-être d'autres choses encore, mais je ne suis pas un vampire rouge depuis longtemps et, pour l'instant, c'est tout ce que je sais.

— Est-il vrai que tu es mort et que tu as ressuscité ?

— Oui, répondit-il, espérant qu'elle ne l'interrogerait pas plus en détail sur ce sujet.

— Intrigant..., murmura la reine.

— Était-ce pendant la journée que l'âme de ta prêtresse s'est brisée ? Est-ce pour ça que tu n'as pas pu la protéger ? voulut savoir Seoras.

Stark eut l'impression qu'on le poignardait en plein cœur, mais il soutint son regard et répondit par la vérité.

— Non, ce n'est pas à cause de la lumière que j'ai échoué, mais parce que j'ai commis une erreur.

— Je suis sûre que le conseil supérieur t'a expliqué qu'une âme brisée est une condamnation à mort pour une grande prêtresse, et bien souvent pour son combattant également. Pourquoi penses-tu que venir ici changera quelque chose ? s'enquit Sgiach.

— Parce que Zoey est bien plus qu'une simple grande prêtresse. Et parce que je ne veux pas seulement être son combattant ; je veux être son gardien.

— Alors, tu es prêt à mourir pour elle.

Ce n'était pas une question, mais Stark hocha la tête.

— Oui, je mourrais pour elle.

— Seulement il sait que, s'il le fait, il n'arrivera pas à la ramener dans son corps, intervient Aphrodite. Parce que c'est ce qu'ont essayé de faire les autres combattants, et aucun n'a réussi.

— Il veut utiliser les taureaux de légende, et les anciennes coutumes des vampires pour trouver la porte de l'au-delà tout en restant en vie, expliqua Darius.

Seoras secoua la tête.

— On ne peut pas entrer dans l'au-delà en se servant de mythes et de rumeurs.

— Le drapeau du taureau noir est planté en haut de ce château, remarqua Stark.

— Tu parles du tara, un symbole oublié depuis longtemps, tout comme mon île, répondit Sgiach.

— Nous nous sommes souvenus de votre île, la preuve ! répliqua Stark.

— Et les deux taureaux se sont manifestés à Tulsa pas plus tard qu'hier soir, enchérit Aphrodite.

Il y eut un long silence, pendant lequel le visage de Sgiach trahit sa stupéfaction. L'expression de son combattant se fit menaçante.

— Raconte-nous ! ordonna-t-il.

Aphrodite leur apprit donc que c'était Thanatos qui leur avait parlé des taureaux, et que Lucie avait appelé à l'aide le mauvais au moment où Damien et les autres faisaient des recherches, ce qui leur avait permis de découvrir le lien du sang de Stark avec les Gardiens et l'île de Sgiach.

— Rapporte-moi exactement les paroles du taureau blanc, dit Sgiach.

— *« Le combattant doit regarder dans son sang pour découvrir le pont menant à l'île des Femmes, puis il lui faudra se vaincre lui-même. Ce n'est que de cette façon qu'il pourra rejoindre sa prêtresse. Ensuite, ce sera son choix à elle de revenir ou non »*, récita Stark.

Sgiach regarda son combattant.

— Le taureau lui a ouvert un passage dans l'au-delà.

— Oui, mais c'est à lui de faire le reste.

— Expliquez-moi ! s'écria Stark avec impatience. Qu'est-ce que je dois faire pour aller dans ce fichu au-delà, bon sang ?

— Un combattant ne peut pas y entrer vivant. Seule les grandes prêtresses en sont capables, et encore, rares sont celles qui y parviennent.

— Je le sais, dit Stark, les dents serrées. Mais, comme vous l'avez dit vous-même, les taureaux me laissent entrer.

— Non, rectifia Seoras : ils ne font que t'ouvrir un passage. Tu ne pourrais jamais y accéder en tant que combattant.

— Mais j'en suis un ! Alors, comment je fais ? Je dois me vaincre moi-même. Qu'est-ce que ça veut dire ?

— C'est là qu'intervient l'ancienne religion. Il y a longtemps, les vampires mâles pouvaient servir leur déesse ou les dieux en étant plus qu'un combattant, expliqua Sgiach.

— Certains d'entre nous étaient des shamans, précisa Seoras.

— Du coup, il faut que je devienne un shaman ? demanda Stark, perplexe.

— Je ne connais qu'un combattant qui l'a réussi, dit Sgiach en posant la main sur le bras de Seoras.

— Alors, expliquez à Stark ce qu'il doit faire ! s'écria Aphrodite.

Le vieux gardien haussa les sourcils, et un coin de ses lèvres se releva dans un sourire sardonique.

— Oh, c'est très simple, en fait. Le combattant doit mourir pour donner naissance au shaman.

— Génial ! lâcha Stark. Dans tous les cas, je dois mourir.

— Oui, on dirait bien, fit Seoras.

CHAPITRE VINGT ET UN

Lucie

Lucie savait qu'on allait lui passer un sacré savon quand elle rentrerait à l'école, mais elle ne s'attendait pas à ce que Lenobia elle-même la guette au parking.

— Écoutez, commença-t-elle, confuse, j'avais simplement besoin de rester seule un moment. Comme vous le voyez, je vais bien et...

— On a appris aux infos du soir qu'un gang de jeunes s'est introduit dans des appartements, la coupa Lenobia. Quatre personnes ont été tuées. Elles ont eu la gorge tranchée, et elles se sont partiellement vidées de leur sang. La seule raison pour laquelle la police n'est pas là à nous accuser, c'est que plusieurs témoins affirment qu'il s'agissait d'adolescents humains. Avec des yeux rouges...

Lucie avala sa salive.

— Ce sont les novices que j'ai laissés à la gare ! Ils ont manipulé les souvenirs des témoins, mais comme aucun ne s'est transformé, ils n'ont pas pu tout effacer.

— Dont les yeux rouges, dit Lenobia.

— Dragon n'est pas parti à leur recherche, j'espère ? lança Lucie en se dirigeant vers l'école.

— Non. Je l'ai occupé avec des petits groupes d'élèves à qui il apprend l'autodéfense, en cas d'attaque des Corbeaux Moqueurs.

— Lenobia, je suis persuadée que celui du parc est déjà à des kilomètres de Tulsa.

— Un Corbeau Moqueur en est un de trop, mais, qu'il soit seul ou pas, Dragon le pourchassera et le détruira, même si je ne pense pas qu'ils attaqueront l'école. Je suis beaucoup plus inquiète au sujet de ces novices rouges.

— Moi aussi, fit Lucie, soulagée de changer de sujet. Le reportage disait que les victimes ne s'étaient pas complètement vidées de leur sang ?

— Oui, et elles avaient la gorge tranchée. On ne les a pas juste mordues, comme toi et moi le ferions pour boire du sang.

— Ils ne se nourrissent pas ; ils s'amusent. Ils aiment terroriser les gens ; ça les fait planer.

— C'est vraiment une abomination, dit Lenobia avec colère. Les personnes dont nous buvons le sang ne devraient ressentir que notre plaisir. C'est pour cela que la déesse nous a donné la possibilité de partager des sensations aussi puissantes avec les humains. Nous ne les brutalisons pas et ne les torturons pas. Nous les respectons, nous faisons d'eux nos consorts. Le conseil supérieur a déjà banni des vampires qui ne faisaient pas bon usage de leur pouvoir.

— Vous n'avez pas parlé des novices rouges au conseil supérieur, hein ?

— Je ne ferais pas ça sans en discuter d'abord avec toi. C'est toi, leur grande prêtresse. Mais tu dois comprendre qu'ils sont allés trop loin, et qu'on ne peut plus les ignorer.

— Je sais, mais je veux quand même m'en occuper moi-même.

— Pas toute seule. Pas cette fois !

— Vous avez raison. Ce qu'ils ont fait aujourd'hui montre à quel point ils sont dangereux.

— Faut-il que j'appelle Dragon ?

— Non. Je n'irai pas seule, et je compte bien leur poser un ultimatum – rentrer dans le rang ou ficher le camp – ; mais si j'emmène des étrangers avec moi, je ne pourrai pas les convaincre d'abandonner l'Obscurité et de venir avec moi.

Soudain, Lucie s'arrêta comme si elle avait foncé dans un mur.

— Oh, déesse ! C'est ça ! Maintenant que j'ai rencontré les taureaux, je comprends ! Lenobia, ce qui nous arrive après notre mort, et pendant notre résurrection, quand nous sommes maléfiques, assoiffés de sang, est causé par l'Obscurité. Ce doit être aussi ancien que cette religion. Neferet est responsable de ce que nous avons subi, moi et les autres. Elle est liée au mal !

— Malheureusement, cela fait longtemps qu'il n'y a plus de doute à ce sujet.

— Mais comment Neferet est-elle entrée en contact avec l'Obscurité ? Cela fait des siècles que les vampires sont fidèles à Nyx.

— Ce n'est pas parce que les gens cessent de vénérer une divinité qu'elle cesse d'exister. Les forces du bien et du mal évoluent dans une danse intemporelle, sans se soucier des caprices des mortels et des modes.

— Mais Nyx est *la* déesse !

— Nyx est notre déesse. Ne crois pas qu'il n'y a qu'une seule divinité dans un monde aussi complexe que le nôtre.

Lucie poussa un soupir.

— Dit comme ça, je ne peux qu'approuver, mais j'aurais aimé qu'il n'y ait qu'une voie pour le mal.

— Mais alors il n'y aurait qu'une voie pour le bien. N'oublie pas qu'il doit toujours y avoir un équilibre. Tu emmèneras les novices rouges qui t'ont suivie pour aller affronter les autres ?

— Oui.

— Quand ?

— Le plus tôt sera le mieux.

— Il ne reste qu'un peu plus de trois heures avant l'aube, dit Lenobia.

— Ça ne prendra pas beaucoup de temps. Je vais poser aux rebelles une simple question, à laquelle ils devront répondre par oui ou par non.

— Et s'ils disent non ?

— Alors, je ferai en sorte qu'ils ne puissent plus se cacher dans les souterrains, et je me débrouillerai pour qu'ils soient séparés. Je ne pense pas qu'ils soient tous complètement mauvais. Je ne veux pas les tuer. J'ai l'impression que je sombrerais ainsi du côté du mal. Et je ne veux plus jamais que l'Obscurité me touche.

Une image de Rephaïm, ailes dépliées, guéri et puissant, lui traversa l'esprit.

— Je comprends. Je ne suis pas d'accord avec toi, Lucie, mais je comprends. Ton plan présente un intérêt. Si tu les chasses de leur bastion et les obliges à se disperser, ceux qui resteront devront se battre pour survivre et n'auront pas le temps de « s'amuser » avec des humains.

— OK, allons prévenir les novices rouges qu'ils doivent me retrouver dans le parking – tout de suite. Je m'occupe du dortoir.

— Moi, je vais au gymnase et à la cafétéria. Quand je suis venue à ta rencontre, j'ai vu Kramisha qui y allait. Je vais la chercher. Elle sait toujours où sont les autres.

Lucie hocha la tête, et Lenobia partit au pas de course. Seule, la novice se mit à réfléchir. Elle aurait dû penser à ce qu'elle allait dire à cette imbécile de Nicole et à son groupe d'assassins. Mais elle n'arrivait pas à sortir Rephaïm de son esprit.

Pourquoi s'éloigner de lui avait été l'une des choses les plus difficiles de sa vie ?

— Parce qu'il va bien à nouveau, dit-elle à voix haute, avant de regarder autour d'elle.

Heureusement, il n'y avait personne.

Bon, Rephaïm était guéri. Et alors ? Avait-elle cru qu'il serait infirme à jamais ?

« Non ! Je ne veux pas qu'il soit infirme ! » C'était la vérité. Mais ce n'était pas la seule chose qui la perturbait. C'était l'Obscurité qui l'avait guéri – qui l'avait rendu aussi...

Elle ne voulait pas penser à ça ; elle ne voulait pas s'avouer l'effet que lui avait fait Rephaïm, au clair de lune, puissant et entier.

Elle tritura nerveusement une mèche de ses cheveux. De toute façon, ils avaient imprimé. C'était normal qu'il lui fasse cet effet-là. Sauf qu'avec Aphrodite, cela n'avait pas été pareil...

— Oui, eh bien, je ne suis pas attirée par les femmes ! marmonna-t-elle.

Lucie avait *aimé* voir Rephaïm comme ça, fort, beau. Pendant un instant, elle avait aperçu la beauté dans la bête ; il n'était plus un monstre. Il était magnifique, et il était à elle.

Elle s'arrêta. C'était à cause de ce taureau noir de malheur ! Forcément. Il lui avait dit : « *Je peux chasser l'Obscurité, mais alors, tu seras redevable à la Lumière, et ta dette, c'est que tu seras pour toujours attachée à l'humanité dans cette créature — celle que tu veux que je sauve.* » Elle avait répondu oui sans aucune hésitation. Alors, le taureau lui avait fait quelque chose qui l'avait changée.

Mais était-ce réellement la vérité ? Non – les choses avaient changé entre elle et Rephaïm *avant* que le taureau noir apparaisse. C'était arrivé quand Rephaïm avait affronté l'Obscurité pour elle, et accepté de souffrir à sa place.

Rephaïm avait dit qu'elle lui appartenait.

Aujourd'hui, elle avait compris que c'était vrai, et cela la terrifiait encore plus que l'Obscurité.

— Bon, alors, on est tous là ?

— Oui, tout le monde est là, dit Dallas.

— Ce sont eux qui ont tué ces gens en ville, pas vrai ? demanda Kramisha.

— Tu ne peux pas les laisser faire ça, poursuivit Dallas. Ce n'était même pas des SDF.

Lucie poussa un long soupir.

— Dallas, combien de fois devrais-je te dire que cela ne change rien qu'il s'agisse de SDF ou non – ce n'est pas bien de tuer, c'est tout.

— Désolé. Je sais que tu as raison, mais parfois, je me rappelle ce que nous faisions avant, et je m'égare.

Avant... Lucie savait exactement ce qu'il voulait dire : avant qu'elle n'ait retrouvé son humanité grâce au sacrifice d'Aphrodite, avant qu'ils aient le choix entre le bien et le mal. Elle s'en souvenait elle aussi, mais au fil des jours, il lui était de plus en plus facile de chasser ces pensées de son esprit. Alors qu'elle observait Dallas, elle se demanda si c'était différent pour lui – pour ceux qui ne s'étaient pas encore transformés – parce que Dallas faisait souvent ce genre de bourdes.

— Lucie ? Ça va ? demanda-t-il, l'air gêné par son regard insistant.

— Oui, ça va. Je réfléchissais. Bon, voilà ce qui va se passer : je vais retourner dans les souterrains de la gare, *nos* souterrains, et je vais leur donner une dernière chance. S'ils choisissent le bien, ils pourront rester et reprendre les cours avec nous dès lundi. Sinon, il faudra qu'ils se débrouillent tout seuls, ailleurs, car nous allons les déloger de là-bas.

Kramisha sourit.

— On va retourner vivre dans les tunnels !

— Oui, dit Lucie, et elle sut, aux acclamations soulagées, qu'elle avait pris la bonne décision. Je n'en ai pas encore parlé à Lenobia, mais je ne pense pas que ça posera de problème. Nous ferons des allers-retours entre la Maison de la Nuit et les souterrains. Nous devons être sous terre, et même si j'aime beaucoup cette école, je ne m'y sens plus chez moi.

— Je suis d'accord avec toi, petite, déclara Dallas. Mais nous devons tout de suite mettre les choses au clair. Tu n'affronteras pas ces novices toute seule. Je viens avec toi.

— Moi aussi, dit Kramisha. Je me fiche des bobards que tu as racontés aux autres. Je sais que c'est à cause d'eux que tu as failli frire sur ce toit.

— Oui, on en a tous parlé, enchérit l'athlétique Johnny B. Nous ne laisserons pas notre grande prêtresse prendre des risques.

— Si puissante soit-elle, ajouta Dallas.

— Je ne vais pas y aller seule. C'est pour ça que je vous ai convoqués. Nous allons récupérer nos souterrains ensemble et, s'il faut leur mettre une raclée, alors c'est ce qu'on fera. Bon, Johnny B., je veux que tu conduises le Hummer, dit-elle en lui lançant les clés. Prends Ant, Shannoncompton, Montoya, Elliott, Sophie, Geraty et Vénus avec toi. J'emmènerai Dallas et Kramisha dans la Coccinelle de Zoey. Suivez-moi.

— D'accord, mais comment pouvons-nous être sûrs que nous allons les trouver ? Vous savez comment sont ces souterrains, c'est une vraie fourmilière, objecta Ant.

— C'est aussi ce que je me disais, fit Kramisha, et j'ai eu une idée. La voici : ces novices ont déjà essayé de te tuer, pas vrai ?

— C'est vrai.

— Alors, je suppose que, s'ils n'ont pas réussi à se débarrasser de toi la première fois, ils vont vouloir réessayer ?

— Probablement.

— Que feraient-ils s'ils croient que tu es de nouveau seule ?

— Ils viendraient vers moi.

— Dans ce cas, sers-toi de ton affinité avec la Terre pour leur faire savoir que tu es là. Tu peux faire ça, non ?

— Je n'y avais pas pensé, mais oui, c'est possible.

— C'est génial, Kramisha ! s'exclama Dallas.

— Carrément ! dit Lucie. Bon, attendez. Je vais essayer quelque chose.

Elle se dirigea vers deux vieux chênes, au pied desquels se trouvait un banc en fer forgé, et une fontaine entourée par une rangée de pensées jaunes et violettes prises dans la glace. Sous les yeux de ses novices, elle se tourna vers le nord et s'agenouilla devant le plus gros des deux arbres. Elle baissa la tête et se concentra.

— Viens à moi, Terre, murmura-t-elle.

Aussitôt, le sol se réchauffa, et elle sentit un parfum de fleurs sauvages et d'herbes d'été. Elle appuya les mains contre la Terre qu'elle aimait tant, se délectant de sa connexion avec son élément. Emplie de la force de la nature, elle dit :

— Oui, je te reconnais. Je me sens en toi et je te sens en moi. S'il te plaît, fais quelque chose pour moi. Prends un peu de cette magie qui est la nôtre, et déverse-la dans le sous-sol de la gare, comme si j'étais là-bas, de façon que tous ceux qui y vivent croient en ma présence.

Elle ferma les yeux et imagina une lumière verte et luisante quittant son corps et pénétrant dans la Terre, puis s'introduisant dans les souterrains, juste devant sa chambre.

— Merci, Terre. Tu peux partir, maintenant.

Lorsqu'elle rejoignit ses novices, ils la dévisageaient tous, les yeux écarquillés.

— Quoi ? demanda-t-elle.

— C'était incroyable ! souffla Dallas.

— Oui, tu étais toute verte et brillante, ajouta Kramisha. Je n'avais jamais vu une chose pareille.

— C'était trop cool, dit Johnny B., pendant que tous les autres hochaient la tête en souriant.

Lucie leur rendit leur sourire. Elle avait vraiment l'impression d'être une vraie grande prêtresse.

— En tout cas, je suis quasiment sûre que ça a marché.

— Tu crois ? demanda Dallas.

— Je crois, oui.

Ils échangèrent un regard, et Lucie frissonna. Elle se reprit et se concentra.

— Bon, allons-y.

Quand les novices se furent installés dans les deux véhicules, Dallas posa le bras sur les épaules de Lucie, puis l'attira contre lui. Elle se laissa faire.

— Je suis fier de toi, petite.

— Merci, dit-elle en glissant la main dans la poche arrière de son jean.

— Et je suis content que tu nous emmènes avec toi, cette fois.

— C'est la meilleure chose à faire. Nous sommes plus forts ensemble.

Devant la Coccinelle, il s'arrêta et la prit dans ses bras.

— C'est vrai, petite, nous sommes plus forts ensemble, murmura-t-il contre ses lèvres.

Alors, il l'embrassa avec une passion et une possessivité qui la surprirent. Sans même s'en rendre compte, elle lui rendit son baiser – retrouvant avec bonheur le contact de son corps, familier et parfaitement normal.

— Prenez une chambre, lança Kramisha depuis la voiture.

Lucie gloussa, un peu étourdie, en se disant qu'elle ne pouvait même pas embrasser l'autre. Dallas la laissa se dégager, à contrecœur, et elle s'assit à la place du conducteur.

— Une chambre, ça me paraît très bien, souffla-t-il en croisant son regard.

Lucie se sentit rougir, et un autre gloussement lui échappa.

— J'ai entendu ! grommela Kramisha. Et tout ce que j'ai à dire, c'est que vous feriez mieux de penser aux novices qui égorgent des humains, au lieu de flirter.

Dallas lui adressa un petit sourire insolent.

— Je peux faire plusieurs choses à la fois, dit Lucie avec un petit rire.

— Peu importe, fit Kramisha. Allons-y. J'ai un drôle de pressentiment.

Lucie reprit aussitôt son sérieux et lui jeta un coup d'œil dans le rétroviseur tout en démarrant.

— Un drôle de pressentiment ? Tu as écrit un autre poème ?

— Non, et je ne parle pas de ces novices.

Lucie lui fit les gros yeux.

— De quoi tu parles, alors ? demanda Dallas.

Kramisha regarda Lucie d'un air entendu avant de lui répondre.

— De rien. C'est juste de la parano. Et le fait que vous vous léchiez le visage au lieu de vous concentrer sur nos affaires n'arrange pas les choses.

— Je suis concentrée ! protesta Lucie en détournant le regard.

— Oui, n'oublie pas que ma copine est une grande prêtresse, intervint Dallas. Elle peut gérer plein de trucs à la fois.

— Hum, hum, fit Kramisha d'un ton méprisant.

Le trajet jusqu'à la gare fut rapide et silencieux. La présence de Kramisha mettait Lucie mal à l'aise. « Elle sait pour Rephaïm ! » Cette pensée se faufila dans son esprit, et elle la chassa aussitôt. Kramisha ne savait rien, juste qu'il y avait un autre garçon. Personne n'était au courant.

À part les novices rouges.

La panique s'insinua en elle. Qu'allait-elle faire si Nicole ou l'un des autres parlait de Rephaïm à son groupe de fidèles ? Elle imaginait bien la scène ! Nicole serait haineuse et grossière ; eux seraient choqués. Ils ne croiraient jamais...

Soudain, elle trouva la solution à son problème : ses amis ne croiraient pas qu'elle avait imprimé avec un Corbeau Moqueur. Jamais ! Elle n'aurait qu'à nier. Il n'y avait aucune preuve. Son sang avait une drôle d'odeur ? Elle avait déjà fourni une explication : l'Obscurité en avait bu. Kramisha la croyait, et Lenobia aussi. Les autres la croiraient également. Ce serait sa parole, la parole d'une grande prêtresse, contre celle d'une bande de novices qui avaient mal tourné et qui avaient essayé de la tuer.

Et si certains d'entre eux choisissaient le bien ce soir et restaient avec eux ?

« Alors, il faudra qu'ils se taisent, ou ils devront dégager », pensa-t-elle en se garant sur le parking de la gare. Elle rassembla ses troupes autour d'elle.

— OK, on y va. Surtout, ne les sous-estimez pas.

Sans un mot, Dallas se plaça à sa droite, et Johnny B. à sa gauche. Les autres les suivaient de près quand ils poussèrent la grille pour entrer dans la gare abandonnée de Tulsa.

L'endroit n'avait pas beaucoup changé depuis l'époque où ils vivaient là. Il y avait peut-être un peu plus de déchets, mais c'était toujours aussi froid et sombre.

Ils se dirigèrent vers le fond de la pièce, d'où l'on pouvait rejoindre les souterrains.

— Tu vois quelque chose ? demanda Dallas.

— Bien sûr, mais j'allumerai les torches dès que je trouverai des allumettes pour que vous puissiez voir, vous aussi.

— J'ai un briquet, dit Kramisha en fouillant dans son énorme sac.

— Kramisha ! Ne me dis pas que tu fumes.

— Non, je ne fume pas. Ne sois pas stupide. Mais j'aime être préparée à tout. Et un briquet peut s'avérer bien pratique parfois – comme maintenant.

Lucie s'apprêtait à descendre l'échelle en métal quand Dallas la prit par le bras.

— Non, je vais passer le premier. Ce n'est pas moi qu'ils veulent tuer.

— Je te suis, annonça Johnny B.

Quand ils furent tous les deux en bas, elle les rejoignit et les fit attendre au pied de l'échelle tandis qu'elle allumait l'une des lanternes à kérosène qu'elle avait elle-même accrochées à des clous sur les murs incurvés du souterrain. Puis elle se tourna vers ses amis en souriant.

— Voilà ! C'est mieux, non ?

— Bien joué, petite ! dit Dallas avant de lui faire signe de se taire. Vous entendez ça ?

Lucie regarda Johnny B., qui secouait la tête en aidant Kramisha à descendre.

— Quoi ? demanda Lucie.

Dallas appuya les mains contre le mur en béton.

— Ça, répondit-il, comme hypnotisé.

— Dallas, on ne te suit pas, là, dit Kramisha.

— Je n'en suis pas sûr, mais j'ai l'impression que j'entends le bruit des lignes électriques.

— C'est bizarre, fit Kramisha.

— Tu as toujours été très doué pour l'électricité et tous ces trucs de mecs, dit Lucie.

— Oui, mais ça ne m'a jamais fait ça. Tu te rends compte ? J'entends l'électricité qui passe dans les câbles !

— C'est peut-être une sorte d'affinité, dont tu ne t'étais pas rendu compte avant parce que ça te paraissait normal.

— Mais l'électricité n'a rien à voir avec la déesse ! Comment pourrait-il s'agir d'une affinité ? objecta Kramisha en regardant Dallas d'un air soupçonneux.

— Pourquoi pas ? demanda Lucie. J'ai déjà vu des trucs plus bizarres qu'un novice doté d'une affinité avec l'électricité. Par exemple, un taureau blanc personnifiant le mal.

— Tu n'as pas tort, concéda Kramisha.

— Alors, j'aurais vraiment une affinité ? lâcha Dallas, hébété.

— Bien sûr, répondit Lucie.

— Si c'est vrai, ça pourrait s'avérer utile, commenta Johnny B. en aidant Shannoncompton et Vénus à descendre à leur tour.

— Utile ? Comment ça ?

— Par exemple, pour savoir si ces satanés novices rouges ont utilisé l'électricité récemment, suggéra Kramisha.

— Je vois.

Dallas appuya de nouveau les mains contre le mur et ferma les yeux. Au bout de quelques secondes, il les rouvrit en poussant un petit cri.

— Oui, ils s'en sont servis ! À vrai dire, ils s'en servent en ce moment même. Ils sont dans la cuisine.

— Alors, c'est là où nous allons, décida Lucie.

CHAPITRE VINGT-DEUX

Lucie

— Bon, ça commence à m'agacer, dit Lucie en donnant un coup de pied dans une énième canette de soda.

— C'est une vraie décharge ici, grimaça Kramisha.

— Si je me salis, je sens que je vais m'énerver, dit Vénus.

— Te salir, toi ? lança Kramisha. Tu as vu ce qu'ils ont fait de ma chambre ?

— Arrêtez et essayez de vous concentrer ! lança Dallas en laissant traîner sa main sur le mur.

Plus ils s'approchaient de la cuisine, plus il était agité.

— Dallas a raison, dit Lucie. D'abord, on doit les mettre dehors, et ensuite, on fera le ménage ici.

— Certains magasins ont encore le numéro de la carte bleue d'Aphrodite dans leurs dossiers, dit Kramisha.

— Ouf ! Voilà qui permettra de réparer les dégâts, fit Vénus, visiblement soulagée.

— Ma pauvre Vénus, tu auras besoin de bien plus qu'une carte bleue pour réparer les dégâts, dit une voix dégoulinant de sarcasme. Regarde-toi : tu es docile et barbante. Et moi qui pensais que tu avais du potentiel !

Tout le monde se figea.

— Moi, docile et barbante ? siffla Vénus. Alors, pour toi, être cool, ça revient à égorger les gens ? C'est répugnant !

— Hé, ne critique pas ce que tu n'as jamais essayé, dit Nicole en repoussant la couverture qui servait de porte entre le couloir et la cuisine.

Sa silhouette se découpait sur la lumière brillant à l'intérieur. Elle avait l'air plus fine, plus dure que dans le souvenir de Lucie. Starr et Kurtis se tenaient derrière elle ; plus loin, une bonne dizaine de novices aux yeux rouges les regardaient d'un air mauvais.

Lucie fit un pas en avant. Nicole la défia du regard.

— Je vois que tu as encore envie de jouer ?

— Je ne joue pas, Nicole. Et toi aussi, tu vas arrêter de jouer !

— Tu n'as pas à nous dire ce qu'on doit faire ! explosa Nicole.

Starr et Kurtis montrèrent les crocs et rugirent, imités par les autres.

Alors, Lucie la vit. Elle flottait sous le plafond, au-dessus des novices rebelles, tel un nuage, un fantôme menaçant.

L'Obscurité...

Elle ravala sa peur et se concentra. Il fallait qu'elle mette un terme à tout ça, avant que l'Obscurité ne renforce encore son emprise sur eux.

Elle inspira profondément.

— Terre, viens à moi !

Elle sentit le sol sous ses pieds se réchauffer, et elle se tourna vers Nicole.

— Comme toujours, tu te trompes, Nicole. Je n'ai pas l'intention de te dire ce que vous devez faire, déclara-t-elle d'une voix calme.

Elle devina aux yeux écarquillés de Nicole qu'elle devait avoir pris la même couleur verte que tout à l'heure, et elle leva les mains en l'air, attirant encore plus d'énergie.

— Je vais vous donner le choix, et vous en subirez les conséquences. Comme nous tous.

— Et si vous filiez à la Maison de la Nuit, bande de mauviettes, retrouver ces minables qui se font appeler vampires ?

— Ho ! Je ne suis pas une mauviette, dit Dallas en se rapprochant de Lucie.

— Moi non plus, gronda Johnny B.

— Nicole, je ne t'ai jamais beaucoup aimée. J'ai toujours supposé que tu étais une garce. Maintenant, j'en suis sûre, dit Kramisha en faisant elle aussi un pas vers Lucie. Et je déteste ta façon de parler à notre grande prêtresse.

— Je n'en ai rien à foutre, de ce que tu aimes ou pas. Et ce n'est pas ma grande prêtresse ! hurla Nicole en postillonnant.

— Beurk ! fit Vénus. Ça t'enlaidit drôlement, de jouer la méchante.

— Le pouvoir n'est jamais laid, et j'ai du pouvoir ! cracha Nicole.

Lucie n'avait pas besoin de lever les yeux pour savoir que l'Obscurité tapie contre le plafond de la cuisine était de plus en plus épaisse.

— OK, ça suffit ! lança-t-elle. De toute évidence, tu es incapable d'être gentille, alors je dois accomplir mon devoir. Voilà ce que j'ai à vous dire.

Elle regarda les novices regroupés derrière la meneuse, espérant de tout son cœur qu'elle parviendrait à toucher au moins l'un d'eux.

— Vous pouvez embrasser la Lumière. Alors, vous choisirez le bien et la déesse, et vous resterez ici avec nous. Nous reprendrons les cours à la Maison de la Nuit dès lundi, mais nous vivrons au sein de la Terre, là où nous nous sentons bien. En revanche, si vous choisissez l'Obscurité…

Nicole sursauta quand Lucie nomma le mal.

— Oui, je suis au courant, continua Lucie. Et je vous assure que s'y frotter est une grave erreur. Mais si c'est votre choix, vous devrez partir, et ne jamais revenir.

— Tu ne peux pas nous forcer à faire ça ! s'écria Kurtis.

— Oh si ! répondit Lucie.

Elle leva les mains.

— Et je ne serai pas la seule. Lenobia va parler de vous au conseil supérieur. Vous serez officiellement bannis de toutes les Maisons de la Nuit du monde.

— Hé, Nicole, c'est vrai que tu as une sale tête ! dit Kramisha. Comment te sens-tu ? Combien d'entre vous toussent et perdent des forces ? Ça fait un moment que vous n'avez pas été en compagnie de vampires, n'est-ce pas ?

— Oh déesse ! s'exclama Lucie. J'avais complètement oublié ça. Alors, lequel de vous veut mourir, une fois encore ?

— Oui, vous risquez de mourir si vous n'êtes pas entourés de vampires, continua Johnny B.

— Vous êtes évidemment au courant, puisque vous êtes déjà morts une fois, enfonça le clou Kramisha. Vous voulez recommencer ?

— Vous devez donc tous faire un choix, conclut Lucie, les poings serrés.

— Ce qui est sûr, c'est qu'on ne veut pas de toi comme grande prêtresse ! cracha Nicole. Et vous feriez comme nous si vous connaissiez la vérité sur elle. Je parie qu'elle ne vous a pas avoué qu'elle avait aidé un Corbeau Moqueur !

— Tu es une menteuse, dit Lucie en soutenant son regard.

— Comment savez-vous qu'il y a un Corbeau Moqueur à Tulsa ? demanda Dallas.

— Il était ici, puant ta chère prêtresse, qui lui a sauvé la vie. C'est comme ça qu'on a réussi à la coincer sur le toit. Elle était montée là-haut pour se porter au secours de son chouchou !

— N'importe quoi ! éclata Dallas en posant la main contre le mur en ciment.

Lucie vit ses cheveux se dresser à cause de l'électricité statique.

— Waouh ! Tu les as super bien embobinés ! persifla Nicole.

— Ça suffit ! lança Lucie. Faites votre choix. Maintenant. Lumière ou Obscurité ?

— Notre choix est déjà fait, déclara Nicole en sortant un pistolet de sous sa chemise.

Elle le pointa sur le front de Lucie.

Lucie vécut un instant de terreur ; puis elle entendit un déclic, et vit que Kurtis et Starr visaient Dallas et Kramisha. Furieuse, elle passa à l'action.

— Protége-les, Terre ! s'écria-t-elle.

Elle écarta les bras et ouvrit les poings, imaginant le pouvoir de la Terre les envelopper comme un cocon. Autour d'elle, l'air prit une couleur vert mousse. Et, alors que la barrière se manifestait, Lucie vit l'Obscurité qui s'accrochait au plafond frémir, puis disparaître.

— Oh, non ! hurla Dallas. Tu ne vas pas me menacer, espèce de minable !

Il ferma les yeux et posa les deux mains sur le mur. Il y eut un craquement. Aussitôt Kurtis gémit et lâcha son arme. Au même instant, Nicole hurla – un cri brut, primaire, qui ressemblait plus au rugissement d'un animal enragé qu'à la voix humaine, et elle appuya sur la détente.

Le bruit assourdissant se répercuta en échos si nombreux que Lucie ne savait plus combien de coups avaient été tirés. C'était une avalanche de sons, de fumée et de sensations.

Elle n'entendit pas les cris des rebelles quand les balles ricochèrent sur la barrière protectrice dressée par la Terre et s'enfoncèrent dans leurs corps, mais elle vit Stari tomber et une tache rouge fleurir sur sa tête. Deux autres s'écroulèrent.

Alors, ce fut le chaos. Les novices indemnes se bousculèrent sauvagement en essayant de s'enfuir.

Nicole n'avait pas bougé. Elle tenait son pistolet déchargé, les yeux écarquillés, et appuyait toujours sur la gâchette.

— Non ! s'écria Lucie. Tu en as assez fait !

Suivant son instinct, elle tapa dans ses mains, et un trou béant s'ouvrit au fond de la cuisine.

— Va-t'en et ne reviens jamais !

Telle une déesse vengeresse, Lucie projeta sa force sur Nicole, Kurtis et les autres. Une vague de puissance déferla dans la pièce, les emportant tous dans le nouveau souterrain. Alors que Nicole lui lançait des jurons, Lucie leva la main.

— Emporte-les loin d'ici, et referme ce trou derrière eux. S'ils ne partent pas, enterre-les vivants, dit-elle d'une voix magnifiée par son élément.

Avant que le boyau ne se referme, elle entendit Nicole hurler à Kurtis de bouger ses grosses fesses. Puis ce fut le silence.

— Allez !

Sans se laisser le temps de réfléchir, Lucie entra dans la cuisine et se dirigea vers les corps ensanglantés des novices. Il y en avait cinq. Trois, dont Starr, avaient été tués par les balles déviées de Nicole. Les deux autres avaient été piétinés.

— Ils sont tous morts, constata-t-elle, avec un calme qui l'étonna.

— Johnny B., Elliott, Montoya et moi allons nous en débarrasser, dit Dallas en lui pressant l'épaule.

— Il faut que je vienne avec vous. Je vais les enterrer, mais je ne veux pas faire ça ici, à l'endroit où nous allons vivre.

— OK, comme tu voudras, fit-il en lui touchant doucement le visage.

— Tiens, enveloppez-les dans ces sacs de couchage, dit Kramisha en se dirigeant vers le placard.

Un bruit attira l'attention de Lucie vers l'entrée, où Vénus, Sophie et Shannoncompton se tenaient, livides. Sophie sanglotait doucement, mais aucune larme ne coulait sur ses joues.

— Allez nous attendre dans le Hummer, ordonna Lucie. On va rentrer à l'école. On ne dormira pas ici ce soir. OK ?

Les trois filles hochèrent la tête et s'éloignèrent en se tenant par la main.

— Elles vont avoir besoin d'une assistance psychologique, remarqua Kramisha.

— Et pas toi ?

— Non. J'ai fait du bénévolat aux urgences de St John autrefois. J'ai vu bien pire.

Regrettant de ne pas avoir autant d'expérience que sa camarade, Lucie serra les dents et essaya de ne pas réfléchir alors qu'elle mettait les cinq corps dans des sacs de couchage, puis suivait les garçons grognant sous le poids des cadavres dans le bâtiment principal de la gare. Ils se dirigèrent vers un coin désert près des rails. Lucie s'agenouilla et posa les mains contre la Terre.

— Ouvre-toi, s'il te plaît, et accepte ces novices en ton sein.

Le sol frémit, comme la peau d'un animal, puis s'ouvrit, formant une crevasse profonde.

— Mettez-les à l'intérieur, dit-elle aux garçons, qui s'exécutèrent en silence, l'air sombre. Nyx, je sais que ces novices ont fait de mauvais choix, mais je ne pense pas que c'était uniquement leur faute. En tant que leur grande prêtresse, je te demande de leur montrer de la bienveillance, et de leur donner la paix qu'ils n'ont pas connue ici. Referme-toi, Terre.

Quand Lucie se releva, elle avait l'impression d'avoir cent ans. Dallas essaya de la prendre dans ses bras, mais elle se dégagea et lança :

— Dallas et Johnny B., faites un tour pour vous assurer que tous les novices rebelles ont bien compris qu'ils n'étaient plus les bienvenus ici. Je serai dans la cuisine. Retrouvez-moi là-bas.

— On s'en charge, petite, dit Dallas.

— Les autres, retournez au Hummer.

Sans un mot, ses camarades partirent en direction du parking. Lentement, Lucie rentra dans la gare et descendit dans la cuisine pleine de sang. Kramisha était toujours là. Elle avait trouvé de grands sacs-poubelle et les remplissait de déchets en marmonnant dans sa barbe. Sans rien dire, Lucie prit un autre sac et se joignit à elle.

— OK, tu peux y aller maintenant, fit-elle quand elles eurent terminé. Je vais enlever ce sang.

Kramisha étudia le sol en terre.

— Il ne pénètre même pas.

— Oui, je sais. Je vais m'en occuper.

Kramisha la regarda dans les yeux.

— Hé, même si tu es notre grande prêtresse, tu dois comprendre que tu ne peux pas tout arranger.

— Je pense qu'une bonne grande prêtresse est censée tout arranger.

— Je pense qu'une bonne grande prêtresse ne doit pas se reprocher ce qu'elle ne peut pas contrôler.

— Tu ferais une bonne grande prêtresse, Kramisha.

— J'ai déjà un job ! N'essaie pas de me rajouter du boulot. J'ai bien assez de mal à gérer ces satanés poèmes prophétiques.

Lucie sourit.

— Tu sais que c'est Nyx qui décide.

— Oui, eh bien, il va falloir qu'on cause, elle et moi ! Je te retrouve dehors.

— Terre, viens à moi, s'il te plaît, murmura Lucie quand elle fut seule.

Lorsqu'elle sentit la chaleur sous ses pieds, elle tendit les mains, paumes tournées vers le sol.

— C'est à toi que le sang de tout ce qui vit revient à la fin. S'il te plaît, absorbe celui de ces jeunes gens qui n'auraient pas dû mourir.

Le sol de la cuisine devint poreux et, telle une éponge géante, absorba les taches cramoisies. Quand elles eurent toutes disparu, les genoux de Lucie se mirent à flageoler, et elle s'assit lourdement par terre. Puis elle se mit à pleurer.

C'est ainsi que Dallas la trouva, tête baissée, le visage entre les mains, versant des larmes de culpabilité et de tristesse.

Elle ne l'avait pas entendu entrer. Il s'assit à son côté, la prit dans ses bras et lui caressa les cheveux, la berçant comme si elle était une petite fille.

Ses sanglots se transformèrent en hoquets, qui finirent par s'arrêter. Elle s'essuya le visage avec sa manche, puis posa la tête sur l'épaule du garçon.

— Les autres attendent dehors. Il faut qu'on y aille.

— Non, on peut prendre notre temps. Je les ai tous renvoyés en Hummer. Je leur ai dit qu'on prendrait la voiture de Zoey.

— Même Kramisha ?

— Même Kramisha. Mais elle s'est plainte de devoir s'asseoir sur les genoux de Johnny B.

Lucie se surprit elle-même en éclatant de rire.

— Je parie qu'il ne s'est pas plaint, lui.

— Non. Je pense qu'ils s'aiment bien.

— Tu crois ? demanda-t-elle en le regardant dans les yeux.

Il lui sourit.

— Oui, et je suis assez doué quand il s'agit de dire qui aime qui.

— Oh, vraiment ? Qui, par exemple ?

— Par exemple, toi et moi, petite, répondit-il avant de l'embrasser.

Lucie eut soudain l'impression d'être une torche à la combustion incontrôlée. Peut-être cela venait-il du fait qu'ayant été si proche de la mort, elle avait besoin d'être aimée pour se sentir vivante. Ou peut-être que la frustration qui bouillonnait en elle depuis la première fois que Rephaïm lui avait parlé avait débordé : et que c'était Dallas qui allait en faire les frais. Oui, Lucie était en feu, et il lui fallait Dallas.

Elle tira sur son tee-shirt.

— Enlève-le, murmura-t-elle contre ses lèvres.

Il obéit. Pendant ce temps, Lucie ôta le sien et posa ses bottes, puis détacha sa ceinture. Elle croisa son regard interrogateur.

— Je veux le faire avec toi, Dallas. Maintenant.
— Tu es sûre ?
— Oui. Maintenant.
— OK. Maintenant.

Quand leurs corps nus entrèrent en contact, Lucie crut qu'elle allait exploser. Voilà ce qu'il lui fallait ! Sa peau était ultrasensible, et partout où Dallas la touchait, il la brûlait, mais c'était très, très agréable. Elle en avait besoin pour effacer tout le reste : Nicole, les novices morts, sa peur pour Zoey, Rephaïm.

Surtout Rephaïm.

Quand Dallas la serrait dans ses bras, le Corbeau Moqueur disparaissait. Bien sûr, leur Empreinte existait toujours – Lucie ne pourrait jamais l'oublier – mais à cet instant, alors que la peau lisse, humaine de Dallas se frottait contre la sienne, Rephaïm lui paraissait très loin. C'était comme s'il s'éloignait d'elle... comme s'il la laissait partir.

— Tu peux me mordre, si tu veux, souffla Dallas à son oreille. J'en ai envie.

Il se déplaça pour que son cou soit contre ses lèvres. Elle l'embrassa, le lécha, sentant son pouls. Puis elle posa son ongle à l'endroit parfait pour percer sa peau et boire son sang. Dallas gémit, anticipant la suite. Elle pouvait lui donner du plaisir, et en prendre en même temps. Cela marchait ainsi – c'était comme ça que les choses devaient se passer. Ce serait rapide, facile, et vraiment, vraiment bon.

« Si je bois son sang, mon Empreinte avec Rephaïm se brisera », songea Lucie. Cela la fit hésiter. « Non, une grande prêtresse peut avoir un compagnon et un consort », se dit-elle.

Mais c'était faux. Elle savait, tout au fond d'elle, que son Empreinte avec Rephaïm était unique. Elle échappait aux règles qui liaient habituellement un vampire à son consort. Elle était puissante, incroyablement puissante. Et peut-être était-ce à cause de cette force extraordinaire qu'elle ne pouvait pas imprimer avec un autre garçon.

« Si je bois le sang de Dallas, mon Empreinte avec Rephaïm se brisera », se répéta-t-elle.

Elle en était certaine.

Qu'adviendrait-il alors de la dette qu'elle avait accepté de payer ? Et elle-même ? Pourrait-elle rester sensible à l'humanité de Rephaïm sans leur Empreinte ?

Elle n'eut pas le temps de répondre à cette question, car à ce moment, derrière eux, comme appelé par ses pensées, Rephaïm hurla :

— Ne nous fais pas ça, Lucie !

CHAPITRE VINGT-TROIS

Rephaïm

Rephaïm sentait la colère de Lucie et se demandait si elle était dirigée contre lui. Il se concentra sur elle, permettant au lien de sang qui les attachait l'un à l'autre de se renforcer. Encore de la colère. Sa force le surprit, même s'il sentait qu'elle essayait de se maîtriser.

Non. Ce n'était pas lui qui la mettait dans cet état. Il s'agissait de quelqu'un d'autre.

Il plaignait le pauvre fou. S'il avait été un être plus vil, il aurait ri sournoisement et souhaité bonne chance au malheureux.

Il se ressaisit : il était grand temps qu'il chasse Lucie de ses pensées.

Il volait toujours vers l'est, battant l'air nocturne de ses ailes puissantes, se délectant de sa liberté.

Il n'avait plus besoin d'elle. Il était guéri. Il était fort. Il était redevenu lui-même.

Il n'avait pas besoin de la Rouge. Elle n'était que l'outil de sa survie. D'ailleurs, la réaction qu'elle avait eue en le voyant de nouveau entier prouvait que leur lien était coupé.

Il ralentit, se sentant alourdi par ses pensées. Il se posa sur une petite colline couverte de vieux chênes palustres. Il se tourna dans la direction de Tulsa, perdu dans ses réflexions.

« Pourquoi m'a-t-elle rejeté ? »

Lui avait-il fait peur ? Cela paraissait très improbable. Elle l'avait déjà vu en pleine forme quand il avait pénétré dans le cercle pour affronter l'Obscurité.

Pour elle, il avait affronté l'Obscurité !

Il frotta distraitement la base de ses ailes. La peau était lisse sous ses doigts. Il ne restait aucune blessure physique. Lucie l'avait complètement guéri.

Et ensuite, elle l'avait rejeté comme si elle avait vu en lui le monstre, et non pas l'homme.

« Mais elle savait bien que je ne suis pas un homme ! Pourquoi s'éloigner de moi après tout ce que nous avons vécu ensemble ? »

La conduite de la Rouge le laissait perplexe. Elle l'avait appelé quand elle avait craint pour sa vie – quand elle avait été effrayée au point de ne plus raisonner.

Il avait répondu à son appel, et il l'avait sauvée.

Il avait dit qu'elle lui appartenait.

Et ensuite, en larmes, elle s'était enfuie. Oui, il avait vu ses larmes, sans comprendre ce qu'il avait fait pour les causer.

Avec un cri de frustration, il leva les mains en l'air, et le clair de lune se refléta sur ses paumes. Il se figea. Il regarda ses bras comme s'il les voyait pour la première fois. C'était ceux d'un homme. Il l'avait même enlacée quoique brièvement, quand il s'était porté à son secours sur le toit. Sa peau n'était pas différente de la sienne. Peut-être un peu plus foncée, mais à peine. Et ses bras étaient forts... harmonieux...

Il se secoua. Bon sang, mais qu'est-ce qui n'allait pas chez lui ? Peu importait ce à quoi ils ressemblaient. Elle ne serait jamais vraiment à lui. Comment pouvait-il même l'imaginer ? C'était inconcevable, même dans ses rêves les plus fous.

Soudain, les mots de l'Obscurité résonnèrent dans son esprit : « *Tu es le fils de ton père. Comme lui, tu as choisi de défendre un être qui ne te donnera jamais ce que tu désires le plus.* »

— Père a défendu Nyx, et elle l'a rejeté. Et j'ai moi aussi défendu quelqu'un qui me rejette.

Il s'élança dans le ciel. Il voulait toucher la lune – ce croissant symbolisant la déesse qui avait brisé le cœur de son père et déclenché la chaîne d'événements auxquels il devait la vie. Peut-être que, s'il atteignait la lune, la déesse lui donnerait une explication sensée, qui apaiserait son cœur… « l'Obscurité avait raison. Ce que je désire le plus, Lucie ne pourra jamais me le donner. Car ce que je désire, c'est l'amour… »

Il n'aurait pu dire ce mot à voix haute, mais cette pensée le consumait. Il était le fruit de la violence, un mélange de luxure, de peur et de haine. Surtout de haine.

Ses ailes battaient l'air, l'emmenant toujours plus haut.

L'amour lui était interdit. Il ne devrait pas le désirer. Il ne devrait même pas y songer.

Et pourtant. Depuis que Lucie était entrée dans sa vie, il ne pouvait s'en empêcher.

Elle l'avait traité avec bonté, et cela avait été tout nouveau pour lui.

Elle avait été douce avec lui, elle avait bandé ses plaies, soigné son corps. Avant la nuit où elle l'avait aidé, personne n'avait jamais pris soin de lui. La compassion… Elle lui avait fait connaître la compassion.

Et puis, avant elle, il n'avait jamais ri.

Les yeux rivés sur la lune, il pensait à ses bavardages incessants, à ses yeux pétillants d'humour, même quand il ne savait pas ce qu'il avait fait pour l'amuser. Il réprima un rire inattendu.

Lucie le faisait rire.

Elle n'avait pas paru se soucier qu'il soit le fils puissant d'un immortel indestructible. Elle l'avait traité comme s'il était n'importe qui – une personne normale, mortelle, capable d'amour, d'humour et d'émotions.

Et il en avait, des émotions ! C'était Lucie qui les avait éveillées.

Était-ce ce qu'elle avait prévu depuis le début ? Quand elle lui avait fait quitter l'abbaye, elle lui avait dit qu'il devait choisir. Était-ce de cela qu'elle avait parlé : d'une vie où le rire et la compassion, et peut-être même l'amour, existaient vraiment ?

Et son père, alors ? Que se passerait-il si Rephaïm choisissait une autre vie et que Kalona revenait dans ce monde ?

Ça, il s'en préoccuperait le moment venu. Si cela arrivait.

Rephaïm ralentit. Il ne pourrait pas toucher la lune. C'était impossible, tout comme il était impossible qu'une créature comme lui soit aimée. Alors, il se rendit compte qu'il ne volait plus vers l'est. Il avait fait demi-tour et rebroussait chemin.

Il retournait à Tulsa.

Il s'efforçait de ne pas réfléchir, pour garder l'esprit clair. Il ne voulait ressentir que la nuit sous ses ailes, que le vent frais contre sa peau.

Mais Lucie s'introduisit de nouveau dans ses pensées.

Il perçut sa tristesse. La Rouge pleurait ! Il ressentait ses sanglots comme si c'était son propre corps qu'ils secouaient.

Il accéléra. Pourquoi pleurait-elle ? À cause de lui, encore ?

Il survola le Gilcrease Museum sans ralentir. Elle n'était pas là. Il savait qu'elle était plus loin, plus au sud.

Alors, la tristesse de Lucie se transforma en quelque chose qui le laissa d'abord perplexe. Puis, quand il comprit de quoi il s'agissait, son sang se mit à bouillir.

Du désir ! Lucie était dans les bras de quelqu'un d'autre !

Il ne raisonnait plus comme une créature appartenant à deux dimensions, mi-bête, mi-animal. Il ne se souvenait pas qu'il était issu d'un viol et qu'il avait été condamné à ne rien connaître d'autre que l'obscurité, la cruauté, et l'obéissance à son père guidé par la haine. Il ne raisonnait plus du tout. Il ressentait. Si Lucie se donnait à un autre, il la perdrait pour toujours.

Et s'il la perdait, son monde redeviendrait cet endroit sombre, solitaire et sans joie qu'il avait connu avant de la rencontrer.

Cela, il ne pourrait le supporter.

Il ne demanda pas au sang de son père de le conduire jusqu'à Lucie. Non, il évoqua l'image enfouie en lui d'une jeune Cherokee au visage doux qui n'avait pas mérité de mourir dans un flot de sang et de souffrance. Gardant l'image de sa mère en tête, il suivit son instinct et son cœur.

Ils le conduisirent aux abords de la gare.

La vue de ces lieux lui donna la nausée. Pas seulement parce qu'il se rappelait le moment où Lucie avait failli y mourir. Il les détestait parce qu'il la sentait là, sous la Terre, et qu'il savait qu'elle était dans les bras de quelqu'un d'autre.

Il arracha la grille et traversa le sous-sol à toute vitesse. Suivant le lien qui l'attachait à elle, il s'engagea dans les souterrains familiers. Il avait le souffle court. Son sang battait dans tout son corps, nourrissant sa colère et son désespoir.

Lorsqu'il finit par la trouver, le garçon était sur elle, complètement indifférent au reste du monde. Quel imbécile ! Il aurait dû l'arracher à elle. Il en avait envie. La bête en lui pouvait jeter ce novice contre le mur, encore et encore, jusqu'à ce qu'il soit en sang, meurtri, et ne représente plus aucune menace.

L'homme en lui avait envie de pleurer.

Submergé par des sentiments qu'il ne pouvait ni comprendre ni contrôler, il restait figé, paralysé par l'horreur et la haine, par le désir et le désespoir. Lucie s'apprêtait à boire le sang du garçon, et Rephaïm était sûr qu'elle allait briser leur Empreinte. Or, il ne voulait pas cela.

Alors, sans même y penser, il s'écria : « Ne nous fais pas ça, Lucie ! »

Le garçon réagit plus vite qu'elle. Il bondit et la poussa, nue, derrière lui.

— Dégage de là, espèce de monstre !

À la vue de ce novice protégeant *sa* Lucie, une vague de jalousie furieuse se déversa en Rephaïm.

— Va-t'en, gamin ! Nous n'avons pas besoin de toi ici ! siffla-t-il en prenant une posture défensive.

Il fit un pas vers son rival.

— Qu'est-ce que... ? commença Lucie en secouant la tête.

Elle attrapa le tee-shirt de Dallas qui traînait par terre et l'enfila à la hâte.

— N'aie pas peur, Lucie, s'écria le garçon. Je ne le laisserai pas t'approcher.

Rephaïm avança vers le garçon, qui recula, poussant Lucie derrière lui. Elle écarquilla les yeux quand elle le vit vraiment.

— Non ! s'écria-t-elle. Non, tu ne peux pas être là !

Ces mots firent à Rephaïm l'effet d'un coup de poignard.

— Et pourtant je suis là ! hurla-t-il, furieux.

Le garçon reculait toujours. Rephaïm le suivit dans la cuisine. Alors, un mouvement attira son attention, et il leva les yeux.

L'Obscurité s'agitait au-dessus du plafond tel un nuage noir.

Il reporta son attention sur Lucie et le novice. Il ne voulait pas envisager la possibilité que le taureau blanc soit venu réclamer le reste de sa dette.

— Ne bouge pas ! lança le garçon en essayant de le chasser d'un geste de la main, comme s'il était un oiseau gênant ayant pénétré à l'intérieur d'une maison.

— Poussssse-toi, siffla le Corbeau Moqueur. Tu m'empêches d'atteindre cccce qui est à moi !

Entendre ce sifflement bestial dans sa voix lui faisait horreur, mais il n'avait pu le réprimer. Ce garçon lui faisait perdre patience.

— Rephaïm, je vais bien, lâcha Lucie. Va-t'en. Dallas ne va pas me faire de mal.

— Partir ? Te quitter ? Comment le pourrais-je ?

— Tu n'as rien à faire ici ! cria-t-elle, au bord des larmes.

— Ah bon ? Tu pensais vraiment que je ne saurais pas ce que tu t'apprêtais à faire ?

— Sors d'ici !

— Tu veux que je m'enfuie ? Comme toi, tout à l'heure ? Non. Je ne ferai pas ça, Lucie. Je *choisis* de ne pas le faire.

Le garçon avait atteint le mur. Son regard passait de Rephaïm à Lucie, incrédule, et il tâtonnait à la recherche de câbles qui sortaient d'un trou.

— Vous vous connaissez ! souffla-t-il.

— Bien sssûr qu'on ssse connaît, imbéccccile ! siffla à nouveau Rephaïm, incapable de contrôler la bête en lui.

— Comment ? demanda l'autre brusquement à Lucie.

— Dallas, je peux t'expliquer.

— Bien ! lança Rephaïm, comme si c'était à lui qu'elle parlait. Je veux que tu m'expliques ce qui s'est passé aujourd'hui.

— Rephaïm, dit-elle en secouant la tête, ce n'est pas le bon moment.

— Vous vous connaissez ! répéta le novice.

Rephaïm remarqua avant Lucie le changement dans la voix du garçon. Elle s'était durcie, devenant froide et cruelle. Au-dessus d'eux, l'Obscurité frémissait, comme si elle se réjouissait à l'avance de ce qui allait se passer.

— Oui, on se connaît. Écoute, je...

— Tu étais avec lui depuis le début !

Lucie fronça les sourcils.

— Depuis le début ? Non. Je l'ai trouvé alors qu'il était gravement blessé. Je ne savais pas quoi...

— Pendant tout ce temps, je t'ai traitée comme si tu étais une sorte de reine, comme si tu étais une *vraie* grande prêtresse.

— Je suis une vraie grande prêtresse ! répliqua Lucie, choquée. Mais comme j'essayais de te le dire, j'ai trouvé Rephaïm agonisant, et je n'ai pas pu le laisser mourir.

Profitant du fait que le garçon était tourné vers Lucie, Rephaïm s'avança encore. Au-dessus d'eux, l'Obscurité s'épaississait.

— C'est lui qui a failli te tuer, dans le cercle !
— Non, c'est lui qui m'a sauvée ! S'il n'était pas arrivé, ce taureau blanc m'aurait vidée de mon sang.

Le garçon ne se laissa pas décontenancer.

— Tu nous as caché son existence. Tu as menti à tout le monde !
— Je ne savais pas quoi faire d'autre !
— Tu m'as menti, espèce de garce !
— Je t'interdis de me parler comme ça ! s'écria-t-elle avant de le gifler à toute volée.

Il vacilla.

— Mais qu'est-ce qu'il t'a fait, putain ?
— Tu veux dire, à part m'avoir sauvé deux fois la vie ? Rien !
— Il t'a complètement embrouillée ! hurla le novice.

À cet instant, l'Obscurité déferla sur eux comme si elle avait trouvé le point faible d'un barrage. Elle s'enroula autour de Dallas, recouvrant sa tête et ses épaules, puis sa taille avec une familiarité répugnante. Chose bizarre, il ne semblait pas avoir conscience de ces tentacules luisants qui se glissaient sur lui tels des serpents.

— J'ai les idées très claires, déclara la Rouge. Il ne m'a rien fait du tout !

Soudain, ses yeux s'agrandirent : elle venait de remarquer l'Obscurité. Elle recula d'un pas, comme si elle ne voulait pas être souillée par ce qui enveloppait le garçon.

— Dallas. Écoute-moi ! Réfléchis. Tu me connais. Ce n'est pas ce que tu crois.
— Il a fait de toi une sale garce et une menteuse ! hurla l'autre, fou de rage.

Il leva la main pour la frapper. Rephaïm n'hésita pas une seconde. Il bondit et le repoussa, prenant sa place devant Lucie.

— Ne le blesse pas ! demanda celle-ci en lui immobilisant le bras. Il a pété un plomb. Il ne me ferait pas de mal.

Rephaïm se tourna vers elle.

— Je crois que tu le sous-estimes.

— Ça, c'est sûr, dit Dallas d'un air sombre.

Rephaïm ne comprit pas d'où était venue la douleur. Il ressentait simplement sa chaleur blanche. Il fut secoué de convulsions ; son dos s'arqua. À travers un voile gris, il vit Dallas, qui, les yeux écarlates, tenait l'un des câbles électriques.

— Rephaïm ! hurla Lucie.

Elle allait le toucher, mais suspendit son geste et courut vers Dallas.

— Arrête ! Laisse-le partir ! supplia-t-elle en tirant sur son bras.

— Oh non ! Je vais le faire frire ! Comme ça, l'emprise qu'il a sur toi disparaîtra et on sera ensemble, nous deux. Je ne dirai rien à personne sur ce qui s'est passé, tant que tu seras à moi.

Rephaïm remarqua que l'Obscurité n'était plus sur le corps du garçon : elle s'était infiltrée en lui, et décuplait ses forces.

Il sut alors que Dallas allait le tuer.

— Terre, viens à moi. J'ai besoin de toi.

Il entendit la voix de Lucie comme à travers un voile de brume. Au prix d'un immense effort, il se tourna vers elle. Leurs yeux se croisèrent, et ses mots lui parvinrent, clairs et forts, assurés.

— Protège-le de Dallas parce qu'il m'appartient.

Elle fit mine de lui lancer quelque chose, et un rayon vert le projeta en arrière, rompant le sort que lui avait jeté Dallas. Le souffle court, allongé sur le sol, il s'abandonnait à la Terre guérisseuse, désormais familière.

Dallas se tourna vers Lucie.

— Tu viens de dire que cette chose t'appartenait ? lança-t-il d'une voix froide comme la mort.

— Oui ! C'est difficile à expliquer, et je comprends que tu sois en colère. Mais Rephaïm m'appartient, comme moi, je lui appartiens, si étrange que cela puisse paraître.

— Étrange ? C'est carrément dégueulasse !

Avant que Rephaïm ne puisse se lever, Dallas tendit le bras vers Lucie. Il y eut un craquement assourdissant, et elle se retrouva au milieu d'un cercle vert et luisant. Les sourcils froncés, elle secouait la tête, l'air incrédule.

— Tu as essayé de m'électrocuter ? souffla-t-elle. Tu voulais vraiment me faire du mal, Dallas ?

— Tu as choisi cette... cette chose, plutôt que moi !

— J'ai fait ce que je pensais être bien !

— Tu sais quoi ? Si ça, c'est bien, alors je ne veux rien avoir à faire avec !

Soudain, il poussa un cri et, lâchant le câble, il tomba à genoux et s'écroula, visage contre terre.

— Dallas ! s'écria Lucie en faisant un pas vers lui.

— Ne t'approche pas de lui, dit Rephaïm, qui essayait de se relever.

Lucie hésita, puis elle se dirigea vers le Corbeau Moqueur. Elle passa le bras autour de ses épaules pour le soutenir.

— Ça va ? Tu as l'air un peu cramé.

— Cramé ? répéta-t-il, amusé. Qu'est-ce que ça veut dire ?

— Ça, dit-elle en touchant une plume sur sa poitrine. Tu es croustillant à souhait.

— Tu le touches ! glapit Dallas. Je suis sûr que tu couches avec lui aussi ! Bon sang, je suis content qu'on ait arrêté avant d'aller au bout. Je ne passerai jamais après un monstre !

— Dallas, c'est vraiment n'importe..., commença Lucie.

— Hé oui ! la coupa Dallas. Je ne suis plus un stupide novice.

De tatouages rouges en forme de fouets encadraient son visage. Ils ressemblaient aux tentacules de l'Obscurité qui avaient piégé Lucie et Rephaïm dans le cercle. Ses yeux rouges luisaient plus que jamais, et son corps paraissait plus grand, comme gonflé d'un pouvoir nouveau.

— Oh déesse ! s'exclama Lucie. Tu t'es transformé !
— À plus d'un égard !
— Dallas, tu dois m'écouter. L'Obscurité essaie de s'emparer de toi. S'il te plaît, réfléchis. Ne la laisse pas t'avoir.

— M'avoir, moi ? Comment peux-tu dire ça alors que tu es du côté de ce truc ? Oh non ! Je n'écouterai plus jamais tes mensonges. Et je vais m'assurer que plus personne ne te croie ! cracha-t-il d'une voix débordant de colère et de haine.

Alors qu'il se remettait sur ses pieds et faisait mine de récupérer les câbles qu'il avait utilisés pour canaliser son pouvoir, Lucie recula, entraînant Rephaïm avec elle. Une fois dans le couloir, elle leva la main et inspira profondément.

— Terre, referme cette entrée pour moi, s'il te plaît.
— Non ! hurla Dallas.

Rephaïm le vit saisir le câble et le pointer sur eux. À cet instant, un bruit rappelant le murmure du vent dans les feuilles d'automne, la Terre se mit à pleuvoir, les protégeant de la fureur de l'Obscurité.

— Tu peux marcher ? demanda Lucie.

— Oui. Grâce à la Terre, je vais mieux, dit-il en la regardant, petite, mais fière et puissante.

— Bon, dans ce cas, il faut qu'on s'en aille. Il y a une autre issue dans la cuisine. Il ne va pas tarder à sortir, on doit partir avant.

— Pourquoi ne pas la sceller aussi ? fit-il en lui emboîtant le pas.

Elle lui lança un regard étonné.

— Quoi, le tuer ? Non. Il n'est pas aussi mauvais qu'il en a l'air, Rephaïm. Il a juste pété les plombs parce que l'Obscurité le manipulait, et qu'il a découvert la vérité sur nous deux.

Nous deux...

Rephaïm aurait voulu savourer ces mots qui les liaient l'un à l'autre, mais ce n'était pas le moment. Il secoua la tête.

— Non, Lucie. L'Obscurité ne le manipulait pas. Dallas a *choisi* de l'accueillir.

Il pensait qu'elle allait le contredire ; or, au lieu de ça, elle lâcha :

— Oui, je l'ai vu.

Ils gravirent l'échelle en silence et traversaient le sous-sol quand Rephaïm entendit un bruit qui lui sembla familier. Lucie s'écria :

— Il prend la Coccinelle !

Elle se mit à courir, Rephaïm sur ses talons. Ils sortirent juste à temps pour voir la petite voiture bleue quitter le parking.

— Malheur ! gémit-elle.

Rephaïm regarda l'horizon, à l'est, qui prenait une teinte grise, annonciatrice de l'aube.

— Tu dois retourner dans les souterrains, dit-il.

— Je ne peux pas ! Lenobia et les autres vont rappliquer ici si je ne suis pas rentrée avant le lever du soleil.

— Alors, qu'ils viennent. Je vais retourner au Gilcrease. Tu pourras te reposer sous terre en attendant tes amis. Tu seras en sécurité.

— Mais Dallas retourne à la Maison de la Nuit ! Il va tout leur raconter !

Rephaïm n'hésita qu'une seconde.

— Dans ce cas, fais ce que tu as à faire. Tu sais où me trouver.

— Emmène-moi avec toi.

Il se figea.

— Tu es guéri, n'est-ce pas ? poursuivit Lucie.

— En effet.

— Tu es assez fort pour supporter mon poids en volant ?

— Oui.

— Alors, emmène-moi au Gilcrease. Je parie qu'il y a un sous-sol, là-bas.

— Et tes amis ? Les autres novices rouges ?

— Je vais appeler Kramisha et lui dire que Dallas a perdu la tête et que je vais bien, et que je lui expliquerai tout demain.

— Quand ils apprendront la vérité sur moi, ils penseront que tu me choisis, moi, plutôt qu'eux.

— Ce que je choisis, c'est de prendre un peu de temps pour réfléchir avant d'affronter le bazar que Dallas va causer. Sauf si tu ne veux pas que je vienne avec toi, ajouta-t-elle d'une toute petite voix. Tu pourrais partir, comme ça tu n'aurais pas à te soucier de ce qui va se passer.

— Je suis ton consort, oui ou non ?

— Tu es mon consort.

Rephaïm ne se rendit compte qu'il avait retenu son souffle qu'en poussant un long soupir de soulagement.

— Alors, viens avec moi. Je ferai en sorte que personne ne te dérange aujourd'hui.

— Merci, dit-elle avant de se glisser dans ses bras.

Il la serra contre lui alors que ses ailes puissantes les emportaient dans le ciel.

Lucie ne s'était pas trompée. Il y avait une cave dans le vieux manoir, avec des murs en pierre et un sol en terre battue, étonnamment sèche et confortable. Avec un soupir soulagé, elle s'installa en tailleur contre la paroi et sortit son téléphone portable. Rephaïm resta planté là, ne sachant quoi faire, pendant qu'elle appelait Kramisha et lui expliquait de façon confuse pourquoi elle ne rentrait pas à l'école : « Dallas a perdu la tête... l'électricité lui a fait péter les plombs... il m'a jetée de la voiture de Zoey alors qu'on rentrait à la Maison de la Nuit... Non, je vais bien. Je rentrerai probablement ce soir... »

Se sentant de trop, Rephaïm monta au grenier et se mit à faire les cent pas devant le placard qu'il avait transformé en nid.

Il était fatigué. Même s'il était complètement guéri, faire la course contre le soleil levant, Lucie dans les bras, avait vidé ses réserves. Il valait mieux qu'il se retire dans sa cachette et se repose toute la journée. Lucie ne quitterait pas le sous-sol avant la nuit.

Lucie ne pouvait quitter son abri : elle risquait d'être blessée par la lumière. Heureusement, les novices rouges étaient très vulnérables entre l'aube et le crépuscule, si bien que Dallas ne représentait aucune menace pour elle pendant ce temps. Mais si un humain la trouvait ?

Il rassembla les couvertures et les provisions qu'il avait accumulées et les emporta à la cave. Il trouva Lucie recroquevillée dans un coin. Elle remua à peine lorsqu'il étendit une couverture sur elle. Il s'installa à côté d'elle. Pas trop près, si bien qu'ils ne se touchaient pas, mais assez pour qu'elle le voie immédiatement en se réveillant. Il prit bien soin de se placer entre elle et la porte. Si quelqu'un essayait d'entrer, il devrait lui passer sur le corps pour l'atteindre.

Avant de s'endormir, il se rendit compte qu'il comprenait enfin la rage et l'agitation constantes de son père. Si Lucie l'avait rejeté aujourd'hui, son monde aurait été marqué par cette perte pour toujours. Cette pensée le terrifiait encore plus que la possibilité de devoir affronter l'Obscurité de nouveau.

« Je ne veux pas vivre dans un monde sans elle. » Épuisé par des sentiments qu'il comprenait à peine, le Corbeau Moqueur sombra dans le sommeil.

CHAPITRE VINGT-QUATRE

Stark

— Je sais que pénétrer dans l'au-delà risque de me tuer, mais je ne veux pas vivre dans un monde où elle n'est pas, fit Stark, se retenant de hurler. Alors dites-moi simplement ce que je dois faire pour rejoindre Zoey, et je prendrai les choses en main.

— Pourquoi veux-tu que Zoey revienne ? demanda Sgiach.

Stark passa la main dans ses cheveux. La lumière du jour qui filtrait dans la pièce le rendait nerveux et embrouillait ses pensées.

— Parce que je l'aime, lâcha-t-il.

La reine ne réagit pas à cette déclaration. Elle l'observait d'un air pensif.

— Je sens que l'Obscurité t'a touché.

— Oui, mais en choisissant d'être avec Zoey, j'ai opté pour la Lumière.

— Et si cette décision devrait te faire perdre ce que tu aimes le plus ? voulut savoir Seoras.

— Attendez ! Si Stark va dans l'au-delà, c'est justement pour protéger Zoey, intervint Aphrodite. Ainsi, elle pourra rassembler les morceaux de son âme et retourner dans son corps. Pas vrai ?

— Oui, si son âme est entière, elle pourra se résoudre à revenir.

— Alors, je ne comprends pas la question. Si Zoey revient, il ne la perdra pas.

— Mon gardien essaie de vous expliquer que Zoey ne sera plus la même si elle revient de l'au-delà, dit Sgiach. Et si ce changement l'éloignait de Stark ?

— Je suis son combattant. Ça, ça ne changera pas. Je resterai avec elle.

— Oui, petit, tu seras toujours son combattant, mais peut-être pas son amour, dit Seoras.

Stark avait l'impression d'avoir été poignardé en plein cœur.

— Je donnerais ma vie pour qu'elle soit à nouveau parmi nous. Quoi qu'il arrive.

— Tu dis que tu aimes ta prêtresse au point de vouloir mourir pour elle ; mais si elle ne t'aimait plus, de quelle couleur serait ton monde ?

Noir. Ce mot s'imposa à l'esprit de Stark, mais il savait qu'il ne fallait pas qu'il le dise. Heureusement, Aphrodite l'en dispensa.

— Si Zoey ne veut plus être avec lui, ce sera nul pour lui. C'est clair. Mais il ne basculera pas du côté sombre pour autant. De toute façon, vous ne pensez pas que ce que ferait Stark dans ce scénario improbable ne concerne que lui, Zoey et Nyx ? Sérieusement ! La déesse sait que je ne veux pas passer pour une garce, mais vous êtes une reine, pas une déesse. Vous ne pouvez pas tout contrôler.

Stark retint son souffle, s'attendant à ce que Sgiach la réduise en miettes. Au lieu de ça, la reine éclata de rire, ce qui lui donna un air étonnamment juvénile.

— Je suis contente de ne pas être une déesse, jeune prophétesse ! La petite partie du monde que je contrôle me suffit amplement.

— Pourquoi vous souciez-vous autant de ce que Stark pourrait ou ne pourrait pas faire ? insista Aphrodite, ignorant le regard de Darius, qui semblait dire : « Maintenant, arrête de parler. »

Sgiach et son gardien échangèrent un long regard, et Stark vit ce dernier hocher légèrement la tête, comme s'ils étaient parvenus à un accord.

— L'équilibre entre la Lumière et l'Obscurité dans le monde peut être perturbé par un seul acte, déclara Sgiach. Même si Stark n'est qu'un combattant, ses actions risquent d'affecter de nombreuses personnes.

— Et ce monde n'a pas besoin d'un autre combattant puissant du côté de l'Obscurité, enchaîna Seoras.

— Je le sais, et je n'œuvrerai plus jamais pour l'Obscurité, dit Stark d'un air solennel. J'ai vu l'âme de Zoey se briser à cause d'un seul acte, alors je comprends.

— Dans ce cas, considère bien les conséquences de tes décisions. Dans l'au-delà, et ici. Et n'oublie pas : les jeunes et les naïfs pensent que l'amour est la plus grande force de l'univers. Ceux d'entre nous qui sont, disons, plus réalistes, savent que la volonté d'une seule personne, renforcée par son intégrité et sa motivation, peut être plus puissante que toute une armée de romantiques énamourés.

— Je ne l'oublierai pas. Promis, dit Stark.

Il aurait promis de se couper le bras si cela avait pu pousser Sgiach à mettre les choses en branle.

Comme si elle lisait dans ses pensées, la reine secoua tristement la tête.

— Très bien. Que ta quête commence, alors. Faites apparaître le Seol ne Gigh, ordonna-t-elle.

Il y eut une série de cliquetis ; puis le sol s'ouvrit devant l'estrade et une pierre couleur rouille s'éleva. Elle arrivait à la taille de Stark et était assez longue et large pour qu'un vampire adulte puisse s'y allonger. Le bloc était couvert de motifs celtiques ; de chaque côté, il y avait deux cannelures en forme d'arc. Elles étaient plus épaisses d'un côté que d'un autre, et avaient un bout pointu. En y regardant de plus près, Stark se rendit compte de deux choses.

Les cannelures ressemblaient à d'énormes cornes.

La pierre n'était pas vraiment de couleur rouille. C'étaient des taches qui lui donnaient cette teinte. Des taches de sang.

— Voilà le Seol ne Gigh, le Siège de l'Esprit, dit Sgiach. C'est un lieu ancien de sacrifice et de vénération. Aussi loin que remontent nos souvenirs, il a été la voie d'accès à l'Obscurité et à la Lumière – aux taureaux noir et blanc qui constituent la base du pouvoir des gardiens.

— De sacrifice et de vénération ? répéta Aphrodite en s'approchant de la pierre. De quel genre de sacrifice parlez-vous ?

— Ah, tout dépend de la quête, fit Seoras.

— Ce n'est pas une réponse.

— Bien sûr que si, gamine, dit le gardien en souriant d'un air sombre. Et tu le sais, que tu veuilles l'admettre ou non.

— Je n'ai rien contre les sacrifices, affirma Stark en passant la main sur son front, par lassitude. Dites-moi quoi – ou qui – je dois sacrifier, ajouta-t-il en jetant un coup d'œil à Aphrodite, se souciant peu de voir Darius se hérisser. Je ferai ce que j'ai à faire.

— Je pense que cela simplifierait les choses s'il était affaibli pendant la journée, dit Sgiach à son gardien, comme si Stark n'était pas là. Son esprit quitterait plus facilement son corps.

— Oui, c'est vrai. La plupart des combattants luttent à ce moment-là. Sa faiblesse faciliterait la séparation.

— Alors, qu'est-ce que je dois faire ? les pressa Stark. Trouver une vierge, ou un truc comme ça ?

Cette fois, il ne regarda pas Aphrodite, car personne n'ignorait qu'elle n'entrait pas dans cette catégorie.

— C'est toi, le sacrifice, combattant, déclara Sgiach. Le sang d'un autre ne ferait pas l'affaire. Il s'agit de ta quête, du début à la fin. Souhaites-tu poursuivre ?

— Oui, répondit le garçon sans hésitation.

— Donc, allonge-toi sur le Seol ne Gigh, jeune gardien MacUallis. Le chef de ton clan fera couler ton sang, t'emmenant dans un lieu entre la vie et la mort. La pierre accueillera ton offrande. Le taureau blanc a parlé, et tu seras accepté. Il guidera ton esprit jusqu'au portail de l'au-delà. Ce sera à toi d'obtenir le droit d'entrer. Que la déesse ait pitié de ton âme.

— OK. Très bien. Allons-y, lança Stark.

Cependant il ne se dirigea pas aussitôt vers le Seol ne Gigh. Il s'agenouilla devant Zoey, prit son visage entre ses mains et l'embrassa doucement sur les lèvres.

— Je viens te chercher, murmura-t-il. Cette fois, je ne te laisserai pas tomber.

Puis il se leva, redressa ses épaules et s'approcha de la pierre massive, devant laquelle se tenait Seoras. Regardant Stark dans les yeux, celui-ci tira un poignard très aiguisé d'un fourreau en cuir accroché à sa taille.

— Attendez, attendez ! lança Aphrodite en fouillant dans son sac couleur métal, anormalement grand, qu'elle trimballait depuis Venise.

— Aphrodite, ce n'est pas le moment, dit Stark, l'air excédé.

— Oh, enfin ! Je savais que je ne pouvais pas avoir perdu un truc qui sent aussi fort.

Elle sortit un sachet en plastique rempli de brindilles marron et d'aiguilles, et fit signe à un combattant de la rejoindre, en claquant des doigts, royale, Stark devait bien l'admettre. Le gaillard courut jusqu'à elle.

— Avant que vous n'entamiez une procédure qui, j'en suis sûre, sera aussi sanguinolente que répugnante, quelqu'un doit brûler ceci près de Stark, comme un encens.

— Qu'est-ce que tu racontes ? demanda Stark en se disant – et ce n'était pas la première fois – qu'elle était complètement folle.

Elle leva les yeux au ciel.

— Grand-Mère Redbird a dit à Lucie, qui me l'a répété, que brûler du cèdre était un rituel puissant chez les Cherokees.

— Du cèdre ?

— Oui. Inspire la fumée et emporte-la avec toi dans l'au-delà. Et, s'il te plaît, ferme la bouche et prépare-toi à saigner, dit-elle avant de se tourner vers Sgiach. Je pense qu'on peut considérer Grand-Mère Redbird comme un shaman. Elle est sage et croit que la Terre a une âme. Elle a assuré à Lucie que le cèdre aiderait Stark.

Le combattant à qui elle avait donné le sachet jeta un coup d'œil à sa reine. Elle haussa les épaules et hocha la tête.

— Ça ne peut pas faire de mal.

Quand un brasero eut été allumé et que le cèdre commença à brûler, Aphrodite se tourna vers Seoras et sourit.

— OK, maintenant vous pouvez y aller.

Stark se concentra : il inspirerait le cèdre, parce que Grand-Mère Redbird savait ce qu'elle disait. Il passa la main sur son front, comme pour enlever le brouillard de fatigue qui avait envahi son cerveau.

— Ne lutte pas. Il faut être à moitié conscient pour sortir de son corps. Ce n'est pas quelque chose de naturel pour un combattant, dit Seroas en désignant la surface plane de la pierre avec son poignard. Dénude ta poitrine et allonge-toi là.

Stark retira son pull et son tee-shirt, puis s'étendit sur le bloc de marbre.

— Je vois que tu as déjà été marqué, reprit Seoras en montrant la cicatrice rose d'une brûlure en forme de flèche brisée sur le côté gauche de sa poitrine.

— Oui. Pour Zoey.

— Alors, il est normal que tu sois de nouveau marqué pour elle.

Stark rassembla ses forces et se raidit. Chose bizarre, la pierre n'était pas froide ; au contraire, à l'instant où sa peau toucha sa surface, il sentit sous lui de la chaleur, qui irradiait en rythme, comme un battement de cœur.

— Ah, tu le sens, fit le gardien.

— C'est chaud, dit Stark en croisant son regard.

— Pour les gardiens, elle est vivante. Est-ce que tu me fais confiance, gamin ?

Stark cligna des yeux, surpris par cette question, mais il répondit sans hésitation.

— Oui.

— C'est bien, car je vais t'emmener dans l'antichambre de la mort.

Stark se détendit. Se fier au combattant lui paraissait la bonne chose à faire.

— Ce ne sera agréable ni pour toi ni pour moi, mais c'est nécessaire, continua Seoras. Le corps doit se relâcher pour permettre à l'esprit de s'en aller. Cela se passe dans le sang. Tu es prêt ?

Stark hocha la tête. Appuyant les mains contre la surface chaude de la pierre, il inspira profondément pour se remplir les poumons de l'odeur du cèdre.

— Attendez ! s'écria Aphrodite. Avant de le couper, dites-lui quelque chose qui le guidera. Ne laissez pas son âme s'agiter bêtement dans l'au-delà. Vous êtes un shaman, alors aidez-le.

Seoras regarda Aphrodite, puis la reine. Stark ne voyait pas cette dernière, mais ce qui passa entre eux deux fit sourire Seoras.

— Bien, ma petite prophétesse. Voilà ce que je vais dire à ton ami : quand une âme veut vraiment savoir ce que c'est qu'être bon, et je parle de bonté pure, sans égoïsme, alors les plus vils aspects de notre nature cèdent au désir d'amour, de paix et d'harmonie. Cette capitulation est une force très puissante.

— C'est trop poétique pour moi, soupira Aphrodite. Mais Stark aime lire ; peut-être qu'il comprendra ce dont vous parlez.

— Aphrodite, tu pourrais me rendre un service ? demanda Stark.

— Peut-être. Vas-y !

— Ferme-la. Merci pour le conseil, Seoras. Je m'en souviendrai.

— Si tu ne supportes pas ce qui t'attend, reprit le combattant, tu ne franchiras pas le portail. Es-tu sûr de ton choix ?

— Oui.

— Le battement de cœur du Seol ne Gigh te conduira dans l'au-delà. Pour revenir, tu devras te débrouiller tout seul.

Stark hocha la tête et colla ses paumes contre le marbre, essayant d'absorber sa chaleur pour réchauffer son corps, soudain glacé.

Seoras brandit le poignard et frappa si rapidement que sa main devint floue. La blessure, qui s'étendait de la taille de Stark jusqu'au sommet droit de sa cage thoracique, ne fut qu'une ligne chaude sur la peau du garçon.

Le deuxième coup trancha le côté gauche de sa cage thoracique.

Alors, la douleur brûla le combattant de Zoey. Il avait l'impression que son sang était de la lave. Seoras passait le poignard coupant comme un rasoir d'un côté à l'autre de son corps, méthodiquement, jusqu'à ce que le sang de Stark coule sur la pierre et se déverse dans les cannelures en forme de cornes.

Stark n'avait jamais autant souffert. Ni quand il était mort, ni quand il avait ressuscité, ne pensant plus qu'à sa soif de sang et à la violence, ni quand il avait failli mourir, atteint par sa propre flèche.

La souffrance que lui infligeait le gardien était plus que physique. Elle dévorait son corps et son âme. L'agonie était interminable ; une vague à laquelle il ne pouvait échapper le secouait encore et encore.

Stark ne put s'empêcher de lutter, s'efforçant de garder le contrôle de sa conscience pour ne pas mourir.

— Fais-moi confiance, petit, répéta Seoras. Laisse-toi aller.

Stark l'entendit à peine. Il avait déjà fait son choix. Il n'avait plus qu'à continuer.

— Je vous fais confiance, s'entendit-il murmurer.

Le monde vira au gris, puis à l'écarlate, puis au noir. Stark ne sentait plus que la brûlure de sa souffrance et de son sang. Les deux se mêlèrent, et soudain il se retrouva hors de son corps, comme s'il plongeait dans la pierre.

Entouré par l'obscurité, il luttait contre la panique. Bizarrement, au bout d'un moment, la terreur fut remplacée par une acceptation muette plutôt réconfortante. Tout compte fait, l'obscurité n'était pas si terrible. Au moins, la douleur disparaissait. À vrai dire, elle n'était même plus qu'un souvenir.

— N'abandonne pas, imbécile ! Zoey a besoin de toi !

Même détaché de son corps, il entendait encore la voix agaçante d'Aphrodite.

« Détaché de mon corps ? » songea-t-il. Il avait réussi ! Son euphorie fut rapidement suivie par un sentiment de confusion.

Il ne voyait rien. Il ne sentait rien. N'entendait rien. Les ténèbres étaient absolues.

Stark était affolé. Son esprit, tel un oiseau pris au piège, s'agitait dans le néant.

Que lui avait dit Seoras ? Quel avait été son conseil ?

« ... la capitulation est une force très puissante. »

Stark cessa donc de lutter, apaisa son esprit, et un souvenir le frappa, celui de son sang se déversant dans les cornes gravées sur le bloc de marbre.

Des cornes !

Il se concentra sur cette image... Et soudain la créature sortit des ténèbres. Elle était d'un noir évoquant le ciel de nouvelle lune, des rêves de minuit presque oubliés.

J'accepte le sacrifice de ton sang, combattant. Affronte-moi et continue, si tu l'oses.

« J'ose ! » s'écria Stark.

Le taureau chargea. Agissant par pur instinct, Stark ne partit pas en courant, il ne sauta pas sur le côté : il affronta la bête. Hurlant sa rage et sa peur, il courut vers elle. La créature pencha sa tête massive comme pour étriper son adversaire.

Non ! Stark sauta sur elle et attrapa ses cornes. À cet instant, la créature rejeta sa tête en arrière, et Stark bondit par-dessus son dos. Il avait l'impression de sauter d'une falaise incroyablement haute pendant que quelque part derrière lui retentissait la voix du taureau : *Bien joué, gardien.*

Soudain, il y eut une explosion de lumière, et il roula sur le sol. Il se releva lentement, étonné d'avoir toujours les sensations de son corps, alors qu'il n'était plus qu'esprit.

Il regarda autour de lui.

Il se tenait devant un bois, semblable à celui qui poussait près du château de Sgiach. Il y avait un arbre à souhaits, décoré d'innombrables bouts de tissu. Les tissus se transformaient sans cesse, prenant des couleurs et des longueurs différentes, et scintillaient comme des guirlandes de Noël.

L'au-delà ! Ce devait être l'entrée du royaume de Nyx : rien d'autre n'aurait pu être aussi magique.

Était-ce aussi facile d'y pénétrer ? Stark jeta un coup d'œil derrière lui, s'attendant à ce que le taureau noir revienne et l'étripe pour de bon.

Il n'y avait rien d'autre dans son dos que le néant noir d'où il venait. Le sol sur lequel il avait été projeté était un demi-cercle de terre rouge qui lui rappela l'Oklahoma. Une épée luisante y était plantée. Il la retira à deux mains et se rendit compte qu'elle était souillée par du sang.

Surmontant son malaise, il se concentra sur ce qui l'attendait.

— Zoey, je suis là, dit-il. Je viens te chercher.

Il avança et heurta une barrière invisible aussi solide qu'un mur de brique.

— Qu'est-ce qui se passe ? marmonna-t-il.

Il recula et vit qu'une arche en pierre venait d'apparaître.

Il y eut alors une autre explosion de lumière blanche. Il cligna des yeux, découvrant un spectacle qui le choqua profondément.

Il se regardait lui-même !

D'abord, il crut qu'il s'agissait d'un miroir, mais les ténèbres qui noyaient le paysage derrière lui ne s'y reflétaient pas et l'autre lui souriait, d'un sourire insolent, familier, alors que lui-même ne souriait pas. Son double prit la parole, prouvant qu'il ne s'agissait pas d'un mirage.

— Hé oui, débile, c'est toi ! Oui, je suis toi. Pour pénétrer dans cet endroit, tu devras me tuer. Seulement ça n'arrivera pas parce que je n'ai pas la moindre envie de mourir. Du coup, c'est moi qui vais te tuer.

Pendant que Stark restait planté là, interdit, son reflet s'élança vers lui, armée d'une épée identique à la sienne, et le frappa au bras.

— Ça va être aussi facile que je le pensais, dit-il avant de charger à nouveau.

CHAPITRE VINGT-CINQ

Aphrodite

— Oui, la lumière est allumée, mais il n'y a personne à la maison, dit Aphrodite en passant la main devant les yeux vides de Stark.

Elle retira vivement le bras : Seoras sans se rendre compte qu'il avait failli la couper elle aussi, blessait de nouveau Stark au flanc.

— Il ressemble déjà à un hamburger. Vous êtes obligé de continuer ? demanda-t-elle.

Ce n'était pas le grand amour entre elle et Stark, mais pour autant, elle n'avait pas envie de le voir se faire dépecer.

Seoras ne semblait pas l'entendre.

— Ils sont liés par cette quête, dit Sgiach, qui avait quitté son trône et se tenait à côté d'Aphrodite.

— Mais votre gardien est conscient, et présent dans son corps, intervint Darius.

— En effet. Sa conscience est ici, totalement accordée à celle du garçon, à tel point qu'il entend les battements de son cœur et sent sa respiration. Seoras doit le maintenir entre la vie et la mort. S'il penche trop d'un côté, son âme retournera dans son corps, et il se réveillera ; trop de l'autre, et elle ne reviendra plus jamais.

— Comment saura-t-il quand il doit s'arrêter ? s'inquiéta Aphrodite, qui tressaillit lorsque la lame de Seoras trancha à nouveau la chair de Stark.

— Stark se réveillera, ou il mourra. Dans tous les cas, ce sera sa décision, pas celle de mon gardien. Ce que Seoras accomplit maintenant permet à Stark de choisir par lui-même. Tu devrais en faire autant.

— Le couper ? demanda Aphrodite en fronçant les sourcils.

La reine sourit, sans que son regard quitte le gardien.

— Tu as dit que tu étais une prophétesse de Nyx, non ?

— Je suis sa prophétesse.

— Alors, tu devrais te servir de ce don pour aider ton ami.

— Je le ferais si je savais comment ; qu'est-ce que vous croyez !

— Aphrodite, s'il te plaît..., commença Darius.

Il la prit par le bras pour l'éloigner de Sgiach, craignant manifestement qu'elle soit allée trop loin.

— Laisse-la, combattant, ordonna la reine. Tu apprendras en étant lié à une femme forte que ses paroles lui attireront souvent des ennuis contre lesquels tu ne pourras pas la protéger. Il s'agit de ses propres mots, et elle doit en assumer les conséquences.

Elle se tourna vers Aphrodite.

— Utilise la force qui transforme tes paroles en poignards à chercher tes propres réponses. Une vraie prophétesse reçoit peu de conseils en ce monde, si ce n'est par son don ; la sagesse et la patience doivent t'apprendre à l'utiliser convenablement.

La reine fit signe à l'un des vampires resté dans l'ombre.

— Conduisez la prophétesse et son combattant dans leur chambre. Donnez-leur des rafraîchissements et assurez-vous de leur intimité.

Sur ce, Sgiach rejoignit son trône, le regard fixé sur son gardien.

Aphrodite pinça les lèvres et suivit le géant aux cheveux roux, dont les tatouages représentaient une série de spirales composées de minuscules points saphir. Ils revinrent sur leurs pas jusqu'à l'escalier, puis s'engagèrent dans un couloir aux murs décorés d'épées serties de pierres précieuses qui scintillaient à la lueur des torches. Un autre escalier, plus petit, les mena à une porte cintrée en bois, que le vampire leur ouvrit.

— Puis-je vous demander que quelqu'un vienne me chercher si l'état de Stark évolue ? fit Aphrodite avant qu'il ne la referme.

— Oui, répondit-il d'une voix étonnamment douce.

Quand ils se retrouvèrent seuls, Aphrodite se tourna vers Darius.

— Tu penses que je peux m'attirer des ennuis ?

Il haussa les sourcils.

— Bien sûr.

— Écoute, je ne plaisante pas.

— Moi non plus.

— Pourquoi ? Parce que je dis ce que je pense ?

— Non, ma beauté, parce que tu te sers des mots comme d'un poignard, et dégainer un poignard peut en effet causer des ennuis.

Elle se laissa tomber sur le grand lit à baldaquin en faisant la moue.

— Dans ce cas, pourquoi tu m'aimes bien ?

Il s'assit à côté d'elle et lui prit la main.

— As-tu oublié que le poignard était mon arme favorite ?

Aphrodite le regarda dans les yeux, se sentant soudain vulnérable.

— Sérieusement. Je suis une garce. Tu ne devrais pas m'apprécier, comme la plupart des gens.

— Les gens qui te connaissent vraiment t'apprécient. Et ce que je ressens pour toi est bien plus fort que ça. Je t'aime, Aphrodite. J'aime ta force, ton sens de l'humour, la profondeur de l'amitié que tu portes à tes amis. Et j'aime ce qui a été brisé en toi et qui commence à guérir.

Aphrodite soutenait toujours son regard, les yeux pleins de larmes.

— Tout ce qui fait de moi une terrible garce.

— Tout ce qui fait de toi ce que tu es.

Il porta la main de la jeune fille à ses lèvres et l'embrassa tendrement.

— Et cela te rend assez forte pour trouver un moyen d'aider Stark.

— Mais comment ?

— Tu as utilisé ton don pour te rendre compte de l'absence de Zoey, tout comme de celle de Kalona. Tu ne pourrais pas faire la même chose avec Stark ?

— Tout ce que j'ai fait, c'est de constater que leurs âmes n'étaient plus dans leurs corps. Or nous savons déjà que celle de Stark est partie.

— Alors, tu n'auras pas besoin de le toucher, comme les deux autres.

Aphrodite soupira.

— Tu penses vraiment que je peux y arriver ?

— Je pense qu'il n'y a rien que tu ne puisses faire si tu t'y mets vraiment.

Elle hocha la tête et lui pressa la main. Puis elle ôta ses bottes en cuir noir à talons aiguilles et recula sur le lit, s'appuyant contre la montagne d'oreillers.

— Tu me protèges pendant que j'essaie ? demanda-t-elle à son combattant.

— Toujours, répondit-il.

Il vint se placer à côté d'elle, ce qui rappela à Aphrodite la façon dont Seoras se tenait à côté du trône de sa reine. Puisant de la force dans l'idée que son corps et son cœur seraient toujours en sécurité avec Darius, elle ferma les yeux et s'efforça de se détendre. Puis elle inspira profondément, à trois reprises, et s'adressa à sa déesse.

Nyx, c'est moi, Aphrodite. Votre prophétesse. Je vous demande votre aide. Vous savez déjà que je n'ai aucune idée de la manière dont fonctionne le don que vous m'avez accordé, alors vous ne serez pas surprise d'apprendre que je ne sais pas comment m'en servir pour aider Stark. Pourtant, il a besoin de mon aide. Dans ce monde, il se fait couper en tranches, et dans l'autre, il est censé utiliser la poésie et les paroles alambiquées d'un vieil homme pour aider Zoey. Entre nous, je pense parfois que Stark est plus gâté au niveau des muscles qu'au niveau du cerveau… De toute évidence, il ne s'en sortira pas tout seul, et pour Zoey, je veux l'aider. Alors, s'il vous plaît, Nyx, montrez-moi comment faire.

« Donne-toi à moi, ma fille. »

La voix qui retentit dans son esprit était comme le bruissement d'un rideau de soie, diaphane, transparente, éthérée, et d'une incroyable beauté.

« Oui ! » répondit instantanément Aphrodite. Elle ouvrit son cœur, son âme et son esprit à sa déesse.

Et, soudain, elle fut la brise qui suivait la ligne délicate de la voix de Nyx, s'élevant sans cesse.

« *Regarde mon royaume.* »

L'esprit d'Aphrodite survolait à présent l'au-delà. Le paysage était à couper le souffle, avec des variations infinies de vert, des fleurs magnifiques qui se balançaient comme au rythme d'une musique, et des lacs scintillants. Aphrodite crut apercevoir des chevaux sauvages et les couleurs de paons en plein vol.

Dans tout le royaume, des silhouettes floues apparaissaient et disparaissaient, dansaient, riaient, l'air heureux.

— C'est là où on va quand on meurt ? lâcha Aphrodite, émerveillée.

— *Parfois.*

— Parfois ? C'est-à-dire, quand on est bon ? insista Aphrodite, qui craignait que, si la bonté était le critère pour venir ici, elle ne puisse jamais y aller.

Le rire de la déesse était magique. « *Je suis ta déesse, ma fille, pas ton juge. Le bien est un idéal aux multiples facettes. Voici l'une d'elles.* »

L'esprit d'Aphrodite s'arrêta au-dessus d'un bois superbe qui ressemblait à celui de l'île des Femmes. Elle descendit doucement à travers les branches et atterrit sur un épais tapis de mousse.

— Écoute-moi, Zo ! Tu peux le faire.

La voix de Heath ! Aphrodite fit volte-face et vit Zoey, tellement pâle qu'elle en était presque transparente. Elle marchait en rond, la mine affreuse, tandis que Heath, immobile, la regardait avec une infinie tristesse.

— *Zoey ! Écoute-moi. Tu dois te reprendre et retrouver ton corps !*

Zoey fondit en larmes, mais elle ne cessa pas de marcher.

— Je ne peux pas, Heath. Ça a duré trop longtemps. Comment veux-tu que je rassemble les morceaux de mon âme ? Je ne me rappelle plus certaines choses – je n'arrive pas à me concentrer – la seule chose dont je suis certaine, c'est que je mérite ça.

« *Oh, bon sang, Zoey ! Arrête de chialer, et écoute-le !* »

— Tu ne mérites pas ça ! dit Heath en posant les mains sur ses épaules, ce qui la força à s'arrêter. Et tu peux le faire, Zo. Il le faut. Si tu le fais, on pourra être ensemble un jour.

« Génial. Ils ne m'entendent pas ! C'est comme si j'étais un fantôme », songea Aphrodite.

« *Alors, pour une fois, peut-être devrais-tu écouter, ma fille.* »

Aphrodite réprima un soupir et suivit le conseil de sa déesse, même si elle avait l'impression d'être un intrus regardant par la fenêtre de la chambre d'un autre.

— Tu es sérieux, Heath ? demanda Zoey, qui à présent ressemblait plus à elle-même qu'à un fantôme qui ne tenait pas en place. Tu veux vraiment rester ici ?

Elle adressa à Heath un sourire hésitant. Il l'embrassa. Zoey grogna et se dégagea.

— Je suis désolée, je suis désolée ! Je n'arrive pas à me calmer. Je n'arrive pas à me reposer.

— C'est pour ça que tu dois rassembler les morceaux de ton âme. Sinon, tu continueras de t'agiter, tu perdras des parties de toi-même, et puis tu disparaîtras complètement.

— Tu es mort par ma faute ! Comment peux-tu encore m'aimer ?

Elle repoussa les cheveux collés sur son visage et se remit à tourner autour de Heath.

— Ce n'est pas ta faute ! Kalona m'a tué. C'est tout. Et puis, quelle importance, l'endroit où nous sommes, ou même le fait d'être vivants ou morts, tant que nous sommes ensemble ?

— Tu le penses vraiment ?

— Je t'aime, Zoey. Je t'aime depuis le premier jour où je t'ai vue, et je t'aimerai toujours. Je te le promets. Si tu redeviens entière, nous serons ensemble pour toujours.

— Pour toujours, murmura-t-elle. Et tu me pardonnes vraiment ?

— Bébé, je n'ai rien à te pardonner.

Zoey s'arrêta.

— Alors, pour toi, je vais essayer.

Elle écarta les bras et rejeta la tête en arrière. Son corps pâle se mit à reluire. Elle commença à appeler des noms, et…

Aphrodite s'éleva à une telle vitesse qu'elle en eut la nausée.

— Arg ! Trop rapide ! protesta-t-elle. Je vais vomir !

Un vent chaud passa sur elle, chassant son malaise. Sa nausée avait disparu, mais pas sa confusion.

— Je ne comprends pas, s'écria-t-elle. Zoey arriverait à se rassembler, mais elle resterait là-bas avec Heath, au lieu de retrouver son corps ?

— *Dans cette version du futur, oui.*

Aphrodite hésita.

— Mais sera-t-elle heureuse ? demanda-t-elle avec réticence.

— *Oui. Zoey et Heath seraient heureux pour l'éternité dans l'au-delà.*

Aphrodite se sentit envahie par une tristesse sans nom.

— Alors peut-être devrait-elle rester là où elle est. Elle nous manquera ; elle me manquera. Ce serait vraiment terrible pour Stark, mais si c'est sa place, alors il faut qu'elle y reste.

— *La place de chaque personne change selon ses choix, fit la voix de Nyx. Il ne s'agit que d'une version du futur de Zoey, et, comme nombre des choix qui sont faits dans l'au-delà, le sien pourrait influencer le sort de la Terre. Si Zoey décide de rester, voilà quel sera l'avenir du monde.*

Aphrodite n'eut pas le temps de répondre, aspirée dans une scène qui ne lui était que trop familière. Elle se tenait au milieu du champ qu'elle avait vu dans sa dernière vision. Comme l'autre fois, elle était entourée de gens en train de brûler – des humains, des vampires, des novices. Elle ressentait de nouveau la douleur. Elle vit Kalona, sauf que cette fois Zoey n'était pas avec lui. À sa place il y avait Neferet. Elle passa devant l'immortel en regardant les torches vivantes avec indifférence. Puis elle se mit à dessiner dans l'air, et l'Obscurité fleurit autour d'elle. Elle s'abattit sur Terre, éteignant le feu, mais pas la souffrance.

Neferet remua un doigt, et des traînées d'Obscurité s'enroulèrent autour du corps de Kalona, qui les absorba. Ils s'agitaient, faisant sursauter et frémir sa peau. L'immortel poussa un cri ; Aphrodite n'aurait su dire si c'était de souffrance ou de plaisir. Il adressa une grimace sinistre à Neferet et tendit les bras pour accueillir le mal.

— Comme tu voudras, ma déesse.

Il s'avança vers elle, posa un genou à terre et lui offrit son cou. Neferet se pencha, lécha la peau de Kalona ; puis, avec une avidité féroce et effrayante, elle y planta les crocs et but son sang. Les rubans d'Obscurité tremblèrent, palpitèrent et se multiplièrent.

Dégoûtée, Aphrodite détourna le regard, et vit Lucie qui entrait dans le champ.

Lucie ?

Une créature sombre était à son côté, Aphrodite tressaillit : un Corbeau Moqueur ! Il était si proche d'elle qu'ils avaient l'air *ensemble.*

Le Corbeau Moqueur déplia ses ailes et en passa une autour des épaules de Lucie. Celle-ci soupira et s'approcha encore de lui, jusqu'à ce que son aile l'enveloppe tout entière.

Aphrodite était tellement choquée qu'elle ne vit même pas d'où était arrivé l'Indien – soudain, il était là, juste devant le Corbeau Moqueur.

Malgré le choc causé par cette vision, Aphrodite remarqua la beauté incroyable du jeune homme. Son corps splendide était à moitié nu. Il avait des cheveux longs et épais, aussi noirs que les plumes qui y étaient attachées. Il était grand et musclé, bref, carrément canon.

Il ignora le Corbeau Moqueur et tendit la main à Lucie.

— Accepte-moi, et il s'en ira.

Lucie se dégagea de l'étreinte de la créature ailée, mais ne prit pas la main du garçon.

— Ce n'est pas si simple, dit-elle.

— Rephaïm ! Ne me trahis pas une fois de plus ! cria Kalona, toujours à genoux devant Neferet.

Ces paroles firent l'effet d'un déclic sur le Corbeau Moqueur, qui attaqua le jeune Indien. Ils commencèrent à se battre sauvagement alors que Lucie pleurait en regardant la créature.

— Ne me quitte pas, Rephaïm. Je t'en prie, ne me quitte pas.

Derrière eux, Aphrodite vit ce qu'elle prit d'abord pour un lever de soleil étincelant. Elle plissa les yeux et se rendit compte qu'il s'agissait en fait d'un énorme taureau blanc piétinant le cadavre d'un taureau noir qui essayait, en vain, de protéger les vestiges du monde moderne.

Aphrodite sortit de la vision le cœur serré. Nyx souffla sur elle une brise caressante.

— Oh, déesse, murmura la jeune fille. Non, s'il vous plaît, non. Le choix d'une adolescente peut-il briser l'équilibre entre la Lumière et l'Obscurité ? Comment est-ce possible ?

— *N'oublie pas que, lorsque tu as choisi le bien, une nouvelle race de vampires a été créée.*

— Les novices rouges ? Mais ils existaient déjà avant que je fasse quoi que ce soit.

— *Oui, mais sans ton sacrifice ils n'auraient pu retrouver leur humanité. Et n'es-tu pas une simple adolescente ?*

— Oh, mince. Il faut que Zoey revienne.

— *Alors, Heath doit quitter l'au-delà. C'est le seul moyen pour que Zoey décide de retrouver son corps quand son âme sera reconstituée.*

— Et comment puis-je m'assurer que cela va se produire ?

— *En leur transmettant ton savoir, ma fille. Le choix appartiendra ensuite à Heath, à Zoey et à Stark.*

Soudain, Aphrodite fut projetée en arrière. Haletante, elle ouvrit les yeux et vit à travers ses larmes rouges Darius, penché sur elle.

— Tu m'es revenue ! murmura-t-il.

Elle s'assit. Elle avait des vertiges et une terrible migraine. Quand elle repoussa de son visage les cheveux trempés de sueur, elle fut étonnée de voir que sa main tremblait violemment.

— Bois ça, ma beauté. Tu dois reprendre des forces après un voyage de l'esprit.

Il lui tendit un gobelet et l'aida à le porter à ses lèvres. Elle but le vin.

— Il faut que j'aille voir Stark !

— Mais tes yeux... Tu dois te reposer !

— Si je me repose, je prends le risque d'envoyer le monde entier en enfer. Littéralement.

— Alors, je vais t'emmener voir Stark.

Se sentant faible et dépassée, Aphrodite s'appuya contre son combattant alors qu'ils retournaient au Fianna

Foil, où Sgiach regardait toujours son gardien, qui continuait lentement et méthodiquement de couper Stark.

Aphrodite ne perdit pas de temps. Elle fonça droit sur Sgiach.

— Il faut que je parle à Stark. Tout de suite !

— Tu as utilisé ton don ? lui demanda la reine, remarquant son corps tremblant et ses yeux injectés de sang.

— Oui, et j'ai quelque chose à lui dire, sinon ce sera terrible. Pour tout le monde. Vraiment terrible.

La reine hocha la tête et lui fit signe de la suivre jusqu'au Seol ne Gigh.

— Tu ne disposes que d'un instant. Parle vite et distinctement. Si tu le retiens trop longtemps ici, il ne pourra pas retourner dans l'au-delà avant de s'être remis du voyage d'aujourd'hui, et cela pourrait prendre des semaines.

— Je comprends. Je n'aurai qu'une chance. Je suis prête.

Sgiach toucha l'avant-bras de son gardien. Ce n'était qu'une légère caresse, mais elle provoqua une puissante réaction dans le corps de Seoras. Il suspendit son couteau au-dessus du corps ensanglanté, les yeux rivés sur lui.

— *Mo bann ri ?* Ma reine ? fit-il d'une voix râpeuse.

— Rappelle-le. La prophétesse doit lui parler.

Il ferma les yeux comme si ces mots le blessaient.

— Oui, gronda-t-il. Comme vous voudrez.

Il posa la main sur le front de Stark.

— Écoute-moi, mon garçon. Tu dois revenir.

CHAPITRE VINGT-SIX

Stark

Stark recula, brandissant instinctivement son épée, ce qui dévia le coup fatal de son double.

— Pourquoi tu fais ça ? cria-t-il.

— Je te l'ai déjà dit. Tu ne pourras entrer ici qu'en me tuant, et je ne veux pas mourir.

Ils se tournaient autour, méfiants.

— Qu'est-ce que tu racontes ? Tu es moi. Comment pourrais-tu mourir ?

— Je suis une partie de toi, déclara l'autre, le visage dur. La partie méchante. Ou tu es une partie de moi, la bonne, et je déteste dire ça. Alors, ne sois pas aussi stupide. Repense à toi avant que tu ne deviennes une poule mouillée et que tu te mettes au service de cette petite garce. On se connaissait beaucoup mieux à l'époque !

Il souriait avec cruauté, ce qui rendait ses traits à la fois familiers et étrangers.

— Tu es ce qu'il y a de mauvais en moi...

— Mauvais ? Tout dépend du point de vue, tu ne crois pas ? Moi, je ne me trouve pas si mauvais que ça, dit l'apparition en riant. Ce qualificatif est loin de décrire tout mon potentiel. Mon monde est rempli de choses qui dépassent ton imagination.

Stark secoua la tête, ne voulant accepter ce qu'il entendait, et sa concentration diminua. L'autre frappa de nouveau, entaillant son biceps droit. Stark leva son épée, surpris de sentir une étrange brûlure, mais pas de souffrance.

— Ça ne fait pas très mal, hein ? C'est parce que la lame est très aiguisée. Mais fais attention, tu saignes. Beaucoup. D'ici peu, tu n'arriveras plus à tenir ton arme. Alors, tu seras cuit, et je me débarrasserai de toi une bonne fois pour toutes. Mais d'abord, on jouera un peu. Ce sera marrant, de te découper morceau par morceau, jusqu'à ce que tu ne sois plus qu'une carcasse ensanglantée à mes pieds.

Stark tituba. Son double avait raison : il faiblissait. Il devait se battre – il devait se battre maintenant. S'il restait sur la défensive, il mourrait.

Mû par l'instinct, il s'élança en avant et frappa son image. Mais celle-ci parait facilement ses assauts. Puis, comme un cobra, elle attaqua à son tour, perça les défenses de Stark et le blessa à la cuisse.

— Tu ne peux pas me battre. Je connais tous tes coups. Je suis tout ce que tu n'es pas. Ces histoires de bonté t'ont ramolli ! C'est pour ça que tu ne pouvais pas protéger ta Zoey. L'aimer t'a rendu faible.

— Non ! Aimer Zoey est la meilleure chose qui me soit arrivée.

— Oui, ce sera la dernière...

Soudain, Stark se retrouva dans son corps. Il ouvrit les yeux et vit Seoras au-dessus de lui, poignard dans une main, l'autre posée sur son front.

— Non ! Il faut que j'y retourne ! s'écria-t-il.

Il avait l'impression d'être en feu. La douleur dans ses flancs était incroyable – sa puissance envoyait de l'adrénaline dans tout son corps. Son premier instinct fut de bouger. De se battre !

— Non, mon garçon. Rappelle-toi que tu ne peux pas bouger, dit Seoras.

Le souffle court, Stark se força à rester immobile.

— Renvoyez-moi là-bas. Je dois y retourner.

— Stark, écoute-moi, dit Aphrodite en se penchant sur lui. La clé, c'est Heath. Tu dois lui parler avant de voir Zoey. Dis-lui qu'il doit avancer. Il doit laisser Zoey seule dans l'au-delà, sinon elle ne reviendra jamais.

— Quoi ? Aphrodite ?

Elle lui prit le bras et approcha son visage du sien. Il vit le sang dans ses yeux et comprit qu'elle avait eu une vision.

— Fais-moi confiance. Trouve Heath et fais-le partir. Sinon, personne ne pourra arrêter Kalona et Neferet, et tout sera fini.

— S'il veut y retourner, c'est maintenant, annonça Seoras.

— Renvoie-le, dit Sgiach.

Le champ de vision de Stark vira au gris, et il résista alors qu'il se sentait partir.

— Attendez ! Dites-moi comment je peux me combattre moi-même.

— Ah, c'est très simple. Le combattant en toi doit mourir pour donner naissance au shaman.

Stark n'aurait su dire si les paroles de Seoras étaient une réponse à sa question, ou si elles remontaient de sa mémoire, et il n'eut pas le temps de le découvrir. En un clin d'œil, le gardien prit sa tête comme dans un étau et lui passa la lame sur les paupières.

Dans un éclair aveuglant, Stark se retrouva face à lui-même, comme s'il ne s'était jamais absenté. Quoique désorienté par la souffrance causée par cette dernière blessure, il se rendit compte qu'il se défendait plus facilement contre les attaques de son reflet. C'était comme si cette mutilation avait révélé les lignes menant jusqu'au cœur de l'autre, dont Stark n'avait pas eu conscience auparavant, et que son double ne connaissait peut-être pas. Si c'était le cas, il avait une chance, une toute petite chance.

— Je peux m'amuser comme ça toute la journée. Pas toi, le nargua le Stark aux yeux rouges en ricanant avec arrogance.

Alors qu'il riait, Stark s'élança, suivant une ligne de frappe que la douleur lui avait fait découvrir, et toucha l'autre à l'avant-bras.

— Putain ! Tu m'as fait saigner ! Je ne t'en pensais pas capable !

— C'est un de tes problèmes. Tu es beaucoup trop arrogant.

Stark décela une légère hésitation chez son adversaire, et il suivit son intuition.

— Non, ce n'est pas toi qui es arrogant. C'est moi. Je suis arrogant.

Son image baissa un peu la garde. Stark s'en aperçut, et il continua.

— Je suis égoïste, aussi. C'est pour ça que j'ai tué mon mentor. J'étais trop égoïste pour laisser quiconque me battre à quoi que ce soit.

— Non ! hurla son double. Ce n'est pas toi, c'est moi.

Voyant une ouverture, Stark frappa de nouveau, touchant son adversaire au flanc.

— Tu te trompes, et tu le sais. Tu es ce qu'il y a de mauvais en moi, mais tu es toujours moi. Le combattant que je suis ne pouvait pas l'admettre, mais le shaman en moi commence à le comprendre.

Tout en parlant, il soumettait son reflet à une pluie de coups.

— Nous sommes arrogants. Nous sommes égoïstes. Parfois, nous sommes mesquins. Nous avons un sale caractère, et nous sommes rancuniers.

Ses mots parurent atteindre son adversaire, qui répliqua avec une rapidité incroyable, attaquant Stark avec une technique et une détermination impressionnantes. « Oh, déesse, non. Faites que je n'aie pas tout gâché », pria le combattant-shaman. Alors qu'il essayait de repousser ces assauts, il se rendit compte qu'il réagissait de façon trop prévisible, trop rationnelle. S'il voulait gagner, il lui fallait faire quelque chose à quoi l'autre ne s'attendait pas.

« Je dois lui donner une ouverture. »

Stark sut avec certitude qu'il tenait là la solution. Il fit semblant de baisser sa garde sur la gauche. L'autre plongea aussitôt en avant, se rendant, l'espace d'un instant, encore plus vulnérable que lui-même. Avec une férocité dont il ne se serait pas cru capable, Stark écrasa la poignée de son épée sur le crâne de son double.

Celui-ci tomba à genoux en haletant.

— Alors, maintenant tu vas me tuer, entrer dans l'au-delà et ramener la fille, souffla-t-il.

— Non. Maintenant, je vais t'accepter, parce que, si sage et bon que je devienne, tu seras toujours en moi.

Ils se regardèrent dans les yeux. Soudain, son « moi » détestable laissa tomber son épée et se précipita en avant, s'empalant sur celle de Stark.

Le cœur de Stark se serra. Il s'était tué !

— Non ! cria-t-il.

Son image sourit d'un air entendu.

— On se reverra, combattant, murmura-t-il, ses lèvres tachées de sang. Plus tôt que tu ne le crois.

Stark retira l'épée de la poitrine du mourant, qui tomba à genoux.

Le temps sembla s'arrêter pendant que la lumière divine du royaume de Nyx faisait luire sa lame. Tout à coup, Seoras apparut à côté des deux garçons.

Il prit la parole sans quitter l'arme des yeux.

— Tu as choisi de te dévouer à un As, une *bann ri*, ta reine. Cette épée forgée dans le sang brûlant sera ta claymore de gardien. Sa lame est tellement aiguisée qu'elle tranche sans faire mal, et celui qui la maniera frappera sans pitié, sans crainte ni indulgence ceux qui essaieront de salir notre grande lignée.

Comme hypnotisé, Stark fit tourner l'épée entre ses mains. Les pierres précieuses incrustées dans la poignée miroitèrent.

— Ces cinq cristaux, expliqua Seoras, battent constamment au rythme du cœur du gardien, s'il est un combattant qui place l'honneur au-dessus de la vie. Es-tu ce combattant, mon garçon ? Seras-tu un vrai gardien ?

— Je veux l'être, répondit Stark, s'efforçant de percevoir ce pouls magique.

— Alors, tu devras toujours agir avec dignité et envoyer celui que tu auras vaincu dans un endroit meilleur. Si ton sang, ton âme et ton esprit sont vrais, tu accepteras et exécuteras ce devoir avec facilité. Mais sache que tu ne pourras pas revenir en arrière, car tels sont la loi et le sort du pur gardien, sans rancune, sans méchanceté, sans préjugé ni vengeance ; une foi infaillible en l'honneur sera ta seule récompense, sans garantie d'amour, de bonheur ou de gain.

Stark lut une résignation infinie dans le regard de Seoras.

— Tu porteras ce fardeau pour l'éternité. Maintenant, tu connais la vérité. Décide, mon fils.

À cet instant, l'image de Seoras se dissipa, et le temps reprit son cours. Stark fixa son autre moi qui, agenouillé devant lui, le regardait avec crainte et résignation.

« Mourir avec honneur. »

Pendant qu'il pensait à ces mots, la poignée de la claymore se réchauffa et se mit à palpiter au rythme des battements de son cœur. Il referma les deux mains sur elle, se délectant de cette sensation.

Alors, le poids de l'épée devint une force de vie, le remplissant d'une puissance et d'un savoir magnifiques et terribles. Sans réfléchir, sans éprouver aucune émotion, il asséna le coup fatal à son double, le coupant en deux du crâne à l'entrejambe. Il y eut un gros soupir, puis le corps disparut.

Soudain, il prit conscience de sa brutalité et tomba à genoux, lâchant l'épée.

— Déesse ! haleta-t-il. Comment puis-je faire une chose pareille, et être honorable ?

L'esprit tourbillonnant, il inspecta sa peau, s'attendant à y voir des plaies béantes et du sang. Il se trompait. Il n'avait aucune blessure physique. La seule qu'il lui restait était le souvenir de ce qu'il avait fait.

Comme indépendamment de sa volonté, sa main trouva la poignée de l'épée. Repassant dans son esprit le coup qu'il avait porté, Stark serra son arme avec force, réconforté par sa chaleur et l'écho des battements de son cœur.

— Je suis un gardien, murmura-t-il.

Alors, il s'accepta vraiment et, enfin, comprit. Il ne s'agissait pas de tuer le mal qu'il portait en lui, mais de le contrôler. C'était ce que faisait un vrai gardien. Il ne rejetait pas la brutalité ; il lui opposait l'honneur.

Stark pencha la tête et l'appuya sur la claymore.

— Zoey, mon As, ma *bann ri shi'*, ma reine – je choisis de suivre la voie de l'honneur. C'est le seul moyen pour que je sois le combattant dont tu as besoin. Je le jure.

Son serment flottait encore dans l'air quand l'arche qui marquait la frontière de l'au-delà de Nyx disparut, tout comme l'épée, le laissant seul, à genoux devant le bois de la déesse et la beauté éthérée de l'arbre à souhaits.

Il se releva avec difficulté et se dirigea automatiquement vers le bois. Il n'avait qu'une pensée en tête : la trouver – sa reine, sa Zoey.

Non. Il s'y prenait mal. Il ralentit, puis s'arrêta.

Ce n'était pas Zoey qu'il était censé trouver. C'était Heath. Aphrodite avait beau être insupportable, il savait que ses visions étaient réelles. Qu'est-ce qu'elle avait dit, déjà ? Quelque chose sur Heath, qui devait avancer pour que Zoey puisse revenir.

Stark réfléchit. Si douloureux que ce soit, il comprenait pourquoi ce qu'avait vu Aphrodite était la vérité. Zoey connaissait Heath depuis qu'elle était petite. Elle l'avait vu mourir, et cela lui avait fait tant de mal que son âme s'était brisée. Si elle pouvait être entière, ici, avec Heath...

Il regarda autour de lui. Le royaume de Nyx était incroyable. Stark devinait que le bois était immense, et se doutait que l'au-delà n'avait pas de limites. Mais, en toute honnêteté, le bois lui suffisait, vert et accueillant, un refuge rêvé pour son esprit. Oubliant un instant ses responsabilités de gardien de Zoey, et sachant que sa quête était loin d'être terminée, il voulait y entrer, inspirer à fond, et se laisser envahir par sa paix. Il ne lui manquait que la présence de Zoey pour qu'il se sente heureux.

« Comme Zoey ! songea-t-il. Maintenant qu'elle a retrouvé Heath, elle voudra rester. » Stark se passa la main sur le visage. Cela lui brisait le cœur – mais il devait se rendre à l'évidence : Zoey aimait Heath, peut-être plus qu'elle ne l'aimait, lui.

Il se secoua. L'amour qu'elle éprouvait pour Heath n'avait pas d'importance ! Zoey devait revenir, sinon le monde ressemblerait à la vision d'Aphrodite. Et si Heath n'était plus là, il arriverait sans doute à la convaincre de repartir avec lui. Zoey était comme ça : elle se souciait plus de ses amis que d'elle-même.

Voilà pourquoi Heath devrait la quitter, et pas l'inverse. Il lui faudrait donc le trouver et le convaincre d'abandonner la seule fille qu'il ait jamais aimée. Pour toujours.

« Impossible ! » se dit-il.

Tout comme se vaincre lui-même et accepter tout ce que cela signifiait ?

« Réfléchis, bon sang ! Pense comme un gardien, pas comme un ado stupide. »

Oui, il allait chercher Zoey. Heath serait là, lui aussi.

Il regarda l'arbre à souhaits. Il était plus grand que celui de Skye, et les morceaux de tissu attachés à ses branches ne cessaient de changer de couleur et de forme, tout en s'agitant doucement dans la brise tiède.

L'arbre à souhaits parlait de rêves, de vœux et d'amour.

Or il aimait Zoey.

Il ferma les yeux et se concentra sur elle – sur l'amour qu'il lui portait, sur la douleur que lui causait son absence.

Le temps passa... des minutes, peut-être des heures. Rien. Rien du tout. Pas même une vague idée de l'endroit où elle pouvait se trouver. Il ne sentait pas sa présence.

« Tu ne peux pas abandonner ! Pense comme un gardien », se répéta-t-il.

Si l'amour ne le conduisait pas jusqu'à Zoey, qu'est-ce qui le ferait ? Qu'y avait-il de plus fort que l'amour ?

Surpris, il se rendit compte qu'il connaissait déjà la réponse. On la lui avait fournie en même temps que son titre de gardien et que la claymore magique.

— Pour un gardien, l'honneur est plus fort que l'amour.

À peine avait-il prononcé ces mots qu'un fin ruban doré apparut dans l'arbre. Sa lueur lui rappela le torque en or jaune que Seoras portait au poignet. Lorsque le ruban se dénoua et s'envola en direction du bois, Stark n'eut aucune hésitation. Se fiant à son instinct, il se lança à sa poursuite.

CHAPITRE VINGT-SEPT

Heath

L'état de Zoey empirait. Ce n'était pas juste ! N'avait-elle pas déjà assez souffert ? À cause de son âme brisée, elle s'éloignait de lui, elle s'éloignait de tout. Au début, c'était à peine perceptible. Mais, récemment, le processus s'était accéléré. Plus ils s'enfonçaient dans le bois, fuyant Kalona, plus sa transformation était rapide. Et il ne pouvait rien y faire. Elle ne l'écoutait pas ; il n'arrivait pas à la raisonner. Elle ne tenait pas en place. Littéralement.

Il la voyait devant lui. Même s'il courait presque sur la rive mousseuse d'un petit ruisseau chantant, il n'allait pas assez vite pour elle. Elle avançait loin devant lui, tantôt murmurant quelque chose, tantôt pleurant doucement, mais toujours agitée – toujours en mouvement.

Il avait l'impression de la voir s'évaporer.

Heath devinait pourquoi il en était ainsi : c'est parce que son âme n'était pas entière. C'était logique. Il avait essayé de lui en parler, de la convaincre d'en rassembler les pièces et de retourner dans son corps. Il espérait que c'était possible. Il ne comprenait pas vraiment comment fonctionnait l'au-delà, même si, avec le temps, il savait davantage de choses, sans doute parce qu'il était mort.

Cela lui faisait trop bizarre de se dire qu'il était décédé ! Non pas que ça lui fasse peur, parce qu'il ne se sentait pas mort ; il avait juste l'impression d'être dans un endroit différent. Cependant il se sentait perdu. En tout cas, il ne faisait aucun doute que Zo n'était pas morte, et qu'elle n'avait rien à faire là.

Il soupira. Parfois, lui aussi avait l'impression qu'il n'était pas à sa place ici…

Zo était dans un état lamentable, et ils ne pouvaient pas quitter le bois sans que Kalona ou quelqu'un d'autre leur saute dessus et le tue de nouveau, à supposer qu'une telle chose soit possible.

S'il n'y avait pas eu ces désagréments, il serait presque bien ici. Presque, car son esprit cherchait autre chose – quelque chose qu'il ne pouvait pas trouver.

— Tu es mort trop tôt. C'est pour ça.

Heath sursauta, surpris. Zoey se tenait devant lui, se balançant d'avant en arrière. Elle le regardait, l'air malheureux.

— Zo, bébé, tu es flippante quand tu surgis comme ça devant moi, fit-il en se forçant à rire. On dirait que c'est toi le fantôme, pas moi.

— Désolée, désolée…, marmonna-t-elle en se mettant à marcher en cercle autour de lui. C'est juste qu'elles m'ont dit que tu n'étais pas heureux ici parce que tu étais mort trop tôt.

Heath la suivait des yeux tournant sur lui-même.

— Qui, « elles » ?

Zoey désigna le bois d'un geste vague.

— Celles qui sont un peu comme moi.

Il s'approcha d'elle.

— Bébé, tu ne te souviens pas ? On en a déjà parlé. Ce sont des parties de toi. C'est pour ça que tu te sens aussi mal. La prochaine fois qu'elles te parleront, je veux que tu leur demandes de revenir en toi. Ça ira beaucoup mieux ensuite.

Il s'apprêtait à poser les mains sur ses épaules pour la forcer à l'écouter, une bonne fois pour toutes, lorsqu'un ruban doré attira son attention.

Zoey se détourna.

— Je dois y aller ! Je dois continuer d'avancer, Heath. C'est tout ce que je suis capable de faire.

Avant qu'il ne puisse réagir, elle s'éloigna d'un pas étrange, telle une plume malmenée par une bourrasque.

— Oh non ! Ça ne va pas se passer comme ça, pesta Heath.

Il commença à la suivre : il devait l'aider ! Soudain, il s'arrêta : le problème, c'était qu'il ne savait pas comment.

— Je ne sais pas quoi faire ! cria-t-il en donnant un coup de poing dans un arbre couvert de mousse.

Il frappait le tronc, encore et encore, ignorant la douleur dans sa main.

— Je ne sais pas quoi faire ! répétait-il, désespéré, jusqu'à ce que ses phalanges s'ouvrent, et que l'odeur de son sang se mette à flotter autour de lui.

Soudain, une ombre couvrit le soleil. Il essuya sa main blessée sur la mousse et regarda en l'air.

L'Obscurité. Des ailes, qui masquaient la lumière de la déesse.

Le cœur battant à tout rompre, il s'accroupit, ses poings ensanglantés, sur la défensive. Mais l'attaque ne vint pas.

Alors, un murmure sembla se glisser dans ses veines.

« Elle pourrait rester avec toi pour toujours, mais, pour cela, elle doit être entière. »

— Quoi ? Qui est là ?

« Sers-toi de ton cerveau, mortel insignifiant ! »

— OK, dit Heath en plissant les yeux.

Était-ce Kalona ?

« Tu dois l'amener à rappeler toutes les parties de son âme, et ensuite elle pourra se reposer ici, dans le bois sacré, avec toi. »

— Ça, je le sais. Mais comment la convaincre ?

« La réponse est dans ton lien avec elle. »

— Mon lien avec elle…, répéta-t-il.

Tout à coup, il se rendit compte qu'il savait comment utiliser leur lien. Il devait seulement forcer Zo à l'écouter ; et il y était toujours parvenu, même quand il s'était comporté comme un imbécile, à l'époque où il buvait et négligeait les cours et qu'elle avait tenté de le larguer. Il avait toujours réussi à préserver leur relation.

Il sourit : oui, c'était ça ! Il se précipita vers Zoey, et la lumière de la déesse se remit à briller. Leur lien était la clé. Leur relation avait toujours marché, quoi qu'il puisse se passer dans leur vie. C'était ce qui avait conduit Zoey jusqu'à lui, même après sa mort. Quand elle aurait compris qu'ils pouvaient être ensemble, ici, elle reconstruirait son âme. Et ensuite, quels que soient les problèmes qu'ils auraient à affronter, ils les surmonteraient ensemble – pour toujours. Ce ne serait pas si difficile que ça. Sa Zoey était sacrément forte.

Avec une détermination nouvelle, Heath s'élançait derrière Zoey lorsque quelqu'un murmura son nom. Il s'arrêta.

— Qu'est-ce qui se passe ?

— Pssst ! Par ici !

Heath se retourna vers l'endroit où le ruban doré s'était pris dans les branches d'un sorbier. Sa surprise fut totale quand un garçon sortit de derrière l'arbre.

— Stark ? Qu'est-ce que… ?

— Chut ! Zoey ne doit pas savoir que je suis là.

— Qu'est-ce que tu fous là ? Ah, merde ! Tu es mort, toi aussi ? Zo ne va pas le supporter !

— Ne parle pas si fort. Non, je ne suis pas mort. Je suis là pour protéger Zoey, afin qu'elle puisse retrouver son corps et retourner là où est sa place. Tu sais que tu es mort, hein ?

— Sans blague ? Je n'étais pas au courant. Heureusement que tu es là pour me l'apprendre ! Je me demande ce que je ferais sans toi.

— Bon, alors est-ce que tu sais que l'âme de Zoey est brisée ?

Avant que Heath ne puisse répondre, ils l'aperçurent tous les deux, et Stark fila se cacher dans les fourrées. Heath s'avança vers elle pour qu'elle ne puisse pas voir son combattant.

— Tu ne m'as pas suivie. Tu me suis toujours, dit-elle en se balançant d'avant en arrière.

— J'arrive, Zo. Tu sais que je serai toujours à tes côtés. C'est juste que tu es plus rapide que moi.

— Alors, tu ne vas pas me quitter ?

Il lui toucha la joue, malheureux de la voir aussi faible, aussi incertaine, aussi différente de la Zoey qu'elle était autrefois.

— Non. Je ne vais pas te quitter. Vas-y. Je te rattraperai.

La voyant hésiter, et craignant qu'elle ne se remette à tourner autour de lui, ce qui la rapprocherait de la cachette de Stark, il ajouta :

— Hé, ça te ferait peut-être du bien d'aller vraiment très vite. Et si tu courais un peu pendant un moment ? Ensuite, reviens. Si ça ne te dérange pas, je vais rester là un instant. Je vais souffler un peu.

— Désolée, désolée... C'est vrai que tu as besoin de repos... Je n'y pensais plus...

Elle commença à s'éloigner de lui.

— Ne va pas trop loin ! cria-t-il. Et n'oublie pas de revenir !

— Je n'oublierai pas ! Je ne peux pas t'oublier, toi.

Sans le regarder, elle disparut parmi les arbres. Stark sortit de l'ombre.

— C'est pire que ce que je pensais, lâcha-t-il, choqué.

Heath hocha la tête d'un air sombre.

— Oui, je sais. Le fait que son âme s'est brisée l'a complètement démolie. Elle ne peut pas se reposer, elle ne peut pas réfléchir... Elle est très mal.

— Le conseil supérieur nous a prévenus. Elle se transforme en Caoinic Shi. Ni morte ni vivante, elle s'est trouvée dans le royaume des esprits, privée de son âme. C'est pour ça qu'elle est dans cet état, et ça va encore empirer. Elle ne sera plus capable de se reposer. Plus jamais.

— Alors, il faut qu'on la pousse à se reprendre ! Je pense en être capable. Et, mec, je ne dis pas ça pour que tu te sentes mal, mais tu ne peux pas m'aider. Si tu veux me donner un coup de main, va plutôt régler son compte à ce truc effrayant qui nous poursuit. Moi, je m'occupe de Zo.

— Oui, tu peux la forcer à réunir les parties de son âme en lui promettant que tu resteras ici avec elle, mais si tu tiens ta parole, tu détruiras tous ceux que Zoey aime dans le monde réel.

— Ce n'est pas cool de dire des trucs comme ça, fit Heath. Laisse-la partir pour de bon, mec. Je sais que tu l'aimes, mais, sérieusement, tu ne la connais pas depuis longtemps. Ça fait des années que je suis avec elle. Je comprends qu'elle va te manquer, mais elle sera bien ici avec moi – elle sera heureuse.

— L'amour n'est pas le problème. Là, il faut faire le bon choix. Je te jure en tant que gardien que c'est la vérité. Si

Zoey ne retourne pas dans son corps, le monde tel qu'elle le connaissait – tel que tu le connaissais – sera détruit.

— C'est quoi, cette histoire de gardien ?

— En bref, il s'agit d'une question d'honneur.

Quelque chose dans la voix de Stark fit que Heath le regarda avec des yeux nouveaux. Le vampire avait changé, il semblait plus grand, plus âgé, différent. Et il paraissait triste. Très triste.

— Je te crois.

Stark hocha la tête.

— Aphrodite a eu une vision. Elle a vu que tu devais aider Zoey à rassembler les pièces de son âme en lui promettant de rester ici avec elle. Pour qu'elle ne se transforme pas en Caoinic Shi' et qu'elle redevienne elle-même. Sauf que, si elle ne revient pas sur Terre, il n'y aura plus personne pour arrêter Neferet et Kalona.

— Et ils prendront le contrôle du monde.

— Et ils prendront le contrôle du monde.

— Je dois quitter Zoey…

— Elle ne sera pas seule. Je suis son combattant, son gardien. Je te donne ma parole que je la protégerai toujours.

Heath hocha la tête et détourna le regard, essayant de maîtriser ses émotions. Il voulait se sauver en courant, rejoindre Zoey et rester avec elle, ici ou ailleurs, jusqu'à la fin des temps. Mais la vérité le frappa de plein fouet : Zoey ne supporterait pas que ses amis soient détruits. Sa tristesse serait plus forte que son amour pour lui, que son amour pour qui que ce soit. Alors, s'il l'aimait vraiment, il devrait s'en aller.

Il avait envie de vomir, mais il réussit à s'exprimer d'une voix calme, normale.

— Comment vas-tu la convaincre de se rassembler quand je serai parti ?

— Tu ne pourrais pas lui dire que tu vas rester et l'aider à se rassembler avant de t'en aller ?

— Écoute, je ne vais pas être trop dur avec toi, vu que de ne pas être mort te rend complètement débile, mais il n'est pas question que je lui mente. C'est ridicule.

— OK, dit Stark en passant la main dans ses cheveux. Alors, je ne sais pas comment je vais faire, mais je vais y arriver. Je n'ai pas le choix. Si tu es capable de la quitter, je dois être capable de trouver un moyen de la sauver.

— Seulement, n'oublie pas que Zoey n'a pas envie qu'un mec la sauve. Elle aime prendre soin d'elle-même. Il faut que tu la laisses se débrouiller seule.

Stark hocha la tête d'un air solennel.

— Je m'en souviendrai.

— Eh bien, alors allons-y.

Ils partirent tous les deux dans la direction où elle avait disparu.

— Je resterai à l'écart pendant que tu lui dis au revoir. J'attendrai que tu sois parti pour aller la voir.

Trop ému, Heath se contenta de hocher la tête.

— C'est quoi, ce truc qui vous poursuit, dont tu m'as parlé ? demanda Stark.

Heath s'éclaircit la voix.

— D'abord, j'ai cru que c'était Kalona, mais il s'est passé quelque chose de bizarre aujourd'hui, et je n'en suis plus si sûr. En tout cas, il m'a aidé à trouver un moyen de sauver Zoey.

— À condition qu'elle reste, pas vrai ?

— Oui, c'était ça, l'idée.

— Donc, Kalona t'a expliqué comment faire en sorte que Zoey ne quitte pas l'au-delà, et ne retrouve jamais son corps. C'est exactement ce qu'il est censé faire.

— Et il a failli y parvenir en se servant de moi. Quel salaud ! Comme si ça ne lui avait pas suffi de me tuer ! Alors, c'est pour ça que tu es là ? Pour vaincre Kalona afin que Zoey puisse rentrer avec toi ?

— Oui.

— Bonne chance, mec. Il va t'en falloir pour mettre une raclée à un immortel !

— J'y ai réfléchi, et je pense que tout ce que je dois faire, c'est le tenir à distance le temps que Zoey redevienne entière. Ensuite elle retrouvera son corps, et Kalona ne pourra pas lui faire de mal – du moins pour l'instant.

— Non. Désolé de gâcher ton plan, mais si c'était ça, elle n'aurait pas besoin de toi pour la protéger.

Stark lui lança un regard interrogateur.

— Zoey est en sécurité dans ce bois. C'est un endroit spécial, magique ; une version améliorée de la Terre, où règne une paix absolue. Tu ne le sens pas ?

— Si. C'est la Terre, en mieux. Et je ressens aussi la paix. Depuis le début.

— C'est pour ça qu'elle a besoin de toi. Car, tant qu'elle sera à l'abri du danger ici, elle ne retournera pas d'elle-même dans le monde réel. Alors, je le répète, je te souhaite bonne chance. J'espère que tu feras mieux que moi... Et si c'est le cas, colle-lui un pain, à ce Kalona, pour moi, et pour Zoey.

— Je n'y manquerai pas. Heath, je veux que tu saches que je ne serais pas assez courageux pour faire ce que tu fais. Je ne serais pas capable de la quitter.

Heath haussa les épaules.

— Il faut croire que je l'aime plus que tu ne l'aimes.

— En tout cas, tu fais le bon choix. Un choix honorable.

— Tu sais, je me fous bien de l'honneur. Ce qui marche entre Zo et moi, c'est l'amour. Ça a toujours marché. Ça marchera toujours.

Alors qu'ils reprenaient leur route en silence, perdus dans leurs pensées, Stark se repassait les mots de Heath dans sa tête, encore et encore. « *Ce qui marche entre Zo et moi, c'est l'amour. Ça a toujours marché. Ça marchera toujours.* » Et soudain, il comprit – il comprit vraiment. Cela ne faciliterait pas ce qu'il s'apprêtait à faire, mais, au moins, cela rendrait les choses supportables.

Ils la trouvèrent dans une petite clairière. Elle tournait autour d'un grand arbre. Ils s'avancèrent en prenant soin de rester cachés derrière des buissons. Stark s'arrêta au pied des rochers couverts de mousse, imité par Heath.

— C'est bizarre, dit celui-ci à voix basse. Je me demande ce qu'un cèdre fait là.

— C'est un cèdre ?

— Oui. Il y en a un énorme entre l'ancienne maison de Zo et la mienne, presque identique, et il sent pareil.

— C'est ce que la grand-mère de Zoey a conseillé de faire brûler à côté de moi pendant que je serais ici, dans l'au-delà, dit Stark. Aphrodite en a apporté un plein sac. Ils l'ont allumé juste avant que je quitte mon corps. C'est bon signe ! Nous sommes sur la bonne voie.

Heath le regarda dans les yeux un long moment avant de répondre.

— Peut-être mais cela ne me rend pas les choses plus faciles.

— Je m'en doute...

— Vraiment ? Parce que je m'apprête à te laisser la seule fille que j'ai jamais aimée alors que je sais qu'elle a besoin de moi.

— Que veux-tu que je te dise, Heath ? Que j'aurais préféré que tout cela ne soit pas arrivé ? Que tu ne sois pas mort, que l'âme de Zoey ne soit pas brisée, et que mon seul souci soit d'être jaloux de toi et de cet abruti d'Érik ? C'est le cas.

— Tu n'as pas à être jaloux d'Érik. Zo ne restera jamais avec un crétin possessif. Ne te prends pas la tête à cause de ce genre de mecs.

— Si je la retrouve, entière, dans son corps, je ne me prendrai plus jamais la tête à cause d'un mec.

— *Quand*, rectifia Heath d'un ton solennel. *Quand* tu la retrouveras, pas *si*. Je ne vais pas la quitter si tu n'es pas sûr de ce que tu fais.

— Tu as raison. *Quand* je la retrouverai. Je suis persuadé que nous avons fait le bon choix. C'est juste que je sais que, quoi qu'il arrive, Zoey va souffrir.

— Oui, c'est sûr. Mais rien ne peut être pire que ce qu'elle vit en ce moment.

Heath poussa un long soupir, puis regarda une dernière fois Stark dans les yeux.

— Dis-lui bien que je ne veux pas qu'elle pleure et qu'elle se fasse du souci pour moi. Rappelle-lui de ma part qu'elle n'est pas très séduisante quand elle fait ça.

— Compte sur moi.

— Oh, d'ailleurs, tu ferais mieux de toujours avoir des Kleenex sur toi.

— D'accord, fit Stark, ému.

Heath lui tendit la main.

— Prends soin d'elle pour moi.

— Je te donne ma parole de combattant.

— Tant mieux, parce que tu devras me rendre des comptes à notre prochaine rencontre, conclut Heath.

Sur ce, il inspira profondément et sortit de leur cachette. Il regarda Zoey et vit, non pas le fantôme qu'elle était en train de devenir, mais la fille qu'il aimait depuis l'enfance. Il se souvint de la frange irrégulière que sa mère avait coupée en CM1. Il sourit en repensant à sa période garçon manqué, au collège, quand elle avait toujours des croûtes aux genoux, et à cet été, avant le lycée, où il était parti pendant un mois avec ses parents, la laissant dégingandée et maladroite, pour retrouver, à son retour une jeune déesse. Sa jeune déesse.

— Hé, Zo ! lança-t-il en lui emboîtant le pas.

— Heath ! Où tu étais passé ? Je t'attendais. Je me suis arrêtée là pour que tu puisses me rattraper. Tu m'as manqué.

— Tu es rapide, Zo. Je t'ai rattrapée dès que possible, dit-il en lui prenant la main.

Sa peau était glacée.

— Comment ça va, bébé ?

— Je ne sais pas. Je me sens bizarre. J'ai la tête qui tourne, et je me sens lourde. Qu'est-ce qui ne va pas chez moi, Heath ?

Il s'arrêta, la forçant à s'immobiliser.

— Ton âme s'est brisée, Zo. Nous sommes dans l'au-delà, tu te souviens ?

Les grands yeux sombres de Zoey croisèrent les siens, et l'espace d'un instant, elle parut presque redevenue elle-même.

— Oui, je m'en souviens maintenant, et je peux te dire que c'est vraiment pourri.

Heath cligna des paupières, pour chasser les larmes qui lui brouillaient la vue et sourit.

— Tu as bien raison, mais je sais comment arranger les choses.

— C'est vrai ? Cool ! Seulement, essaie de le faire pendant que je marche. J'ai un mal fou à rester sur place.

Heath posa les mains sur ses épaules pour la forcer à le regarder.

— Il faut que tu rassembles les parties de ton âme pour retrouver ton corps dans le monde réel. Tu dois le faire pour tes amis, pour Stark, pour ta grand-mère. Et pour moi.

Zoey sursauta.

— Pas sans toi, Heath ! Je ne veux pas retourner dans le monde réel sans toi.

— Je sais, bébé, dit-il doucement, mais parfois on est obligé de faire ce qu'on n'a pas envie de faire. Comme moi. Je ne veux pas te quitter, mais il est temps que j'aille de l'avant.

Elle écarquilla les yeux et serra sa main.

— Tu ne peux pas me laisser, Heath ! Je mourrai si tu fais ça.

— Non, bébé, au contraire. Tu te reprendras, et tu vivras.

— Non, non, non ! Ne me quitte pas ! supplia-t-elle en sanglotant. Je ne peux pas rester là sans toi.

— C'est ce que j'essaie de te faire comprendre, Zo. Si je ne suis plus là, tu retrouveras ta place, et tu ne te transformeras pas en fantôme.

— Je vais faire un effort, mais reste ici. Reste avec moi. Je vais aller mieux, tu verras. Je te le promets, Heath.

Il s'était attendu à cette réponse, alors il savait quoi dire, même cela lui brisait le cœur.

— Il ne s'agit pas que de toi, Zo. Il s'agit aussi de ce qui est bon pour moi. Il est temps que je poursuive ma route.

— Qu'est-ce que tu racontes ? Je ne comprends pas, Heath.

— Je sais, bébé. Je ne comprends pas vraiment non plus, mais je le sens, dit-il en toute honnêteté.

Alors, il trouva les mots justes, et la paix l'envahit, apaisant son cœur. Oui, il avait pris la bonne décision, il en avait la certitude.

— Je suis mort trop tôt. Je veux ma vie, Zo. Je veux une chance. Si je reste ici, je ne vivrai plus jamais, et toi non plus.

Zoey ne sanglotait plus, mais des larmes coulaient toujours sur ses joues, comme si elle se tenait sous la pluie.

— Je ne peux pas continuer sans toi !

Heath la secoua doucement et se força à sourire.

— Si. Si je peux le faire, toi aussi. Parce que tu es plus maligne et plus forte que moi. Tu l'as toujours été.

— Non, Heath, murmura-t-elle.

— Je veux que tu te rappelles quelque chose, Zo. C'est important, et tu comprendras quand tu seras redevenue toi-même. Je vais partir et vivre une nouvelle vie. Tu vas devenir une grande prêtresse célèbre, ce qui veut dire que tu vivras des millions d'années. Je te retrouverai. Même si ça prend longtemps, je te promets qu'on se retrouvera, Zoey Redbird.

Il la serra dans ses bras et l'embrassa, essayant de lui montrer par ses gestes que son amour pour elle était éternel. Quand il réussit finalement à la relâcher, il crut lire de la compréhension dans son regard hanté, choqué.

— Je t'aimerai toujours, Zo.

Alors, il se détourna et s'éloigna d'elle. L'air s'ouvrit comme un rideau devant lui, et il disparut aux yeux de Zoey.

Brisée, elle s'approcha du cèdre et, silencieuse comme un cadavre, le visage baigné de larmes, elle se remit à marcher en rond.

CHAPITRE VINGT-HUIT

Kalona

Kalona n'aurait su dire depuis combien de temps il était dans l'au-delà. Cela avait été un tel choc, d'être arraché à son corps par l'Obscurité que manipulait Neferet, qu'il n'avait eu conscience de rien, à part sa peur d'être de retour dans le royaume de celle qui avait été sa déesse.

Il n'avait pas oublié la beauté et la magie de ces lieux.

Il soupira à l'idée qu'il avait été bien différent quand il avait vécu ici.

Il avait été une force de la Lumière, protégeant Nyx contre l'Obscurité, qui tentait de faire pencher la balance en faveur du mal, de la souffrance, de l'égoïsme et du désespoir dont elle se nourrissait.

Pendant d'innombrables siècles, Kalona avait protégé sa déesse contre tout, sauf contre lui-même.

Comme il était ironique que l'Obscurité se soit servie de l'amour pour le faire chuter ! Plus ironique encore qu'après sa chute la Lumière se soit elle aussi servie de l'amour pour l'emprisonner.

Il s'était demandé brièvement si ce sentiment pouvait lui faire plus de mal qu'il ne lui en avait déjà fait. Était-il encore capable de l'éprouver ?

Il n'aimait pas Neferet. Il l'avait utilisée pour se libérer de sa prison terrestre, tout comme elle l'avait utilisé à ses propres fins.

Aimait-il Zoey ?

Il ne voulait pas causer sa perte, mais la culpabilité n'était pas l'amour. Le regret non plus. Ces émotions n'étaient pas assez fortes pour justifier qu'il sacrifie sa liberté afin de la sauver.

Alors qu'il se déplaçait dans le royaume de la déesse, il avait chassé ces questions de son esprit pour se concentrer sur sa tâche.

Le premier pas, c'était de trouver Zoey.

Le second, c'était de faire en sorte qu'elle ne puisse pas retourner sur Terre, afin qu'il réintègre son corps et honore la promesse faite à Neferet.

Localiser Zoey n'avait pas été difficile. Il avait simplement dû se concentrer sur elle, et son esprit avait suivi l'Obscurité jusqu'à elle, et les fragments de son âme.

L'humain qu'il avait tué était là lui aussi.

C'était étrange de le voir la réconforter, la rassurer, puis, instinctivement, la guider dans le bois sacré de la déesse. Un lieu constitué de la pure essence de Nyx, où, tant que l'équilibre de la Lumière et de l'Obscurité serait respecté, le mal ne pourrait pas entrer.

Kalona se rappelait bien ce bois. C'était là qu'il avait pris conscience de son amour pour Nyx. À cette époque terrible, précédant sa chute, c'était le seul endroit où il avait réussi à trouver un peu de paix.

Il avait essayé d'y pénétrer à nouveau, pour rattraper Zoey et Heath et accomplir la mission que lui avait confiée

Neferet. Cependant il n'avait pu franchir la barrière du bois sacré. Cette tentative l'avait laissé épuisé, à bout de souffle, lui rappelant ce qu'il avait ressenti sous terre.

La magie et la paix de la Terre de la déesse l'avaient rejeté ; il était trop lié à l'Obscurité pour que le bois l'accepte.

Kalona s'attendait à tout moment à ce que Nyx apparaisse devant lui pour l'accuser d'être un intrus et le chasser de son royaume.

Il patientait à l'orée du bois. Il n'avait pas mis longtemps à comprendre qu'ainsi il finirait par accomplir sa tâche.

Car Zoey commençait à disparaître. Elle devenait une Caoinic Shi' et, si elle continuait, elle ne pourrait jamais retrouver son corps.

L'idée qu'elle soit condamnée à être une créature ni morte ni vivante, incapable de connaître le repos pour l'éternité, le rendait étrangement triste.

Il se secoua : encore des sentiments ! En serait-il jamais débarrassé ? Oui. Il devait exister un moyen. Peut-être Neferet avait-elle raison. Peut-être était-ce aussi facile que de se débarrasser de Zoey. Alors, il serait libéré du sentiment de culpabilité, de désir et de perte qu'elle éveillait en lui.

Il savait pourtant qu'il ne serait pas libéré d'elle s'il la laissait devenir un spectre, l'ombre d'elle-même. Cela le hanterait pour l'éternité.

Il observait Heath, qui essayait de la soutenir alors que tout réconfort était impossible.

« Il l'aime, et elle l'aime aussi », songea-t-il, surpris de ne ressentir ni colère ni jalousie à cette pensée. C'était un simple constat. Si son monde n'avait pas été ainsi bouleversé, Zoey aurait pu mener une vie simple, innocente et heureuse avec cet humain.

Alors, Kalona comprit comment il pouvait se libérer de Zoey et tenir sa promesse envers Neferet.

Elle serait heureuse ici avec ce garçon, elle serait là, dans le bois de Nyx, avec son amour d'enfance, et Kalona retournerait sur Terre, libre de son attachement à elle. « Ce serait une bonne action, de la convaincre de rester là, raisonna-t-il. Elle ne connaîtrait plus les soucis et les souffrances terrestres. »

Il s'interdit de penser à ce que cela lui ferait, d'être privé de la seule personne qui lui avait rappelé sa déesse perdue et qui avait réveillé en lui les sentiments depuis longtemps oubliés.

Il se concentra donc sur le garçon. Heath était la clé. Sa mort avait brisé l'âme de Zoey, et c'était la culpabilité qu'elle ressentait qui l'empêchait d'en rassembler les morceaux. « Stupide humain ! Ne sait-il pas que lui seul peut l'apaiser et permettre la guérison de son âme ? »

Non, bien sûr que non. Il n'était qu'un humain, et pas très malin, en plus. Il fallait qu'il l'aide à comprendre.

Mais Heath était dans le bois, et Kalona ne pouvait y entrer. Alors, il l'observa, et quand la colère du garçon se transforma en rage, il se servit de ces émotions pour le guider, le mettre sur la voie.

Ensuite, satisfait, il se contenta d'attendre. L'ami de Zoey l'aiderait à réparer son âme, mais elle ne le quitterait pas, remplie de gratitude à son égard. Bientôt, son corps terrestre mourrait ; ce n'était plus qu'une question de temps.

Ainsi, il retrouverait son propre corps, ayant tenu sa promesse envers Neferet. « Alors, je m'assurerai que la Tsi Sgili ne me contrôle plus jamais. »

Content de son raisonnement et de ses illusions, il ne vit pas Stark entrer dans le bois, et n'assista pas au moment où, une fois de plus, la vie de Zoey fut complètement bouleversée.

Stark

Ému, Stark regarda Heath disparaître. Pendant un instant, il fut incapable de bouger, même pour aller rejoindre Zoey.

Il avait eu raison. Heath était plus courageux que lui.

— Soyez avec Heath, Nyx, murmura-t-il, tête baissée, et permettez-lui de retrouver Zoey, même si je dois en baver.

Puis il releva le menton, s'essuya les yeux et sortit de sa cachette, s'approchant silencieusement de Zoey.

Elle avait une mine à faire peur. Ses cheveux emmêlés se soulevaient dans la brise d'une façon étrange, comme si elle marchait au rythme d'un vent fantomatique. Elle repoussa les mèches qui lui tombaient sur le visage, et Stark vit que sa main était presque transparente.

Elle s'évanouissait, littéralement.

— Hé, Zoey ! C'est moi.

Elle sursauta et fit volte-face.

— Heath !

— Non, c'est Stark. Je... je suis désolé pour Heath, lâcha-t-il, ne sachant que dire d'autre.

— Il est parti, fit-elle en regardant d'un air vide l'endroit où son ami avait disparu, avant de se remettre à tourner en rond.

Il sut qu'elle l'avait reconnu quand elle s'arrêta et croisa les bras sur sa poitrine, comme pour se protéger d'un coup.

— Stark ! s'écria-t-elle en secouant la tête. Non, pas toi !

Il comprit ce qu'elle pensait et se précipita pour la serrer contre lui, raide et froide.

— Je ne suis pas mort, dit-il doucement. Tu comprends, Zoey ? Je suis là, mais mon corps va bien. Il est dans le monde réel, avec le tien. Nous ne sommes pas morts, ni toi ni moi.

L'espace d'un instant, elle sourit.

— Tu m'as tellement manqué ! murmura-t-il.

Elle s'écarta et l'observa avec attention.

— Tu es mon combattant.

— Oui, je suis ton combattant. Je le serai toujours.

Avec un petit soupir, elle se remit à marcher.

— Il n'y a plus de « toujours », tu sais.

Il lui emboîta le pas, ne sachant comment atteindre cette version étrange, éthérée, de sa Zoey. Il se rappela que Heath lui avait parlé normalement, alors, ignorant ses paroles perturbantes et le fait qu'elle ne pouvait s'empêcher de bouger, il lui prit la main comme si de rien n'était.

— C'est plutôt cool, ici.

— C'est censé être paisible.

— Ça l'est, je trouve.

— Pas moi. Je ne connaîtrai jamais la paix. J'ai perdu cette part de moi.

Il serra sa main.

— C'est pour ça que je suis là. Je vais te protéger pour que tu puisses rassembler les parties de ton âme, et ensuite on rentrera à la maison.

Elle ne le regarda même pas.

— Je ne peux pas. Rentre sans moi. Je dois rester ici et attendre Heath.

— Zoey, Heath ne reviendra pas. Il est parti dans une autre dimension. Il va renaître, et reviendra dans le monde réel.

— Impossible ! Il est mort.

— Bon, je ne saisis pas très bien ces histoires d'au-delà, moi non plus, mais, à ce que j'ai compris, Heath est parti pour pouvoir renaître et vivre une autre vie. Comme ça, tu le reverras, Zoey.

Elle s'arrêta et le regarda d'un air vide, puis elle secoua la tête et se remit à marcher.

Stark se mordit les lèvres pour ne pas dire ce qui le déchirait : qu'elle aurait réussi à se reprendre par amour pour Heath, mais pas pour lui. Elle ne l'aimait pas assez pour ça.

Il se secoua. Ce n'était pas qu'une question d'amour. Il le savait depuis sa discussion avec Seoras, quand celui-ci lui avait demandé s'il risquerait sa vie pour Zoey, même s'il devait la perdre. Il se souvint des mots échangés. « Je resterai avec elle. – Oui, petit, tu seras toujours son combattant, mais peut-être pas son amour. »

Peut-être pas son amour...

Il suivit Zoey des yeux, peiné. Elle était complètement brisée. Ses tatouages avaient disparu ; son esprit était en pièces. Elle se perdait. Et pourtant, il voyait toujours la bonté et la force qui l'habitaient, et il était attiré par elle. Elle n'était plus la même, mais, même brisée, elle était son As, sa *bann ri shi'*, sa reine.

« ... Mais sache que tu ne pourras pas revenir en arrière, car tels sont la loi et le sort du pur gardien, sans rancune, sans méchanceté, sans préjugé ni vengeance ; une foi infaillible en l'honneur sera ta seule récompense, sans garantie d'amour, de bonheur ou de gain », avait dit Seoras.

Oui, Stark était le gardien de Zoey, quoi qu'il arrive. Il était lié à elle par quelque chose de plus fort que l'amour : l'honneur.

— Zoey, tu dois revenir, insista-t-il. Pas à cause de toi et Heath, ni de toi et moi, mais parce que c'est la bonne chose à faire. La chose honorable.

— Je ne peux pas. Il ne reste plus assez de moi.

— Si, maintenant tu as de l'aide. Ton gardien est là.

Il porta sa main à ses lèvres et l'embrassa, puis sourit en se rappelant ce que lui avait demandé la prophétesse de Nyx.

— Aphrodite m'a fait apprendre un poème de Kramisha que je dois te réciter. Elle et Lucie pensent que c'est une sorte de carte que tu es censée suivre pour redevenir entière.

— Aphrodite... Kramisha... Lucie..., murmura-t-elle avec hésitation, comme si elle réapprenait ces mots. Ce sont mes amies.

— Oui, ce sont tes amies, dit-il en pressant de nouveau sa main. Alors, écoute :

Une épée à double tranchant
Un côté détruit
L'autre libère
Je suis ton nœud gordien
Me libéreras-tu, ou me détruiras-tu ?
Suis la vérité et tu
Me trouveras sur l'eau,
Me purifieras par le feu
Plus jamais emprisonné par la Terre
L'air te chuchotera

Ce que l'esprit sait déjà :
Que même brisé,
Tout est possible
Si tu as la foi
Alors, tous deux serons libres.

Lorsqu'il eut terminé de réciter le poème, Zoey s'arrêta suffisamment longtemps pour le regarder dans les yeux.

— Ça ne veut rien dire.

Elle se remit en marche, mais elle serrait fermement sa main, l'entraînant avec elle.

— Si. Ça parle de toi et de Kalona. Tu te souviens que vous êtes liés, tous les deux, hein ?

— Plus maintenant. Il a rompu ce lien quand il a tué Heath.

« Ça, je l'espère bien ! » pensa Stark.

— Oui, et pourtant, une partie de cette prophétie s'est déjà réalisée, dit-il. Tu l'as trouvé sur l'eau ! Le vers suivant est : « Tu me purifieras par le feu. » Qu'est-ce que ça peut signifier, d'après toi ?

— Je n'en sais rien ! hurla-t-elle.

Même si elle était en colère, il était heureux de voir son visage, jusque-là inexpressif, s'animer un peu.

— Kalona n'est pas là. Le feu n'est pas là. Je n'en sais rien !

Sans lâcher sa main, il la laissa se calmer avant de reprendre.

— Kalona est là. Il t'a suivie. Seulement, il ne peut pas entrer dans le bois. Et c'est le feu qui m'a conduit jusqu'ici, ajouta-t-il en écoutant son cœur. Du moins, quelque chose qui ressemble à une flamme.

Zoey lui jeta un coup d'œil ; puis, d'une voix neutre, dit quelque chose qui allait changer le cours de sa vie.

— Dans ce cas, il faut croire que ce poème parle de Kalona et toi, pas de Kalona et moi.

— Comment ça, Kalona et moi ?

— Tu es allé à Venise avec moi, et tu devinas avant moi que Kalona était un vrai monstre. Le feu t'a conduit jusqu'ici. Le reste a sans doute un sens pour toi, si tu y réfléchis bien.

— Une épée à double tranchant..., fit-il, songeur.

Il se tut, impressionné. La claymore était une arme à double tranchant ! Et il avait détruit et libéré grâce à elle. Il avait su la vérité sur Kalona quand il l'avait suivi à Venise avec Zoey... le feu de la douleur causée par les coupures de Seoras l'avait conduit dans cet endroit qui lui rappelait la Terre, même s'il se trouvait dans l'au-delà. Et maintenant, il devait suivre ce qu'il savait sur l'honneur pour mettre un terme à cette situation.

— Oh, merde ! Tu as raison. Ce poème parle de moi.

— Bien, alors il t'explique comment retrouver la liberté.

— Non, Zoey. Il m'explique comment nous libérer tous les deux. Kalona et moi.

Elle posa sur lui ses yeux troublés avant de détourner rapidement le regard.

— Libérer Kalona ? Je ne comprends pas.

— Moi si, dit-il d'un air sombre, se souvenant du coup fatal qu'il avait asséné à son double. Il y a de nombreuses façons d'être libre.

Il tira sur sa main pour la forcer à ralentir et à le regarder.

— Je crois en toi, Zoey. Même brisée, tu possèdes toujours mon serment. Je te protégerai et, tant que je me souviendrai de l'honneur et que je ne te laisserai pas tomber, tout est possible.

Sur ce, il l'entraîna vers la lisière du bois.

— Non. Non ! protesta-t-elle. Jamais. Il y a des choses mauvaises. Il est là-bas.

Elle tirait sur sa main, essayant de le faire changer de direction.

— Zoey, écoute-moi ! Je ne suis plus seulement ton combattant. Je suis ton gardien. Et c'est un grand changement pour toi et moi. Je suis lié à toi par l'honneur plus que par l'amour. Je ne te laisserai plus jamais tomber.

Ils arrivaient à l'orée du bois. Mû par une impulsion, il mit un genou à terre.

— Je ne sais pas ce qui t'attend, mais je suis certain à cent pour cent que tu seras à la hauteur. Zoey, tu es mon As, *mo bann ri,* ma reine, et tu dois redevenir toi-même, ou aucun de nous ne sortira d'ici.

— Stark, tu me fais peur.

Il se releva et déposa un baiser sur son front.

— Ce n'est que le début, fit-il en lui souriant comme autrefois. Si on arrive à rentrer, on pourra lancer à ces vampires coincés du conseil supérieur : « On vous l'avait bien dit ! »

Alors, il écarta les branches de deux sorbiers, s'apprêtant à quitter le bois.

— Stark, reste là !

— Non, Zoey. J'ai quelque chose à faire.

— Quoi ? Je ne comprends pas !

— Je vais donner une leçon à un immortel. Pour toi, pour moi, et pour Heath.

— Mais tu ne peux pas vaincre Kalona.

— Tu as sans doute raison, Zoey. Je ne peux pas. Mais toi, si.

Il fit un pas vers le pré.

— Viens, Kalona ! Je sais que tu es là ! Viens m'affronter. Sinon, ta mission va échouer, car tant que je serai en vie, je me battrai pour la sauver !

Le ciel ondula au-dessus de lui, et le bleu vira au gris. Des volutes d'Obscurité, comme la fumée d'un feu toxique, s'étendirent, s'épaissirent, prirent forme.

Ses ailes apparurent en premier. Massives, noires et dépliées, elles masquèrent la lumière dorée du soleil de la déesse. Puis ce fut le corps de Kalona : plus gros, plus fort, plus menaçant que dans le souvenir de Stark, il était suspendu au-dessus de sa tête.

L'immortel ricana.

— Alors, c'est toi, mon garçon ! Tu t'es sacrifié pour la suivre jusqu'ici. Ça me facilite la tâche ! Ta mort la coincera ici plus sûrement que tout ce que j'aurais pu faire.

— Tu te trompes, abruti. Je ne suis plus un garçon, et je ne suis pas mort. Je suis vivant, et je vais le rester. Tout comme Zoey.

Kalona plissa les yeux.

— Zoey ne quittera pas l'au-delà.

— Ah oui ? Je suis là pour te prouver que tu te trompes encore.

— Stark ! Reviens ici ! cria Zoey depuis le bois.

Kalona se tourna vers elle.

— Les choses auraient été plus simples si tu avais laissé l'humain accomplir ma volonté, dit-il d'une voix dure.

Puis il s'adressa à Stark, l'air furieux.

— Tu commets une erreur, garçon.

— Oh que non ! C'est toi qui te plantes sur toute la ligne. Descends !

— Très bien, mon garçon. Que la douleur que cela causera à Zoey pèse sur ta conscience, pas sur la mienne.

— La tienne a suffisamment à faire avec les horreurs que tu commets depuis des siècles ! le défia Stark.

Comme il s'y attendait, cette réplique fit exploser Kalona.

— Je t'interdis de me parler de mon passé ! rugit-il.

L'immortel tendit le bras et brandit une lance dont la pointe en métal luisait méchamment, noire comme une nuit sans lune. Puis il se posa sur le sol et de ses ailes dessina un grand cercle autour du combattant de Zoey. La terre trembla et se déroba sous les pieds de Stark.

Stark tomba, heurtant le sol avec une violence qui lui coupa le souffle. Un rire moqueur retentit tout autour de lui.

— Tu n'es qu'un gamin qui ose jouer avec moi ! Te tuer ne sera même pas drôle.

« Ça alors ! Il est encore plus arrogant que je ne l'ai jamais été », songea Stark.

Au souvenir de ce qu'il avait été, et de ce qu'il avait déjà vaincu, sa poitrine se détendit, et il réussit à inspirer. Il se releva et vit quelque chose briller dans l'obscurité. Son épée ! Elle était là, la lame plantée dans la terre devant lui.

Il agrippa la poignée, sentit instantanément sa chaleur et perçut le battement de son cœur.

Il lut la surprise dans les yeux ambrés de l'immortel, qui l'avait rejoint.

— Je t'avais prévenu que je n'étais plus un garçon, lança-t-il.

Sans hésitation, il s'avança, la claymore tenue à deux mains, fixant les lignes géométriques dessinées sur le corps de Kalona.

CHAPITRE VINGT-NEUF

Zoey

Le choc que je ressentis lorsque Kalona se matérialisa au-dessus de Stark fut terrible. Cela me rappela tout ce qui s'était passé juste avant que mon monde n'explose dans la mort, le désespoir et la culpabilité. Son regard me glaça. Dire que j'avais cru y apercevoir de l'humanité, de la bonté, et même de l'amour !

Je m'étais cruellement trompée, et Heath était mort à cause de mon erreur.

Puis Kalona se tourna vers mon combattant, qui le provoquait.

« Non ! Oh, déesse ! priai-je. Faites-le taire. S'il vous plaît, faites-le revenir près de moi. »

Mais Stark n'avait pas l'intention de se taire ni de fuir devant l'immortel. Horrifiée, je vis Kalona arracher une lance dans le ciel avant de descendre et de percer un trou, dans lequel ils disparurent tous les deux.

Alors, je me rendis compte que Stark allait lui aussi mourir à cause de moi.

« *Non !* » Ce cri muet me déchira de l'intérieur. Tout était vide, sans espoir, sans repos. Je voulais courir, bouger, échapper à ce qui se passait ici. Il ne restait pas assez de moi pour que je m'en mêle.

Mais si je ne faisais rien, Stark allait mourir.

— Non.

Cette fois, ce n'était pas un cri fantomatique. C'était ma vraie voix, pas ce murmure affreux et creux qui était sorti de ma bouche jusque-là.

— Stark ne peut pas mourir !

Je sortis du bois et m'approchai du trou béant dans lequel mon combattant avait disparu. Je regardais dedans, et vis Stark et Kalona qui se faisaient face. Stark tenait à deux mains une épée, Kalona brandissait sa lance noire.

Je constatai qu'il s'agissait en réalité d'une arène avec des murs hauts et lisses, qu'il était impossible d'escalader.

Kalona avait piégé Stark ! Il n'avait aucune chance de s'échapper ; il ne pourrait pas non plus gagner. Et Kalona ne se contenterait pas de le malmener. Il voulait le tuer.

Mon agitation menaçait de me submerger à nouveau. Je me mis à marcher autour de l'arène, tout en gardant les deux adversaires en vue.

Stark attaqua l'immortel déchu, qui fit dévier l'épée d'un petit coup de lance, et avec une rapidité fulgurante il gifla Stark. Entraîné par la puissance de son coup, Stark tomba à terre, les mains sur les oreilles, comme s'il voulait empêcher son crâne d'éclater.

— Une claymore de gardien, ricana Kalona. Comme c'est amusant ! Alors tu penses que tu peux rejoindre leurs rangs ? demanda-t-il alors que Stark se relevait et se retournait vers lui en brandissant son épée.

Du sang coulait de ses oreilles, de son nez, de ses lèvres, formant de minces ruisseaux écarlates sur son menton et dans son cou.

— Je ne pense pas être un gardien. Je suis un gardien.

— Impossible ! Je connais ton passé, mon garçon. Je t'ai vu embrasser l'Obscurité. Parles-en à ceux de ton clan, et tu verras s'ils veulent encore de toi.

— La seule personne qui peut me répudier est ma reine, et elle sait tout de moi.

Sur ce, Stark s'élança de nouveau vers Kalona. Avec un rire méprisant, celui-ci se servit de sa lance pour parer le coup, puis il le frappa avec son poing fermé, lui cassant le nez. Le visage couvert de sang, mon combattant tomba à la renverse.

Je retins mon souffle, impuissante : le coup fatal de Kalona n'allait pas tarder.

Mais l'immortel se contenta de rire alors que Stark se relevait difficilement.

— Zoey n'est pas une reine. Elle n'est pas assez forte. C'est juste une gamine qui s'est laissé détruire par la mort d'un humain.

— Tu te trompes. Zoey n'est pas faible ; elle est sensible ! Et, justement, parlons de cet humain. C'est aussi pour ça que je suis là. Je dois le venger.

— Imbécile ! Seule Zoey peut le venger !

Avec ces mots, ce fut comme si Kalona avait percé le brouillard de culpabilité qui m'enveloppait depuis que je l'avais vu tordre le cou à Heath. Tout devint très clair.

Je ne me considérais pas moi-même comme une reine, mais Stark croyait en moi. Heath croyait en moi. Lucie croyait en moi. Même Aphrodite croyait en moi.

Et, comme dirait Lucie, Kalona était complètement à côté de la plaque.

Tenir aux autres ne faisait pas de moi quelqu'un de faible. C'étaient les choix décidés par ma sensibilité qui définissaient la personne que j'étais.

J'avais laissé l'amour me briser, et, alors que Kalona s'adonnait à un jeu cruel avec mon combattant, mon gardien, je décidai de laisser l'honneur me guérir.

Je pris ma décision. Tournant le dos à l'arène, je me précipitai vers le bois de la déesse. Sans me soucier de l'agitation qui menaçait de m'entraîner vers nulle part, je restai immobile. J'écartai les bras et me concentrai sur le dernier esprit qui m'avait parlé.

— Brighid ! J'ai besoin de récupérer ma force !

La rousse se matérialisa devant moi, fougueuse et grande, pleine de la puissance et de l'assurance qui me manquaient.

— Tu es prête à la reprendre ? demanda-t-elle.

— Oui.

— Eh bien, ce n'est pas trop tôt.

Elle s'avança et me prit dans ses bras, me serrant contre elle. Je l'enlaçai et elle s'évanouit, comme si elle se dissolvait dans ma peau. Je ressentis alors une bouffée de pure puissance.

— Et de un, marmonnai-je. Bouge-toi, petite.

J'écartai de nouveau les bras. Cette fois, j'avais les pieds bien plantés dans le sol, et le désir de bouger, de chercher, de fuir, s'était évaporé telle la rosée au soleil.

— J'ai besoin de récupérer ma joie !

Mon moi de neuf ans sortit du bois en sautillant et se jeta dans mes bras.

— Youpi ! cria-t-il alors que je l'absorbais en moi.

Je ris aux éclats. La joie et la force me poussèrent à appeler la dernière partie manquante de mon âme : la compassion.

— A-ya, je veux que tu reviennes, toi aussi.

La jeune Cherokee apparut entre les arbres.

— *A-de-lv,* ma sœur, je suis heureuse de t'entendre prononcer mon nom.

— Et moi, en toute honnêteté, je suis heureuse que tu sois une part de moi. Je t'accepte, A-ya, complètement. Me rejoindras-tu ?

— J'ai toujours été là. Tu n'avais qu'à demander.

J'allai à sa rencontre et l'enlaçai très fort, la ramenant à moi et, ainsi, revenant à moi-même.

— Maintenant, tu vas voir si je suis une gamine faible ! dis-je en retournant vers l'arène de Kalona.

Mon gardien était dans un état lamentable. À genoux, les lèvres enflées et ouvertes, du sang jaillissant de son nez cassé. Son épaule gauche était disloquée, et son bras pendait mollement. La superbe épée gisait par terre, hors de sa portée. Sa jambe était brisée, mais il continuait de se traîner aux pieds de Kalona, essayant d'atteindre son arme.

L'immortel soupesait sa lance sans le lâcher des yeux.

— Un gardien tout cassé pour une jeune fille brisée ! Finalement, vous êtes bien assortis, railla-t-il.

Là, il commençait vraiment à m'énerver.

— Tu n'imagines même pas à quel point j'en ai ras le bol de tes conneries, Kalona ! m'écriai-je.

Ils relevèrent tous les deux la tête. Le visage tuméfié de Stark s'éclaira.

— Retourne dans le bois, Zoey ! fit Kalona. Tu seras mieux là-bas.

— Tu sais ce que je déteste plus que tout ? Que les mecs me donnent des ordres !

— Oui, ma reine, c'est ce que Heath a dit, fit Stark, le sourire dans la voix.

Je le regardai, et la fierté que je lus dans ses yeux remplit les miens de larmes.

— Mon combattant…, murmurai-je.

Cet instant – ma seule petite erreur – suffit à Kalona.

— Tu aurais dû retourner dans le bois, siffla-t-il.

Il pivota légèrement le bras droit en arrière, comme un ancien dieu, et propulsa sa lance avec une force et une puissance que, je le savais, je ne pourrais pas…

— Non ! hurlai-je. Air, viens à moi !

Je sautai dans l'arène, comptant sur l'élément pour amortir ma chute, mais je savais qu'il était trop tard. La lance toucha Stark en pleine poitrine, traversa son corps, et le projeta en arrière, se fichant dans le mur.

Mes pieds touchaient à peine terre que je courais déjà vers lui. Nos yeux se croisèrent. Il était vivant !

— Ne meurs pas ! Ne meurs pas ! Je dois pouvoir faire quelque chose !

Si incroyable que cela puisse paraître, il sourit.

— C'est sûr. Ma reine ne laissera plus jamais rien la briser. Venge-toi, et rentrons à la maison.

Il se tut, pris de convulsions. Des bulles d'air ensanglantées se formèrent autour de la lance plantée dans sa poitrine, et il se figea, les yeux révulsés.

Mon combattant était mort.

Cette fois, lorsque je me tournai vers l'être qui venait de tuer quelqu'un que j'aimais, je ne m'abandonnai pas à l'horreur et à la douleur. Je gardai l'esprit auprès de moi, au lieu de le jeter sur lui, j'en tirai le pouvoir et me laissai guider par mon instinct, pas par la colère ni la culpabilité.

Kalona secoua la tête.

— J'aurais préféré que cela se termine différemment. Si tu m'avais écouté, si tu m'avais accepté, nous n'en serions pas là.

— Je suis contente qu'on soit d'accord sur ce point, car cela va effectivement se terminer différemment !

Je ramassai l'épée de Stark. Elle était plus lourde que je ne l'aurais cru, mais elle était encore tiède, et la chaleur de mon combattant m'aida à trouver la force de la lever.

Kalona sourit presque avec gentillesse.

— Je ne t'affronterai pas. C'est le cadeau que je te fais, dit-il en dépliant ses ailes. Au revoir, Zoey. Tu vas me manquer. Je penserai souvent à toi.

— Air, ne le laisse pas partir ! criai-je avant de lancer l'élément sur lui.

Une puissante bourrasque le plaqua contre le mur de l'arène, dans une pose étrangement semblable à celle de Stark. Je m'avançai vers lui et, sans hésitation, plongeai la claymore dans sa poitrine.

— Ça, c'est pour Stark. Je sais que ça ne te tuera pas, mais je peux t'assurer que ça fait du bien. Et je suis sûre qu'il appréciera.

Les yeux de Kalona brillaient d'une lueur menaçante.

— Tu ne pourras pas me retenir indéfiniment, et quand tu finiras par me relâcher, tu me le paieras !

— Tu te trompes ! Encore une fois... Les règles sont différentes dans l'au-delà, et je pourrais sans doute te retenir ici pour l'éternité, si je voulais rester et devenir une folle vengeresse. Mais voilà le problème : je suis déjà à moitié folle, et je n'ai pas franchement envie de continuer dans cette voie. Et puis, je veux rentrer chez moi. Alors, voilà ce que tu vas faire. Tu vas me dédommager de la mort de mon consort, Heath Luck, en ramenant Stark à la vie. Ensuite, lui et moi rentrerons à la maison. Oh, et, au passage, je me fiche bien de savoir où toi tu iras.

— Tu es vraiment folle ! Je ne peux pas ressusciter les morts.

— Dans ce cas précis, je crois que si. Le corps de Stark est en sécurité dans le monde réel, auprès du mien. Nous sommes dans l'au-delà, où tout n'est qu'esprit. Tu es un immortel, ce qui signifie que tu n'es qu'esprit, toi aussi. Alors, tu vas prendre un peu de ton immortalité et la partager avec mon gardien. Maintenant. Tu as une dette envers moi, et il est temps que tu la paies. Tu comprends ?

— Tu n'as pas le pouvoir de me forcer à faire ça !

« Elle non, mais moi, oui. »

Je reconnus la voix de Nyx et regardai autour de moi pour la voir. Mais ce fut Kalona qui la trouva le premier. Il regardait par-dessus mon épaule avec une expression qui transformait complètement son visage. Là, j'eus la certitude qu'il ne m'avait jamais aimée. Il aimait Nyx.

Je suivis son regard et me tournai vers ma déesse, qui se tenait à côté du corps de Stark, une de ses mains posée sur sa tête avec tendresse.

— Nyx ! lâcha Kalona d'une voix brisée, étonnamment jeune. Ma déesse !

Nyx détourna les yeux de Stark et me regarda, ignorant l'immortel. Elle sourit, et la joie m'envahit.

— Bonjour, Zoey.

Je penchai la tête.

— Bonjour, Nyx.

— Tu as bien agi, ma fille. Je suis fière de toi.

— Cela m'a pris trop longtemps. J'en suis désolée.

Son regard était d'une bienveillance extrême.

— Et moi ? demanda Kalona d'une voix rauque. Me pardonnerez-vous un jour ?

Nyx le fixa. Ses yeux étaient tristes, mais ses lèvres étaient serrées et ses mots détachés, sans émotion.

— Tu ne mérites pas le pardon. Quand le jour viendra, tu pourras le demander.

Elle ôta la main de la tête de Stark et claqua des doigts. La claymore plantée dans la poitrine de Kalona disparut. Le vent cessa, et il tomba à terre.

— En attendant, tu vas payer à ma fille ce que tu lui dois. Ensuite, tu retourneras au monde, tu assumeras les conséquences de tes actes. Sache, mon combattant déchu, que désormais ton esprit, tout comme ton corps, est interdit d'accès dans mon royaume.

Sans lui accorder un autre regard, elle se pencha et baisa doucement les lèvres ensanglantées de Stark. Aussitôt, l'air autour d'elle ondula, scintilla, et elle disparut.

Lorsque Kalona se releva, je reculai rapidement, prête à l'immobiliser encore avec l'aide de l'air. Je me détendis, constatant qu'il pleurait en silence.

— Je ferai ce qu'elle ordonne. À part une fois, une unique fois, j'ai toujours obéi à ses ordres.

Je le suivis jusqu'à Stark.

— Je te rends ce souffle de vie, dit-il. Accepte une petite part de mon immortalité en échange de la vie humaine que j'ai volée.

Alors, à ma grande surprise, il imita Nyx et embrassa Stark.

Celui-ci eut un soubresaut, et inspira profondément. Kalona posa une main sur son épaule et, de l'autre, arracha la lance de sa poitrine. Avec un cri déchirant, Stark s'écroula par terre.

— Espèce d'abruti ! crachai-je.

Je m'accroupis et plaçai la tête de Stark sur mes genoux. Il respirait avec difficulté, mais il respirait. Je regardai Kalona.

— Pas étonnant qu'elle ne veuille pas te pardonner ! Tu es une brute sans cœur !

— Quand tu reviendras sur Terre, reste à distance, Zoey ! dit-il. Tu ne seras plus dans son royaume, et elle ne pourra plus venir t'aider.

— Plus loin je serai de toi, mieux je me porterai.

Il déplia les ailes, mais avant qu'il ne puisse s'envoler, des volutes d'Obscurité, collantes et coupantes, se détachèrent des murs de l'arène et du sol noir. Elles s'enroulèrent autour de lui, entaillant sa peau. Morceau par morceau, elles le recouvrirent, jusqu'à ce qu'il ne soit plus qu'Obscurité remuante. Puis les fils atteignirent ses globes oculaires et plongèrent en eux. Je poussai un cri horrifié et fermai les yeux. Lorsque je les rouvris, Kalona avait disparu, tout comme l'arène.

Stark et moi étions dans le bois.

CHAPITRE TRENTE

Zoey

— Zoey ! Que s'est-il passé ? gémit Stark en essayant de bouger.
— Chut, tout va bien. Kalona est parti. Nous sommes en sécurité.

Son regard croisa le mien, et toute sa tension s'évapora. Il se laissa aller dans mes bras.

— Oh, Zoey ! Tu n'es plus brisée…
— Oui, dis-je en effleurant son visage meurtri. Apparemment, ce n'est pas ton cas…
— Ça n'a aucune importance, tant que tu es entière.

Il toussa, et du sang jaillit de la blessure dans sa poitrine. Il ferma les yeux, le visage tordu par la douleur.

« Oh, déesse ! Il souffre tellement ! » m'affolai-je.

— Tu n'as pas l'air bien, fis-je, m'efforçant de parler calmement. Alors, que dirais-tu de revenir dans nos corps ? Ils nous attendent, pas vrai ?

Un long frisson le secoua.

— Vas-y, toi. Je te suivrai quand je me serai un peu reposé.

Je commençais à paniquer.

— Oh, non ! Pas question que je te laisse là. Dis-moi de quoi tu as besoin pour rentrer.

Il cligna plusieurs fois des yeux, puis esquissa un sourire désolé.

— Je ne sais pas comment faire.

— Comment es-tu venu ?

— Guidé par la douleur.

— Bon, dans ce cas, tu ne devrais pas avoir de mal à repartir, vu comme tu dégustes.

— Oui, mais sur Terre, un ancien gardien veille sur moi et me garde entre la vie et la mort. Comment lui dire qu'il est temps de me réveiller ? Comment tu vas rentrer, toi ?

Je n'avais même pas besoin d'y réfléchir. La réponse était aussi naturelle que ma respiration.

— L'esprit va me mener jusqu'à mon corps. Ma place est là-bas, dans le monde réel.

— Vas-y ! Quand je me serai reposé, je ferai pareil.

— Non, tu n'as pas une affinité avec l'esprit, toi. Ça ne marchera pas.

— C'est bien que tu maîtrises encore les éléments. Je craignais que tu n'en sois plus capable, vu que tes tatouages ont disparu.

— Disparu ?

Je retournai mes mains : en effet, il n'y avait plus de dessins saphir sur mes paumes. Alors, je regardai ma poitrine. La longue cicatrice rose était là, mais autour d'elle non plus il n'y avait plus de tatouage.

— Ils sont tous partis ? Même sur mon visage ?

— Il ne reste que le croissant, dit Stark, avant de grimacer de douleur.

Visiblement épuisé, il ferma les yeux.

— Vas-y, suis l'esprit, lâcha-t-il. Je trouverai une solution. Ne t'inquiète pas, je ne te quitterai pas.

— Oh, non ! Je refuse de perdre un autre ami avec ce genre d'excuse à la noix, du genre « on se reverra un jour ». Je ne l'accepterai plus jamais.

Il ouvrit les yeux.

— Alors, dis-moi quoi faire, ma reine, et je le ferai.

Comme si c'était facile… Je n'en avais aucune idée, moi !

Je le regardai. Il était vraiment dans un sale état – encore pire que le jour où il avait reçu la flèche censée me tuer en pleine poitrine et qu'il avait failli mourir.

À l'époque, il s'était remis seul, ou presque. Il n'avait pas eu le choix. Moi aussi, j'étais mal en point.

J'inspirai à fond, me rappelant la leçon de mère poule que Darius m'avait infligée quand j'avais voulu que Stark boive mon sang pour guérir plus vite. Il m'avait expliqué qu'entre un combattant et sa prêtresse, le lien était si fort que les combattants pouvaient parfois ressentir les émotions de leurs prêtresses. Grâce à cela, ils pouvaient absorber leur énergie.

C'était exactement ce dont il avait besoin pour s'en sortir et pour retourner dans son corps.

Cette fois, il ne se remettrait pas tout seul.

— Hé, je sais ce que tu dois faire.

Il ouvrit les yeux.

— Dis-moi. Si j'en suis capable, je le ferai.

Je lui souris.

— Je veux que tu me mordes.

Il parut surpris, puis il sourit de nouveau.

— C'est maintenant que tu me le proposes ? Quand je suis dans un état lamentable ? Super !

— Arrête un peu. C'est justement parce que tu es dans un état lamentable que je te le propose.

— Je te ferais changer d'avis si j'étais en forme.

Je secouai la tête et levai les yeux au ciel.

— Si tu étais en forme, je te collerais une gifle !

Alors, avec précaution, m'efforçant d'être aussi douce que possible, je le fis glisser sur le sol. Il réprima un grognement.

— Désolée ! Je ne voulais pas te faire mal !

Je m'allongeai à côté de lui et tentai de le prendre dans mes bras, voulant être aussi près de lui que possible, comme pour partager sa douleur.

— Non. Pas comme ça, dit-il. Approche-toi encore de moi, Zoey. Tant pis si j'ai mal. À moins que tu ne sois perturbée par mon sang.

— Ton sang ? Je ne l'avais même pas remarqué, dis-je, avant de poursuivre, voyant son expression ironique. Enfin, si, j'avais vu que tu saignais de partout, mais ça n'éveille pas ma soif, lui assurai-je en touchant du bout du doigt sa lèvre meurtrie.

— Sans doute parce que nous sommes des esprits ici.

— Alors, ça va marcher ?

Il me regarda dans les yeux.

— Ça va marcher, Zoey. Entre toi et moi, ce n'est pas que physique. Nous sommes liés par l'esprit.

— Bon, OK. Je l'espère.

Soudain, je me sentais nerveuse. Le seul autre garçon qui avait bu mon sang était Heath – mon Heath. Je chassai cette pensée et toute comparaison entre lui et Stark, mais je ne pouvais nier un aspect de ce qui allait se produire. Laisser quelqu'un boire son sang était un acte sexuel. C'était agréable. Très agréable. Nous les vampires étions faits ainsi. C'était normal, naturel.

Pourtant, cela me donnait mal au ventre.

— Hé ! Cool, Zoey ! Approche ton cou si tu n'as pas changé d'avis.

— Non, répondis-je rapidement. Je ne changerai jamais d'avis à ton sujet, Stark.

Je repoussai mes cheveux et me penchai vers lui, tendue, attendant la morsure.

Mais il me surprit. Au lieu de ses dents, je sentis la chaleur de ses lèvres qui embrassaient doucement mon cou.

— Cool, ma reine, répéta-t-il.

Facile à dire ! J'avais l'impression que personne ne m'avait touchée depuis des siècles.

Il m'embrassa de nouveau et gémit. Cette fois, ce n'était pas à cause de la douleur. Puis il enfonça les dents dans ma peau. Cela me piqua, mais dès que ses lèvres se refermèrent sur la petite coupure, la douleur fut remplacée par un plaisir si intense que je gémis à mon tour.

J'aurais voulu le prendre dans mes bras et le serrer contre moi, mais je restai immobile pour ne pas lui faire mal.

Il cessa de boire trop vite.

— Tu sais quand j'ai su pour la première fois que je t'appartenais ? demanda-t-il.

Son souffle chaud contre mon cou me fit frémir.

— Quand ? haletai-je.

— Le jour où tu m'as défié du regard, dans l'infirmerie, avant que je ne me transforme. Tu t'en souviens ?

Bien sûr que je m'en souvenais : toute nue, je l'avais menacé de l'attaquer avec les éléments alors que je me tenais entre lui et Darius.

— On aurait dit une reine guerrière, pleine de colère. À ce moment, j'ai su que je t'appartiendrais toujours, parce que tu avais réussi à m'atteindre dans l'obscurité qui m'entourait.

— Stark, murmurai-je, bouleversée par ce que je ressentais pour lui. Merci d'être venu me chercher.

Sa bouche se reposa sur mon cou et, cette fois, il me mordit plus fort. Là aussi, le plaisir remplaça rapidement la douleur. Je fermai les yeux et me concentrai sur la chaleur exquise qui courait dans mon corps. Je ne pus m'empêcher de passer la main sur son dos pour sentir les muscles tendus sous sa peau. Je voulais plus. Je le voulais plus proche de moi.

Il arracha ses lèvres à mon cou et se redressa. Il avait les yeux assombris par la passion, et le souffle court.

— Maintenant, Zoey, me donneras-tu plus que ton sang ? M'accepteras-tu en tant que gardien ?

Il y avait dans son regard quelque chose que je n'avais jamais vu auparavant. Le garçon qui s'était détourné de moi à Venise, jaloux et énervé, avait disparu. L'homme que je voyais devant moi était plus qu'un vampire, plus qu'un combattant. Je sentais sa force : il était solide, fiable, honorable.

— Un gardien ? fis-je en touchant son visage. Alors c'est en ça que tu t'es transformé ?

— Oui, si tu m'acceptes. Sans l'acceptation de sa reine, un gardien n'est rien.

— Mais je ne suis pas une reine !

Il sourit malgré ses lèvres déchirées.

— Tu es ma reine, et ceux qui diront le contraire auront affaire à moi.

Je lui souris, moi aussi.

— J'ai déjà accepté ton serment de combattant.

Il redevint sérieux.

— C'est différent, Zoey. C'est plus que ça. Cela pourrait changer les choses entre nous.

Je touchai de nouveau son visage. Je ne comprenais pas vraiment ce qu'il me demandait, mais je savais qu'il avait besoin de plus de ma part, comme je savais que ce que je m'apprêtais à dire nous affecterait pour le restant de nos jours. « Déesse, soufflez-moi les mots justes », priai-je en silence.

— James Stark, je t'accepte en tant que gardien, et j'accepterai tout ce que cela entraînera.

Il embrassa ma paume.

— Alors, je te servirai avec mon honneur et ma vie, pour toujours, Zoey. Mon As, *mo bann ri,* ma reine.

Son serment me fit l'effet d'un électrochoc. Stark avait raison. C'était différent de ce qui s'était passé quand il m'avait prêté serment en tant que combattant. Cette fois, je savais que, sans moi, il ne pourrait plus jamais être vraiment entier. Cette responsabilité m'effrayait presque autant qu'elle me renforçait. Je collai mon cou contre ses lèvres.

— Bois encore, Stark. Laisse-moi te guérir.

Avec un gémissement, il posa la bouche contre ma peau. Alors, une chose incroyable se produisit. D'abord, le pouvoir unique qui accompagnait l'élément Air surgit en moi et se transmit à Stark. Il frémit, et je sus que c'était tant à cause du plaisir intense qu'il éprouvait que de l'énergie que lui procurait l'élément. Simultanément, je ressentis une douleur familière sur mon front et mes pommettes, et une image de Damien poussant un cri de joie apparut sur mes paupières fermées. Je n'avais pas besoin de poser la question. Je savais que mon premier tatouage avait réapparu.

Puis ce fut au tour du Feu. Il me réchauffa, puis passa en Stark, l'emplissant, le fortifiant, si bien qu'il fut capable de lever le bras et de m'attirer contre lui, buvant plus avidement encore. Le dos me brûla alors que mon deuxième tatouage revenait, et je revis Shaunee rire et danser, victorieuse.

Alors, l'Eau se déversa sur nous, nous prêtant sa force. Les yeux fermés, je profitai de chaque seconde de ce que Stark et moi vivions ensemble, et je tremblai de plaisir lorsque mon troisième tatouage, celui qui faisait le tour de ma taille, refit son apparition, tandis que j'entendais Érin rire et crier : « Oh oui ! Zoey revient ! »

La Terre se manifesta ensuite, et ce fut comme si Stark et moi devenions une partie du bois. Nous ressentions la richesse et la puissance contenues dans les racines, le sol, la mousse. Stark me serra plus fort contre lui, et je sus qu'il n'avait plus mal, car je partageais ses sensations : sa joie, son plaisir, son émerveillement. La déesse toucha mes paumes, et mon quatrième tatouage réapparut. Bizarrement, je ne vis pas d'image de Lucie alors que son élément se déversait en moi, je sentis seulement sa joie distante, comme si elle était désormais hors de portée.

L'esprit arriva en dernier, et soudain je n'éprouvais plus seulement ce que Stark éprouvait – c'était comme si nous ne faisions plus qu'un. Nos âmes réunies flamboyaient, et mon dernier tatouage reprit sa place.

Stark écarta ses lèvres de ma peau et enfouit le visage dans mon cou. Il tremblait, et il respirait rapidement, comme s'il venait de courir un marathon. Puis il passa sa langue sur les morsures pour les refermer. Je caressai ses cheveux et me rendis compte, surprise, que le sang et la sueur avaient disparu de son visage.

Il se mit debout et, s'efforçant de maîtriser sa respiration, me regarda.

Déesse, il était tellement beau ! Quelques minutes plus tôt, il était mortellement blessé, battu, en sang, pouvant à peine bouger. Désormais, l'énergie, la santé et la force émanaient de lui.

— C'est la chose la plus incroyable qui me soit jamais arrivée, lâcha-t-il, avant d'écarquiller les yeux. Oh ! Tes tatouages !

Il toucha mon visage avec révérence. Je tournai la tête pour que ses doigts puissent suivre les marques qui recouvraient de nouveau mes épaules et mon dos. Puis je levai la main pour qu'il puisse appuyer sa paume contre la mienne, ornée de symboles saphir.

— Ils sont tous revenus, dis-je. Les éléments les ont ramenés.

Stark secoua la tête, stupéfait.

— Je l'ai senti sans savoir ce qui se passait ! J'ai ressenti la même chose que toi, ma reine, dit-il en me serrant contre lui.

— Et maintenant, je fais partie de toi, mon gardien, fis-je avant de l'embrasser.

Il m'attira contre lui comme pour se convaincre que je n'allais pas m'évaporer.

Il ne me lâcha pas quand je pleurai pour Heath, et me raconta comment mon ami avait choisi d'aller de l'avant, me parlant du courage dont il avait fait preuve.

Il n'avait pas besoin de me le dire, cependant. Je savais à quel point Heath était courageux, tout comme je savais que ce serait grâce à sa bravoure que je le reconnaîtrais, et à son amour pour moi.

Lorsque j'eus fini de pleurer, je m'essuyai les yeux et Stark m'aida à me lever.

— Tu es prêt à rentrer à la maison maintenant ? demandai-je.

— Oh, oui. Mais, euh, Zoey, comment vais-je faire ?

Je lui souris.

— En me faisant confiance.

— Alors, ce s'ra facile, pas vrai ?

— D'où est-ce que tu nous sors cet accent irlandais ?

— Irlandais ? Tu es sourde, femme ? grommela-t-il, avant d'éclater de rire et de me prendre dans ses bras. Écossais, Zoey, pas irlandais. Et tu comprendras vite d'où il me vient.

CHAPITRE TRENTE ET UN

Lucie

Le soleil se couchait quand Lucie ouvrit les yeux. L'espace d'un instant, elle se sentit complètement perdue. Il faisait sombre, mais ce n'était pas l'obscurité qui la désorientait. Elle sentait la présence de la Terre, qui la berçait et la protégeait. Il y eut un léger mouvement près d'elle, et elle tourna la tête. Grâce à sa vision de nuit, elle parvint à distinguer une aile immense, et un corps.

Rephaïm.

Alors, tout lui revint : les novices rouges, Dallas et Rephaïm.

— Tu es resté là avec moi ?

Elle le fixait, étonnée : l'écarlate flamboyant de ses yeux avait viré à une teinte rouille, plus ambrée que rouge.

— Oui. Tu es vulnérable quand le soleil est dans le ciel.

Elle le trouva nerveux, comme s'il s'excusait, alors elle lui sourit.

— Merci, même si c'est un peu flippant de savoir que tu m'as regardée dormir.

— Je ne t'ai pas regardée dormir ! protesta-t-il.

Il était évident qu'il mentait. Lucie allait lui dire que ce n'était rien, que c'était vraiment sympa d'avoir veillé sur elle, surtout après la journée qu'elle avait eue, lorsque son téléphone sonna, lui indiquant qu'elle avait un message vocal.

— Il a fait du bruit. Beaucoup de bruit, dit Rephaïm.
— Zut.

Elle soupira et ramassa son iPhone à contrecœur. Elle l'ouvrit et vit qu'elle n'avait quasiment plus de batterie.

— Aïe ! Six appels manqués. Un de Lenobia, et cinq d'Aphrodite.

Le cœur battant, elle cliqua d'abord sur celui de Lenobia, mettant le haut-parleur.

— Autant que tu entendes ce qui se passe. Ils vont sans doute parler de toi.

Cependant, la voix de Lenobia était parfaitement normale.

« Lucie, appelle-moi quand tu seras réveillée. D'après Kramisha tu es en sécurité, même si Dallas s'est échappé. Dis-moi où tu es, je viendrai te chercher. Elle m'a aussi raconté ce qui s'était passé avec les autres novices rouges. J'ai prié Nyx pour eux. Sois bénie ! »

Lucie sourit à Rephaïm.

— C'est gentil de sa part.
— Dallas ne lui a pas encore parlé.
— C'est sûr. Cinq appels manqués d'Aphrodite, mais elle n'a laissé qu'un seul message. Espérons que ce n'est pas une mauvaise nouvelle.

« Oh, bon sang, réponds à ton putain de téléphone ! À moins que tu ne sois dans ton cercueil... Déesse ! C'est énervant, les fuseaux horaires ! Enfin, voilà les nouvelles : Zoey est encore un légume, et Stark se fait toujours découper. Voilà la bonne nouvelle. La mauvaise, c'est que tu apparais dans ma nouvelle vision, avec un jeune Indien canon, et le plus méchant des Corbeaux Moqueurs, Rephaïm. Il faut qu'on parle, parce que j'ai un de mes fameux mauvais pressentiments à ce sujet. Alors dépêche-toi de me rappeler. Si je dors, je me réveillerai et te répondrai. »

— Tiens, elle a raccroché sans me dire au revoir. Étonnant, dit Lucie.

Elle fourra le téléphone dans sa poche et commença à monter l'escalier menant au rez-de-chaussée, ne voulant pas rester dans cette pièce où résonnaient les mots d'Aphrodite, « *le plus méchant des Corbeaux Moqueurs, Rephaïm* ». Elle n'avait pas besoin de regarder derrière elle. Elle savait qu'il la suivrait.

La nuit était fraîche, mais pas froide. La lumière était revenue dans les maisons entourant le musée, ce qui lui donnait l'impression étrange d'être observée. Elle hésita sur la véranda.

— Il n'y a personne, la rassura Rephaïm. Ils veulent d'abord rétablir l'électricité chez tout le monde. Ils viendront ici en dernier, et pendant la journée.

Elle hocha la tête et descendit les marches. Elle se dirigea vers la fontaine, silencieuse et froide, au milieu de la cour.

— Les tiens vont découvrir la vérité sur moi, reprit Rephaïm.

— C'est déjà le cas, dit-elle en brisant un glaçon suspendu au rebord de la vasque.

— Que vas-tu faire ?

Ils contemplaient tous les deux l'eau sombre comme s'ils voulaient y trouver une réponse.

— Je pense que la vraie question, c'est plutôt : que vas-tu faire, toi ?

— Que voudrais-tu que je fasse ?

— Rephaïm, tu ne peux pas répondre à ma question par une autre question.

— C'est bien ce que tu as fait, toi.

— Rephaïm, arrête. Dis-moi ce que tu veux faire au sujet de... euh... de nous deux.

Elle le regardait dans les yeux, regrettant que son expression soit aussi difficile à déchiffrer. Il mettait si longtemps à lui répondre qu'elle crut qu'il n'allait pas le faire. Elle s'impatienta : il fallait qu'elle rentre à la Maison de la Nuit. Il fallait qu'elle répare les dégâts avant que Dallas n'en fasse encore plus.

— J'aimerais rester avec toi, murmura Rephaïm.

Lucie le regarda d'un air interrogateur. Quand elle eut saisi le sens de ces mots simples, elle ressentit une bouffée de joie inattendue.

— Moi aussi, je veux que tu restes avec moi, mais ça ne va pas être facile, dit-elle.

— Ils vont essayer de me tuer.

— Je ne les laisserai pas faire ! s'écria-t-elle en lui prenant la main.

Très lentement, il glissa ses doigts entre les siens, et l'attira vers lui.

— Je ne les laisserai pas faire, répéta-t-elle.

Elle ne le regardait pas, se contentant de lui tenir la main et de profiter de ce moment. Elle ne voulait pas réfléchir ; elle ne voulait pas tout remettre en question. Elle fixait l'eau noire et immobile de la fontaine en pensant : « Je suis une fille liée à l'humanité d'une bête. »

— Je suis liée à toi, Rephaïm.

— Et moi à toi, Lucie.

À cet instant, la surface de l'eau ondula, comme si Nyx elle-même avait soufflé dessus, et leur reflet se transforma : Lucie tenait désormais la main d'un Indien, grand et musclé. Il avait les cheveux longs, épais, aussi noirs que les plumes de corbeau qui y étaient attachées. Il était torse nu, et il était canon.

Lucie restait immobile, craignant que l'image ne disparaisse. Elle ne put s'empêcher de sourire.

— Waouh ! Tu es vraiment beau, chuchota-t-elle.

Le garçon du reflet cligna plusieurs fois des yeux, comme s'il se demandait s'il voyait bien.

— Oui, mais je n'ai plus d'ailes.

Lucie eut le cœur serré. Elle aurait voulu dire quelque chose de profond et d'intelligent, ou du moins de romantique.

— Oui, c'est vrai, mais tu es grand, et tu as des super plumes dans les cheveux.

Dans le reflet, le garçon toucha ses cheveux.

— Ce n'est pas grand-chose, comparé à des ailes, objecta Rephaïm.

— Oui, mais tu auras moins de mal à enfiler une chemise.

Il éclata de rire et, visiblement émerveillé, il toucha son visage.

— Doux. Le visage humain est tellement doux...

Lucie ne répondit pas, fascinée par cette image.

Sans quitter leur reflet des yeux, Rephaïm posa les doigts sur la peau de Lucie, légèrement, délicatement. Il caressa sa joue et effleura ses lèvres.

— Déesse, que tu es beau, lâcha-t-elle.

Il sourit.

— C'est toi qui es belle, dit-il si bas qu'elle faillit ne pas l'entendre.

— Tu le penses vraiment ?

— Bien sûr. C'est juste que je ne peux pas te dire ce que je ressens vraiment.

— C'est pourtant ce que tu es en train de faire.

— Je sais. Pour la première fois, je sens...

Il s'interrompit. Le reflet du garçon disparut. À sa place ils virent des ailes noir corbeau et le corps d'un puissant immortel.

— Père !

Lucie arracha sa main de celle de Rephaïm. Il ne résista qu'un instant avant de la relâcher. Puis il se tourna vers elle, cachant avec son aile leur reflet dans la fontaine.

— Il a retrouvé son corps, souffla-t-il.

Incapable de parler, Lucie se contenta de hocher la tête.

— Mais il n'est pas là, reprit Rephaïm. Il est loin d'ici. Probablement en Italie.

Sans rien dire, Lucie recula d'un pas.

— Il me semble différent. Quelque chose a changé. Lucie ? Qu'allons-nous...

Lucie étouffa un cri : la terre bougeait autour d'elle, lui procurant le sentiment joyeux d'un retour. Le paysage froid de Tulsa miroita, se transforma, et soudain elle se retrouva entourée d'arbres extraordinaires, verts, aux feuilles luisantes, sur un lit de mousse épaisse et douce. Zoey était là, dans les bras de Stark, et elle riait, aux éclats.

— Zoey !

L'image disparut, ne laissant que sa joie, et la certitude que sa meilleure amie était entière, et en vie. Avec un grand sourire, elle prit Rephaïm dans ses bras.

— Zoey est en vie !

Il la serra brièvement contre lui avant de la relâcher, l'air confus.

— Mon père va revenir.

— Zoey aussi.

— Ce qui signifie que nous ne pouvons pas être ensemble.

Lucie secoua la tête.

— Non, Rephaïm ! Nous ne nous laisserons pas faire.

— Regarde-moi ! s'écria-t-il. Je ne suis pas le garçon du reflet. Je suis une bête. Je n'ai rien à faire avec toi.

— Ce n'est pas ce que me dit mon cœur !

Les épaules du Corbeau Moqueur s'affaissèrent, et il détourna le regard.

— Mon cœur à moi n'a jamais eu d'importance...

Leurs yeux se croisèrent et, désespérée, elle se rendit compte que les iris de Rephaïm avaient repris leur teinte écarlate.

— Quand tu comprendras que ton cœur compte autant pour toi qu'il compte pour moi, reviens me voir. Ce sera facile : tu n'auras qu'à suivre ton cœur.

Elle l'enlaça et le serra fort contre elle, sans se soucier qu'il ne lui rende pas son étreinte.

— Tu vas me manquer, murmura-t-elle avant de s'en aller.

Alors qu'elle s'éloignait sur Gilcrease Road, le vent lui apporta les mots de Rephaïm : « Toi aussi, tu vas me manquer... »

Zoey

— C'est magnifique ! dis-je en regardant l'arbre et les innombrables morceaux de tissu qui y étaient attachés. Comment ça s'appelle, déjà ?

— Un arbre à souhaits, répondit Stark.

— Oh, regarde celui-là ! Il est tellement brillant, repris-je en désignant un fin ruban doré qui venait d'y apparaître.

Contrairement aux autres, il n'était pas attaché et flottait au-dessus de nous. Stark l'attrapa et me le tendit.

— On dirait un fil d'or, remarquai-je.

— C'est ce que j'ai suivi pour te trouver.

— Bon, alors on va voir si ça peut marcher dans l'autre sens.

Les yeux pétillants d'humour, il s'inclina devant moi.

— Dis-moi quoi faire ! Je suis à tes ordres.

— Arrête de faire l'idiot ! C'est sérieux.

— Mais je suis sérieux, Zoey, et j'ai entièrement confiance en toi. Je sais que tu me ramèneras chez nous, *mo bann ri*.

— Tu as appris de drôles de mots en mon absence.

— Attends un peu, tu n'as encore rien entendu !

— Tu sais quoi ? J'en ai marre d'attendre.

J'attachai un bout du fil doré à son poignet et serrai l'autre dans mon poing.

— Ferme les yeux.

Il m'obéit sans poser de questions. Je me mis sur la pointe des pieds et l'embrassai.

— À tout de suite, gardien.

Puis je tournai le dos à l'arbre à souhaits, au bois, à toute la magie et aux mystères du royaume de Nyx. Je fis face à l'obscurité béante qui semblait s'étendre à l'infini devant moi. J'écartai les bras.

— Esprit, viens à moi.

Le dernier élément, celui dont je m'étais toujours sentie le plus proche, se déversa en moi, m'emplissant de joie et de compassion, de force et d'espoir.

— Maintenant, ramène-moi chez moi !

Je courus vers l'avant sans aucune crainte et sautai dans la zone d'ombre. J'avais cru que ce serait comme plonger d'une falaise, mais je me trompais : c'était comme d'emprunter un ascenseur descendant du sommet d'un gratte-ciel. Soudain, je sus que j'étais rentrée.

Je n'ouvris pas les yeux tout de suite. Je voulais d'abord savourer mes sensations retrouvées. J'étais allongée sur quelque chose de dur et frais. J'inspirai profondément et, à ma grande surprise, je sentis le parfum du cèdre qui poussait près de chez ma mère, à Broken Arrow. J'entendais un murmure de voix, couvert au bout d'un moment par le cri d'Aphrodite.

— Oh, bordel, ouvre les yeux ! Je sais que tu es là !

Je m'exécutai.

— Bon sang, tu es obligée de parler aussi fort ? On dirait une racaille.

— Une racaille ? Je croyais que tu ne jurais jamais, et pour moi, c'est une insulte !

Puis elle éclata de rire et, chose très inhabituelle, me serra contre elle de toutes ses forces.

— Tu es vraiment revenue ? Tu n'as pas le cerveau abîmé, ou un truc comme ça ?

— Oui ! Et mon cerveau n'est pas plus abîmé que le tien.

Darius, qui apparut derrière elle, avait les yeux qui brillaient de façon suspecte. Il posa le poing sur son cœur et s'inclina.

— Bienvenue, grande prêtresse.

— Merci, Darius, dis-je en lui souriant.

Je tendis la main pour qu'il m'aide à me lever.

J'avais les jambes en coton ; je me suis accrochée à lui pendant que la pièce tournait autour de moi.

— Elle a besoin de boire et de manger, dit une voix assurée.

— Tout de suite, Majesté, répondit-on aussitôt.

La femme magnifique assise sur un trône en marbre sculpté me sourit avec gentillesse.

— Bienvenue, jeune reine.

— Jeune reine, répétai-je, amusée.

Je parcourus la pièce des yeux, et me figeai : Stark était là, étendu sur une énorme pierre. Un combattant se tenait près de lui, et il tenait un poignard aiguisé comme un rasoir au-dessus de la poitrine de mon gardien, qui était déjà en sang, couvert de blessures.

— Non ! Arrêtez ! m'écriai-je en me précipitant vers lui.

Avec une rapidité surnaturelle, la reine vint se placer entre le combattant et moi. Elle posa une main sur mon épaule et me demanda d'une voix douce :

— Qu'est-ce que t'a dit Stark ?

Je me secouai, essayant de réfléchir malgré ce spectacle d'horreur.

— Que... que c'est comme ça qu'il est venu dans l'au-delà..., lâchai-je. Ce combattant... Il l'aide.

— Oui, mon gardien aide le tien. Mais maintenant, son rôle est terminé. C'est ta responsabilité, de le ramener parmi nous.

Sur ce, elle inclina légèrement la tête, puis s'écarta.

Je savais comment faire. Je m'approchai de l'homme qui était son gardien. De la sueur coulait sur sa poitrine musclée, il était concentré à l'extrême. On aurait dit qu'il ne voyait ni n'entendait rien de ce qui se passait dans la pièce. Il leva le poignard, s'apprêtant à frapper de nouveau, et la lumière de la torche se refléta sur son bracelet doré. Je compris alors d'où venait le fil doré qui avait conduit Stark jusqu'à moi, et je ressentis un élan de reconnaissance à l'égard du gardien de la reine. Je touchai doucement son poignet.

— Gardien, tu peux arrêter maintenant. Il est temps qu'il revienne.

Il suspendit son geste et frissonna. Lorsqu'il me regarda, je vis que ses pupilles étaient complètement dilatées.

— Tu peux arrêter maintenant, répétai-je. Merci d'avoir aidé Stark à me rejoindre.

Il battit des paupières, et ses yeux s'éclaircirent.

— Oui, femme… Comme tu voudras, fit-il d'une voix râpeuse.

Je souris : voilà d'où Stark tenait son accent écossais !

Il recula. La reine le prit dans ses bras et lui murmura quelque chose à l'oreille. Je regardais autour de moi : tout le monde m'observait avec attention, mais je l'ignorai. Pour moi, Stark était la seule personne qui comptait.

Je m'approchai de lui, étendu dans une flaque de sang. Cette fois, j'en sentis l'odeur, et elle me frappa. Sucrée, entêtante, elle me mit l'eau à la bouche. Mais ce n'était pas le moment de se laisser distraire par mon désir pour lui.

Je levai le bras.

— Eau, viens à moi.

Lorsque je fus entourée par mon élément, j'agitai la main au-dessus de son torse ensanglanté.

— Lave-le.

Une pluie douce se mit aussitôt à nettoyer son corps meurtri, se déversant sur la pierre, descendant le long des cannelures qui s'enfonçaient dans le sol. « Des cornes, pensai-je. On dirait d'énormes cornes. »

Dès que le sang eut disparu, les cornes se mirent à reluire, noires, magnifiques comme un ciel nocturne.

Je ne pris pas le temps de m'interroger là-dessus. Je me penchai sur Stark, désormais tout propre. Ses blessures ne saignaient plus, mais elles étaient rouges, à vif. Je les regardais, le souffle coupé : elles formaient des flèches de chaque côté de sa poitrine, avec des plumes et une pointe triangulaire, s'accordant parfaitement à l'arc brisé sur son cœur.

Je touchai la cicatrice qu'il avait eue en me sauvant la vie pour la première fois. Surprise, je me rendis compte que je tenais toujours le fil doré. Je soulevai doucement le poignet de Stark et l'y attachai. Il se durcit, se tordit et prit la forme du bracelet du vieux gardien, sauf que, sur celui de Stark, on voyait trois flèches, dont une brisée.

— Merci, déesse, murmurai-je. Merci pour tout.

Alors, je posai les mains sur le cœur de Stark. Avant de placer mes lèvres sur les siennes, je dis :

— Reviens à ta reine, gardien. Ta mission est finie maintenant.

Puis je l'embrassai.

Alors qu'il ouvrait les yeux, j'entendis le rire musical de Nyx, et sa voix résonna dans ma tête.

« Non, ma fille, ce n'est que le début... »

Remerciements

P.C.

Ce livre n'aurait pas existé si trois hommes extraordinaires ne m'avaient pas ouvert leur histoire, leur vie et leur cœur. Toute ma gratitude à Seoras Wallace, Alain Mac au Halpine et Alan Torrance. Je précise que toute erreur dans la réécriture des mythes irlandais et écossais serait de mon fait. Combattants, merci. Et aussi : MERCI, Denise Torrance, pour m'avoir protégée du machisme du clan Wallace...

Lorsque je faisais mes recherches sur l'île de Skye, je logeais au charmant Toravaig House. J'aimerais remercier son personnel pour avoir rendu mon séjour aussi agréable – même s'ils n'ont rien pu faire contre la pluie !

Parfois, j'ai besoin de me réfugier dans ce que mes amis et ma famille appellent ma « grotte d'écrivain » pour terminer un livre. Cela a été le cas avec *Brûlée*, et grâce à Paawan Arora, au Grand Cayman Ritz Carlton, ainsi que Heather Lockington et son personnel au fantastique Cotton Tree (www.caymancottontree.com), cette retraite a été *très* supportable. Merci, et merci de m'avoir aidée à faire de Cayman ma résidence secondaire et à me cacher du reste du monde pour écrire, écrire, écrire.

J'ai utilisé un peu de gaélique dans ce livre. Oui, c'est difficile à prononcer (un peu comme le cherokee), et il en existe de très nombreuses versions (là aussi, comme le cherokee). Avec l'aide de mes experts écossais, je me suis servie principalement des langues dalriadiques et de Galloway, issues de la côte ouest de l'Écosse et de la côte nord-est de l'Irlande. Si erreur il y a, c'est la mienne.

Kristin

Merci au coach Mark de Bootcamo Tulsa et à Precision Body Art pour m'avoir aidée à me sentir forte, autonome et belle.

Et merci à Shawnus pour m'avoir donné un peu de paix et de calme !

Nous deux :

Comme toujours, nous sommes reconnaissantes à notre équipe chez St. Martin's Press : Jennifer Weis, Matthew Shear, Anne Bensson, Anne Marie Talberg, et la fantastique équipe du design qui continue de créer des couvertures aussi fabuleuses ! On vous aime !

Merci à MK Advertising, qui fait un aussi beau travail sur les sites www.pccast.net et www.houseofnightseries.com.

Une fois de plus, Kristin et moi adressons tout notre amour et tous nos remerciements à notre agent et amie Meredith Berstein. La Maison de la Nuit n'existerait pas sans elle.

Et, finalement, merci à tous nos fans loyaux. Vous êtes les meilleurs !

Ouvrage composé par
PCA – 44400 Rezé

Cet ouvrage a été imprimé
en Espagne par

Liberdúplex
Sant Llorenç d'Hortons (Barcelone)

Dépôt légal : novembre 2015

Pocket Jeunesse, une marque d'Univers Poche,
est un éditeur qui s'engage pour
la préservation de son environnement
et qui utilise du papier fabriqué à partir
de bois provenant de forêts gérées
de manière responsable.

12, avenue d'Italie – 75627 PARIS Cedex 13